谋道古镇·远方的家

郑国华◎著

光明日报出版社

图书在版编目(CIP)数据

谋道古镇·远方的家 / 郑国华著. -- 北京：光明日报出版社,2018.10（2024.1重印）
ISBN 978-7-5194-4729-8

Ⅰ.①谋… Ⅱ.①郑… Ⅲ.①散文集-中国-当代 Ⅳ.①I267

中国版本图书馆 CIP 数据核字(2018)第 238657 号

谋道古镇·远方的家
MOUDAO GUZHEN YUANFANG DE JIA

著　者：郑国华	
责任编辑：宋　悦	责任校对：吕杭君
封面设计：景秀文化	责任印制：曹　净
摄　影：李卫平　王伟钢	

出版发行：光明日报出版社
地　　址：北京市西城区永安路 106 号，100050
电　　话：010-67021047（咨询），010-63131930（邮购）
传　　真：010-67078227，67078255
网　　址：http://book.gmw.cn
E - Mail：songyue@gmw.cn
法律顾问：北京德恒律师事务所龚柳方律师
印　　刷：四川科德彩色数码科技有限公司
装　　订：四川科德彩色数码科技有限公司

本书如有破损、缺页、装订错误，请与本社联系调换，电话：010-67019571

开　　本：170mm×240mm　　印　张：17.5
字　　数：280 千字
版　　次：2018 年 10 月第 1 版
印　　次：2024 年 1 月第 3 次印刷
书　　号：ISBN 978-7-5194-4729-8
定　　价：58.00 元

版权所有　翻印必究

目 录

第一章 日新月著

博云在描绘未来，在画一幅浓彩的画 …………………………… 003
绿洲御府，"候鸟群"幸福的窝 ………………………………… 006
绿洲御府，市场孕育中的标杆 …………………………………… 010
春天的谋道古镇，生活充满着阳光 ……………………………… 012
博云森林公园，铺上了红地毯 …………………………………… 015
我在替博云做梦，能梦想成真吗 ………………………………… 017
文化建设注入博云 ………………………………………………… 019
谋道古镇·西山湖 ………………………………………………… 021
迎来了远方的客人 ………………………………………………… 023
苏马荡小区文化建设座谈会有感 ………………………………… 025
远方的家 …………………………………………………………… 027
《党员之家》成立大会纪实 ……………………………………… 029
西山林的云，西山湖的花 ………………………………………… 032
此缘博云阁，此缘身在山林中 …………………………………… 034
谋道古镇——西山林 ……………………………………………… 036
谋道古镇——东山林 ……………………………………………… 038
巡山巡林，乐此不疲 ……………………………………………… 040
告别挥汗如雨的生活真幸福 ……………………………………… 043

第二章 未艾方兴

谋道苏马荡就是一个康养的地方 ………………………………… 047

话说人气与康养产业的发展人气这道风景线 …………… 050
谋道迎来了发展好时机 …………………………………… 055
苏马荡的美好未来不是梦 ………………………………… 058
谋道苏马荡的邻居，万州又建一座新城 ………………… 060
我在成都想着苏马荡 ……………………………………… 063
山居苏马荡，是个智慧的选择 …………………………… 065
山居谋道，闲聊一通 ……………………………………… 067
谋道苏马荡在悄悄地发生变化 …………………………… 070
山居谋道苏马荡享受不一样的美食 ……………………… 072
凉爽的谋道苏马荡 ………………………………………… 075
谋道古镇在变脸 …………………………………………… 077
谋道苏马荡的变化是令人信服的 ………………………… 080
三次引水成功，标志着苏马荡进入了新时期 …………… 083
苏马荡的阳光发展道路 …………………………………… 085
水库边　红椿酒楼　腊肉嘎嘎香 ………………………… 088
古镇的美食 ………………………………………………… 090
人气爆棚的苏马荡风景独特 ……………………………… 092
大山繁华闹热，不妨给村民提供点赚钱的机会 ………… 093
谋道苏马荡是个福地 ……………………………………… 096
谋道苏马荡发展的"三大法宝" ………………………… 098
谋道苏马荡的资源价值 …………………………………… 100
苏马荡的明天会更好 ……………………………………… 102
节水储水，未雨绸缪，告别水荒 ………………………… 104
绿色生态的七里沟水库 …………………………………… 106
谋道古镇的旅游业值得期待 ……………………………… 108
秋日话语：贪一口凉有那么重要吗 ……………………… 111
苏马荡的水和暖 …………………………………………… 113

第三章　如诗如画

说说苏马荡的文化品质 …………………………………… 119
到谋道古镇去赏花 ………………………………………… 123

充满诗意的谋道苏马荡	126
情迷苏马荡……有诗与远方	128
杜鹃花开四月春	130
谋道苏马荡，一个幸福来敲门的地方	132
利川红，红透一片天	135
谋道苏马荡没有夏天的酷热，只有春天的拥抱	138
千年古镇的睡美人——谋道南浦森林大道	140
多雨的六月，苏马荡洋溢着浪漫情调	143
战友来，南坪行，感慨万千	145
苏马荡不单单是避暑胜地，还是充满人文情怀的地方	148
苏马荡新城处处都是花果园	151
借鉴学习，提升自我	154
谋道苏马荡，真是个有缘分的地方	156
苏马荡"候鸟"文化艺术节，新市民心中的春节晚会	158
苏马荡"候鸟"文化艺术节，开创了文化经济联动的新局面	160
有感于利川市2018"候鸟"人才座谈会	162
古镇的家，"候鸟"情思	165
写在改造修复谋道古镇座谈会之后	167
享受静静的时光，山居苏马荡惬意的生活	169
文化建设遍及苏马荡小区	172
我眼中的苏马荡	174
敬畏法律，警醒自己，做合格的新市民	176

第四章 观山览水

西昌雅安行（一）	181
西昌雅安行（二）	183
西昌雅安行（三）	185
西昌雅安行（四）	187
西昌雅安行（五）	189
金秋游第一站：巫山县	191
金秋游第二站：宜昌市	193

金秋游第三站：荆州	195
金秋游第四站：武汉	196
金秋游第五站：岳阳	198
金秋游第六站：长沙	200
金秋游第七站：郴州	202
金秋游第八站：北部万科城	204
金秋游第九站：清远	206
金秋游第十站：广州	208
山水国际	210
安顺廊桥	212
昆明蓝，你让我馋说了一通	214
清明节游记	217
冬季旅游记（一）	220
冬季旅游记（二）	225
冬季旅游记（三）	229
冬季旅游记（四）	232
冬季旅游记（五）	234
冬季旅游记（六）	237
冬季旅游记（七）	240
冬季旅游记（八）	245
冬季旅游记（九）	248
冬季旅游记（十）	252
冬季旅游记（十一）	255
冬季旅游记（十二）	258
太古里和博舍	264
腾龙洞和水莲洞	266
大水井之感	270

第一章 日新月著 ▶▶▶

博云在描绘未来，在画一幅浓彩的画

人间四月天，正值春暖花开。所到之处，眼目中尽显绿色。嫩叶子的香味，随风飘进人的鼻腔，有些春醉的味道。四月的成都阳光明媚，鲜花绽放，头顶上那块天也蓝蓝的。但它蓝得轻描淡写，没有那么湛蓝，没有那么瓦蓝。

同样的人间四月天，大山谋道古镇的天空就会呈现碧蓝、瓦蓝、湛蓝的天。我把它称之为谋道蓝，并在我的文章中多次引用。不仅仅是引用，我还写了谋道蓝的文章。古镇谋道的天空很美，山居古镇，我喜欢关注谋道的那片云天。尤其是雨后即晴的谋道天空，那清澈剔透的湛蓝，无一丝云彩，犹如头顶上出现一片蓝色且无边无际——仿佛是那一片浩瀚无垠深蓝的海洋。海拔高、空气好的谋道古镇，自然天象灿烂，碧空万里，蓝韵流连，引人向往。

昨天看到博云广场小马发的照片——小区的房子、小区的树，还有正在如火如荼建设的房子，以及进森林公园的走廊和亭廊等。我打电话问小吴，她告知了我一些小区的情况并说："哎呀，谋道今天的天气真好，天空好蓝哟！"那不用说，我是知道的，谋道的天空蓝起来犹如蓝色妖姬，就与昆明蓝、丽江古城蓝差不多，不分上下。蓝蓝的天给人以遐想，博云广场在行动，在变脸，会变成什么样呢？看见那些照片，我脑子翻滚着，勾画了自己脑海中的一幅图画。是什么样的图画？且听我娓娓道来。

博云小区是个不大不小的小区，地处古镇的腹水中心，拥有古镇资源、广场资源和森林资源。小区造型不错，房子外观偏西式，离高端大气似乎不远，远目近看给人留下好印象，不失为谋道古镇的一道风景线。小区有座休闲森林小公园，可方便业主喝茶摆龙门阵和健身。公园虽不大，可笔挺的杉树直指苍穹，大树底下庇荫可乘凉，还可以听到鸟儿婉转的歌声。小区的住宅较集中，靠广场，出门到集市逛街，生活很方便。去年小区种植了卓玛姑娘喜欢的格桑花，一小丘开满了五颜六色的格桑花，一条杜鹃花长廊足有一千步，格桑花盛开绽放时，那一朵一朵的小花好娇艳，好自信，她们扬起高昂的头，面朝太阳骄傲极了。这些固态的风景已经形成了。但博云小区正在提档升级打造（最显眼的是一座大森林公园的落成），加快完善小区的外部环境，目标是打造谋道古镇的一座优质小区，真正成为古镇的一颗明珠。

我寻思着博云小区正在打造的痕迹，脑子里开始画画了。我踏上小区拐弯处，一坡云梯拾级而上，到了两个台阶进入小径，往外一瞧，擦擦眼睛，怎么下面有一小湖，绿水扬波，荷花飘香，几只蛤蟆呱呱叫。什么时候建了一个小池塘呀？几个钓鱼人望着鱼竿正在美梦呢，期待愿者上钩。池塘边的柳树枝垂钓飞下，青青小树叶弥漫馨香。继续一段山间的小路，脚步缓了下来，似乎有点累了，歇歇气吧。坐在古朴的木质亭廊里，山风轻轻拥来，颇感一丝凉意。两只布谷鸟叽叽喳喳闹在亭檐上，忽然一只布谷鸟说话了：叔叔，您到哪里去啊？

我到森林公园去，对，新修的博云森林公园。

那我给您带路，还远着呢！路上还要经过栈道和长廊。

谢谢你，小布谷鸟，我知道这条森林小路。

说起博云广场为打造小区环境，真正让业主在古镇享受绿水青山，给业主一片森林，投巨资征得了一座山的森林。去年与小区负责人极目远望，那一片幽幽森林泛起波浪，随风摇晃。一片林海，博云小区竟然拥有一片原生态的林海，多美啊！这片林海为博云小区的森林公园，在保护森林的原则下，只修栈道和小径供业主散步吸氧，享受绿色森林风景。

我走到仿古的廊亭道，两边全是可坐下休息喝茶的一溜土板凳。这一条廊道可以坐上几十人，小区的业主进出森林公园在此小憩。过了廊道沿着小径就到了森林公园。高而密的杉树让我看不到太阳，只看见那一道道光束射线，斑驳的阳光把树叶印在小径上，一股湿漉漉的泥土味沁入肺腑，瞬间就迷醉了，像喝了土家人的苞谷酒。风吹林中，森林发出嚎叫，轻风袭来，森林又在呻吟哀鸣。我想，森林很孤独，我们来了，你便不再孤独，也不再呻吟连连。幽幽森林，鸟儿在欢腾，似乎在欢迎我们这些新朋友。忽然，我感觉脸上有几粒雨滴：喂，小鸟儿，别淘气，千万不要乱撒尿啊！小鸟儿笑笑：不会的，叔叔，我们是讲文明的，不会随地便溺的。希望新朋友们共同来保护好我们的绿色家园。我一摸脸，不是雨，也不是尿，而是负氧离子在森林中沙沙散发，啊，真好！真好！就像去年我游荡峨眉山森林公园的境况一样，饱餐了一顿负氧，顿时脑子清爽舒服。

我在森林中穿梭，无比忘我，兴奋得找不着北。我陶醉在迷人的森林中，恍恍惚惚犹如做梦。我仿佛迷路了，乱走乱撞，到了一块深谷平地，嘿嘿，这里面有一块羽毛球场，羽毛球场被托起老高，下面是一块结实的水立方。知道了，这是博云增加的绿色生态三千方蓄水池，完全可以应变突发停水的事故，让小区业主不会因水而担忧。来一只球拍，在森林中打一场羽毛球是什么感觉呢？这感觉好吗？不言而喻，没得话说。

其实出森林还有一条道，在返回时蹬过小径，拾梯而上过一隧道就到小区主公路了，这条主公路就是前面叙述的千米杜鹃花长廊。长廊外六幢房子同时开建，完工后尽显错落有致，为小区的整体布局增添了视觉上的亮点。博云小区乃一座森林中的油画小城，一座古镇上的迷人庄园，想闹热去广场，想宁静去森林，想休闲去池塘，想运动去球场，当然，还有一项不能省略，想学习阅读就到文化阅览室。博云在与时俱进，在努力行动，其实，不用我来描绘画这张图画，他们已经在大挥毫墨，正在实实在在描绘博云的今天和明天，甚至是后天那浓彩给人希望的未来，我们期待，尽早看到和迎来这一天。

2018年4月19日　写于成都

绿洲御府,"候鸟群"幸福的窝

回到谋道古镇,似乎就掉到了冰窖里,浑身都透着凉气。前两天在成都短衣短裤,一动就冒汗,到了谋道古镇,这情况即刻反转了。我穿上了皮衣和牛仔裤,即便在阳光下散步,丝毫没有热乎乎的感觉。当地人说,在谋道居家,床上要铺垫两床棉絮,还要厚点的,睡觉的被子至少四斤以上,不然的话,下半夜会冷,易感冒。确实是这样,我睡的床是席梦思,面上垫了两床棉絮,躺在床上软软的,盖的棉被是四斤的,下半夜手露在外面有凉凉的感觉,倚靠在床上看书得穿上厚衣服。在成都睡觉,晚上容易打铺盖掀被子,等你感觉身体微凉时,早上头会疼,可以说是感冒了。在大山谋道古镇的家,这样的情况几乎没有,它温度恒定,但下半夜会退凉到十几度,盖被子睡觉很舒服,不会掀被子,反倒是身体紧紧裹住被子。凉爽的地方啊!如果说利川是中国的凉爽之城,谋道古镇就是中国的凉都且当之无愧。

近三年在谋道古镇山居,每次来的日子记忆犹新。前年6月6日,去年6月2日,今年6月7日。这日子很近啊,特别凑巧的是,次日都在下雨,气温骤降,去年还用电暖器烤了火。我在朋友圈发了几张照片,身在外地城市热得冒汗的人说:有那么夸张吗,六月天还烤火?可大山谋道就是这样,连续几天雨,冬天的味道就尝到了。今年到谋道的次日,上午阳光灿烂,我漫步在博云广场,昔日的蓝天白云依然如故,树木和灌木丛勃勃生机,呼吸着甜甜的空气,顿时心旷神怡,真有些迷醉了。心里在想,今年不会重蹈覆辙,来的第二天就下雨吧!果然,阳光灿烂的谋道,下午两点天忽然变脸了,一片乌云压在头顶,商家都在快速地拾捡摆在外面的货物。我对他们说,雨还没有来,怎么就把东西搬进屋了。话还没有说完,豆大的雨点就飘了下来。今年又是这样呀!我自言自语,怎么这么巧啊,每年上谋道古镇,都会碰上,缘分啊,真乃天意啊!还好,这雨只下了几个小时,没有继续。昨天谋道古镇天气很好，蓝蓝的天，白云游弋，中午那阵子呈现出谋道蓝，天穹海蓝，犹如镜面。

这次回博云小区，博云小区变化好大哟！正在修建的小区大门外观宏伟巨大，小区取了一个新名字，叫博云·绿洲御府。处在古镇腹地的博云小区，怎么叫绿洲了呢？多少人会纳闷，这是在故弄玄虚、信口开河，是否是随意乱取的名字。多少人不知内情，博云确实拥有了一片绿色的森林，这面积不小呢，一座山的森林面积，应该可以形容为沙漠中具有水草的绿地，我想引用在古镇上还是说得过去的。因为，古镇拥有森林是不多的。所以，在古镇上出现一片绿洲还是挺吸引人的，它毕竟是少有的森林资源啊！博云广场在去年调整了建设发展的部署，旨在走中高端小区的路线，提档升级，把博云打造为区域性一线小区。于是他们投巨资购买了森林使用权和对小区整个功能打造升级，造福于谋道古镇，造福于小区业主。据我所知，博云集团投资至少上千万。前两个月，我写了一篇文章，梦幻般地描绘了正在打造的博云小区。虽然是梦想，却是我的期盼。它会不会照我梦中的轨迹在打造呢？效果怎么样？只有眼见为实了。回到了博云小区的家，我能不去看看？我一定会去看看的。

清晨，我踏着阳光落下的斑影往小区新辟的公路方向走去。由于正在建设中，公路上现出一道道泥巴辙，工程车一过，卷起一层灰。但公路两旁的格桑花已蓓蕾初放，一朵颜色艳丽的小花朝我微笑，粉红色的格桑花笑得最甜。爬上一小段山坡，就看见了一幢独立的房子，房顶已盖上琉璃瓦，这房子鹤立鸡群，金鸡独立，建在这里干吗？他们说，这是供业主休闲的棋牌室。棋牌室前面有一湖泊，老远那一廊亭最为显眼。我知道了，这是新打造的博云湖。径直往前走，我的眼睛放光了，好漂亮的小湖，湖水涟涟，绿绿的颜色，轻风一吹，还泛起鱼鳞甲波影，在阳光下闪闪发亮呢。博云湖一圈铺上了红地毯，还画了标识线。我踏步红地毯，仿佛享受了明星的待遇。廊亭正在收尾工程，师傅告诉我，很快就完工了。坐在亭子眼望湖水，看鱼儿畅游，听柳丝吟唱，湖风撩人，这应该是一种浪漫享受吧！

离开博云湖，拾级而上，两旁的杉树直矗云霄，阳光射线交叉穿梭，晃得我眼睛睁不开。一只布谷鸟抖动着翅膀，从我的头上俯卧盘旋，瞬间就落在下面的大树上，好美的鸟儿，它还摇头晃脑地望着我。它想与我说话，又不好意思。别这样羞羞答答，布谷鸟，今后我们都是朋友哟，你想吃什么？下次我带点好吃的给你。布谷鸟说，叔叔，谢谢了！它抖抖翅膀飞走了。我继续登高小径，沿途的隔栏点缀，一个又一个风格迥异的木亭，一排排，一个个凳子，工人们正在打磨上漆，森林中弥漫着一股油漆味。真好啊，大树底下抿一口茶，大家围坐一团，聊天摆龙门阵，这惬意的生活赛过神仙哪。我沿着山丘的小道漫步晃荡，一个松树果子砸在我头上，嘿嘿，这是好东西。弯腰捡起来，松果小球形状像菠萝。记得小时候到公园，能捡到几个松果高兴死了，拿回家里放在桌子上慢慢欣赏。森林栈道打造得颇具特色，一条森林木质长廊分外耀眼。这一条长廊要坐多少人呀！小区的业主多有福气啊！倚靠在长廊上，享微风欢拂，听鸟儿欢唱，看森林跳舞，看日出、日落，一幅幅图画飘来飘去，幸福感油然而生，这不是生活在人间天堂吗？

　　我的梦好像一点一点在实现。虚幻的梦，今天我徒步在小区森林栈道上得到了实实在在的印证。这是否出乎意料，真没有想到博云今年变化这么大。以前只想到生活的方便，居住在古镇可以享受城市化的生活，想居住好久就住好久，因为博云打造的是四季房，完全方便业主的愿望。在森林里边走边想，不一阵工夫就到了小区的最高点，这里可以瞭望很远的地方，对面的理工依林郡小区仿佛近在咫尺。我望着进森林的另外一道进口，悬空已架起一座水泥桥，看起来有点威武哟！几层的水泥桥，它的功能是什么呢？顶上一层过路，中间层将会是视线开阔的小区文化阅览室。修好后的阅览室外看森林，内瞧小区风光，煮一杯茶，捧一本书，静静地享受时光带来的愉悦。我在想，文化阅览室开门迎宾的第一天，要不要小小地庆祝一下，邀请一些朋友，大家坐一坐，聊聊小区文化建设的一些事。文化兴市，文化兴镇，是一个地方发展的重要内容，作为古镇的小区，也是小小的一个社会细胞，文化建设显然是重要的。博云小区注重文化建设就是发展小区建设中的智慧举措。

　　从高处顺路而下，博云小区的第二期建设如火如荼，三幢大楼已矗立云端，另外两幢基本完成基础，火热的场面凸现博云的欣欣向荣。我似乎有些感慨！选择博云真是一个不错的地方。到了一平地，这里的二期样板房还在完善最后的装修。旁边一块大平地篮球架已装好，邻边的儿童乐园已初具规模，游乐器材等候进场。一大片洼地是海洋沙滩，专供小孩子玩沙垒沙。篮球场和羽毛球场的地面塑胶铺设很快了，其他的一些生活功能设施均在同步进行。

梦幻般的博云·绿洲御府,我们"候鸟"的家,确实令人兴奋!童话般的生活,神仙般的日子,伊甸园的情趣,荡起"候鸟"心中无比的激情。这好日子还有什么可说的呢?邻居见到我:"郑老师,去森林看看没有?我们都去了几趟了,看到了这么多变化,我们小区拥有森林,打造得这么好,简直幸福死了,当初选择到这里生活千值万值,真没有想到,像做梦,这梦想成真了!"是啊!博云·绿洲御府就是"候鸟群"幸福的窝呀、我们的家啊!

2018 年 6 月 10 日　写于谋道古镇

第一章　日新月著

绿洲御府，市场孕育中的标杆

七月的太阳当头照，让我们尝到了酷暑的味道。前几天凉嗖嗖的谋道古镇，近几天也有些热烘烘的感觉。这样的极端天气每年会在七八月发生，因为重庆万州的气温已上40℃了。离万州不远的谋道古镇，天气也发生了细微的变化。以前大白天在外广场上能感觉到太阳的灼热，一跨进小区，凉风悠悠拂面而来，昨天，我从广场回到小区，这感觉忽然没有了，虽不热，却没有了凉。尽管这样，与山下城市相比，谋道古镇依然是个凉快的地方。小区的庇荫处又增加了不少座椅，为贪一口凉的武汉人三五成群聊着天，感叹山居谋道古镇，真是神仙过的日子，说起武汉近段时间的热，他们的表情即刻变化了，那火炉的热真会把人烤焦了。

阳光灿烂，博云广场的格桑花开得如此灿烂。格桑花喜欢太阳，太阳公公一出来，它们就笑眯眯的。我望着那一片片格桑花，在习习轻风中摇曳，五彩缤纷的花儿被绿色拥抱，出落得水灵灵的。格桑花是博云小区一大亮点，走进小区，如置身在花的海洋里，心里荡漾出一种幸福。环境好，心情就好，与青山做伴，与鲜花邂逅，山居生活，自然彰显出一种品质，那还是挺舒服的。博云小区在环境硬件上，今年品质提升不少。给居民一片森林、一个湖泊、一个蓝球场和羽毛球场、一个儿童乐园、一个文化阅览室等，还增加储水功能，未雨绸缪，让"候鸟"住得安心，住得放心。这样大手笔投入小区建设，造福于业主，想必是博云广场业主们的福气。

博云广场又叫博云·绿洲御府，处在古镇的中心地带。小区是一片小丘陵，形态漂亮。小区建筑的规划呈梯形，分三层，但坡度不大，很适合老年人居住行走。第一层依偎平行于广场，生活方便热闹；第二层六幢房为小区的中心，尽可享受清静；第三层紧靠森林，可登高望远，一览古镇的风景。谋道古镇大街一条线上有若干个小区，相比之下，博云广场的地形生态条件是最好的。我曾经在文章中写过，博云广场得天独厚的条件在于有古镇资源、广场资源、森林资源作强力保障。这样的三合一条件让人羡慕啊！多少地方不具备啊！知道吗？一个旅游古镇边的房子有多贵；一个广场边的房子有多贵；一个拥有森林小区的房子有多贵，我想多少人是知道的。博云广场同时拥有多种资源，在全国旅游地产的地方是少有的，应该说含金量非常高。这样的小区应该完善自己，完善功能，打造一流品质，向标杆小区迈进，成为一面旗帜，飘扬在谋道古镇。事实上，博云在朝这方面努力，已经有了引领作用。

谋道是千年古镇，历史文化底蕴厚实，近些年城镇化发展很快。看谋道古镇城镇化示范地，一到博云广场就能看到了。一座气派的广场，幢幢洋房环绕广场，第二期洋房完工告竣，鳞次栉比、错落有致的风景就显现了。如果第三期至高点高端小区落成，远望一片梯田式的漂亮建筑，那定会给谋道古镇增色不少——古镇中西合璧，独领风骚，靓丽出彩。博云·绿洲御府，真的有范，完全有标杆小区的气质，只要努力打造，注重细节服务，将成为继林海云天小区之后又一个谋道苏马荡的标杆小区，我想，不久的将来，博云会获得这一殊荣。

2018年7月22日　写于谋道古镇

春天的谋道古镇，生活充满着阳光

　　昨天下午谋道古镇下了一场大雨，似久旱的甘露让人舒服至极。大山森林洗了一次澡，绿茵茵、水灵灵的。雨后的空气沁人心脾，凉悠悠的风尘抚摸脸庞，老年人加上了一件外衣。大山古镇就是这样，一下雨就凉快，连续下雨就有冷嗖嗖的感觉，不然怎么叫天然大冰箱呢？我注意到山下万州也下大雨了，但未起到退凉的作用，今天仍是39℃的炎热，40℃的高温又要卷土而来，三伏天，万州人挥汗如雨，谋道新市民却在大山享受清凉世界，几十公里的路程分出了滚烫的沙漠和凉爽的绿洲，这差别实在是太大。山居谋道苏马荡的"候鸟"真是享福啊！

　　傍晚的谋道古镇，阴沉的天空飘有片片乌云，太阳艳照的霞光忽然失去了，却给大家一个清凉的世界。小区的公路上忽然热闹起来，"候鸟"们纷纷出门，徜徉在山间花廊、林间小道、博云湖边、鲜红地毯行道上，呼吸着雨后的鲜氧，陶醉在迷人大山古镇，这日子过得幸福而惬意，满满的充实感溢于言表，透在喜气的脸上。博云·绿洲御府，真是个好地方，得到了居住在此的人们的认同。

　　我参与在散步的人流中，在小区公路上溜达，不时与熟人点头招呼。看得出来，大家的心情好得不得了，三伏天待在春天般的谋道古镇，享受着宜居舒适的生活——我们的生活充满阳光、充满阳光……这句歌词恰如其分。跨出小区大门，被雨水洗刷干净的博云广场音乐响起，谋道当地人和山居的新市民在翩翩起舞，广场上涌满了人，这哪像小镇的生活？分明就是城市化的生活。几年的发展，谋道在城镇化道路上飞奔，一年一变样，变得阳光朝气，你到苏马荡大道马峰坳区域和苏马荡新城看看，完全就是一座城，一座迷人的阳光森林小城。新居民峰值期，苏马荡华尔街比重庆的解放碑和武汉的汉正街还繁华热闹。

眼前大山的情景，我好感叹啊！真没有想到，几年的变化让人惊羡，一些地方我似乎都认不到了。七年前的马峰坳三岔口，那一片乱糟糟的环境至今历历在目，泥泞不堪的公路全是一道道车辙，几个架着柴火的妇女，脸上油黑，粗糙的手舞动着几根烧苞谷，吆喝着两元一根、三元一根……今天的马峰坳，红绿灯垂吊高悬，公路宽阔，隔离栏和标识线泾渭分明，顺下看苏马荡大道，那密布一团的组团楼房，鳞次栉比，错落有致，一幅现代风情的图画映入眼帘，奇妙的美景辉映出一个奇妙的世界，鄂西小高原催生出一座美丽小城——中国苏马荡。苏马荡人气旺啊！夏季涌入人口近三十万，这道人气风景不断推动着谋道苏马荡的发展，大山一年一个样就在情理当中。

谋道苏马荡一年比一年好，山居此地的新市民谁又不喜欢呢？别说新市民喜欢，当地人更是喜欢加幸福。两个八十岁的谋道婆婆，头上戴一顶白帽子，布满皱纹的脸上透着红晕，她们牵手游逛在博云小区，我靠近问她们："博云小区好不好，漂亮吗？"两位老婆婆笑嘻嘻地答道："好、好，好漂亮哟！这里原来是烂水坝，有点田，现在变得好美哟！""老婆婆，喜欢谋道古镇这样的变化吗？"我又问两个婆婆。"喜欢、喜欢，自从这里建设以来，谋道古镇越来越好！"她们高兴地说。"婆婆，要感谢党和国家的好政策，谋道古镇才会发生大变化。欢迎你们经常到小区来看看，到处走走。"两个婆婆笑得牙齿都露出来了，连声感谢。谋道苏马荡的发展变化造福了土家人，当地人满满幸福获得感，同样，山居谋道古镇的新居民也是一样，获得和分享了大山的发展变化。

山居谋道古镇，会有不少人问我："郑老师，你觉得谋道苏马荡哪些小区居住最好？"我答道："这得因人而宜，谋道苏马荡优质小区不少，喜欢森林峡谷，就选择林海云天、罗马假日和皇家一号等，它们的条件不错，内外有自己的特色；如果喜欢生活方便，随进随出，就选择古镇的优质小区，像博云广场和香榭春都等。当然，生活最为方便的优质小区无疑是博云·绿洲御府，它地处古镇中心，既有广场，又有森林，天天与谋道古镇当地人为邻，商铺林林总总，看电影进饭馆、逛集市都方便，跨出小区的大门，什么事情都办得到。我之所以选择博云广场居住，无非就是看中这些优势，我喜欢动静结合的环境，喜欢闹中取静的地方，出门享受热闹，回家就享受清静，想悠静发呆就去森林，这些条件，博云广场都满足了我。"总之，谋道苏马荡在发展变化，但房屋资源会越来越少，有经济条件的，选择山居购房是值得的，无论是居住和投资眼前都是可行的。

2018 年 7 月 30 日　写于谋道古镇

博云森林公园，铺上了红地毯

暮色古镇，夕阳余晖，霞光映照在博云森林公园，泛起一片金色。金色下面的红地毯，格外耀眼夺目。我行走在红地毯上，绿色的森林含着泥土味，随之又飘来树叶香，悠悠清风惹人醉，我似乎有了点感觉和惊羡——博云森林公园，哇，铺上了红地毯。

红色，绿色，霞光，浑然一体，这画面挺别致的。红色代表着热情、奔放、激情、澎湃；绿色则代表着宁静、自然、环保、希望。这是博云居民期盼的生活理念吗？我想应该是吧！博云居民在绿色环保生态的环境中充满希望地享受生活，永葆自己那份阳光般的热情奔放、激情澎湃的生活态度，山居栖息，乐在其中，福在其中，多惬意啊！

博云着力品质提升，小区文化建设是重要的环节，以"绿色、环保、生态、舒适"的文化理念，正在实施一系列的小区建设项目。目前已落成博云森林公园，公园亭廊和小径，以民族和现代风格融合，森林公园拉起了几条红地毯，绿配红，没有丑得哭，反而彰显出格外的风情，韵味十足，赏心悦目。博云文化阅览室即将建成，外观已呈现出复古廊桥形态，上层为连接森林通道的休闲茶吧茶廊，下层为文化阅览室；阅览室开放为小区业主提供了阅读基地，捧着一本书，不时眼望窗外，那一片森林绿色涌来，这样的景色很勾人且充满着想象力。阅览室浓浓的文化氛围，也为书画爱好者提供了一片用武之地，可以现场赋诗挥毫，其优秀作品，小区将为之装裱悬挂于墙上供业主欣赏。

博云小区棋牌室已经落成，规模还不小，十多桌的麻友和牌友可同场竞技，方便了一批喜欢博弈搏杀的麻将客。博云湖是小区最大的亮点，目前大部分工程已经完工，还有悬浮吊桥没有启动建设，明年博云湖进一步升级美化后，呈现在小区业主眼帘的是一个美轮美奂的彩色画面，多少人会惊喜连连，心旷神怡！博云湖满足了爱好垂钓的小区业主，天天都有几根钓竿迎风摆动。博云湖的鱼儿不少，耐心守候，垂钓者不会空手而归。小区漂亮的篮球场和羽毛球场已经亮相，室内乒乓球场虽为临时，但条件也不错，每天打球的人让乒乓球桌零闲置。同样漂亮设施一流的儿童乐园，海洋沙滩都已经派上用场。

  一个追求高品质的建设者，需有自己的企业文化。何谓企业文化？就是一个组织的价值观、信念、仪式、符号和处事等形式。具体表现在精神方面，落实表现在管理理论、管理思想、管理方式和群体意识等方面，核心在一个建字，落脚在企业文化建设上。博云企业在发展中，已经萌芽出自己企业的文化，博云小区一系列文化建设项目落成后，经过文字梳理，形成企业管理理论，也就从侧面折射出博云企业文化在逐步形成。一旦企业文化形成，其精神的力量就会让企业不断走向成熟，发展潜力巨大，获得标杆旗帜殊荣毫不意外。企业文化建设就是从小区细微生活方面管理点点滴滴演绎而形成的。博云小区正在实践中，一个处处弥漫文化建设的小区，就是一个品质小区，我想博云·绿洲御府通过努力是办得到的。

  博云·绿洲御府，一座处在谋道古镇的标杆小区，正在强力发展中。企业以小区文化建设入手，意在向更高的目标迈进，旨在创新突破。期望企业成为谋道古镇的亮点，一面旗帜飘扬在大山的天空，打造古镇的财富高地，这个目标能否达到？我看没有问题，对此充满着信心和期待。

2018 年 8 月 4 日　写于谋道古镇

我在替博云做梦，能梦想成真吗

傍晚，我拾级而上，进入了小区森林公园的高巅。站在木亭里，头上涌来一块乌云，不一会儿，太阳从乌云缝中挤了出来，一道亮光射进了木亭，洒落在我的身上。强光刺激了我，忽然间觉得自己就站在古镇的西山顶上，离落日余晖很近，这木亭不就是夕阳亭吗？落日余晖，西边烧霞，光影交错，近在咫尺，夕阳无限好，只是近黄昏，这意境就涌入了脑中。

小区森林公园至高点还有一个木亭，可以说是谋道古镇的最高处，朝东遥望齐岳山，见风车摇头；朝西看晚霞映红山丘，云霞绚丽多彩。我想，叫它西山亭再合适不过了。既然有了西山的称呼，森林公园自然就成了西山森林公园。欣喜谋道古镇有了一座西山，我们小区的西山，虽是我自己的臆想，论方向取个西山更贴近大自然、更亲近大自然。森林小道上有一条大的木长廊，它应该叫什么名字呢？还是叫西山长廊吧！西山这条长廊名副其实，排排坐人，一百多人都能挤下。黄昏夕阳下的西山长廊别有韵味，霞光透过树木泛出千束射线，幻影交叉，或红或黄或绿，像万花筒放出影光，五彩缤纷，七彩斑斓。小区的业主都习惯饭后百步走，到森林长廊散步的不少，走累了就在木廊板凳上休息，一阵子龙门阵就开始了，话完了，太阳也落山了。

在森林里漫步，由西往东，一座仿古桥矗立林间，它很气派，是小区的高富帅，引人注目。其实，它还没有名字，可大家叫它风雨桥，一阵风、一阵雨的，仿古桥依然如故，岿然不动，可能叫它风雨桥就是这个意思吧。有了西山的冠名，可不可以简单点，就叫西山桥吧；想复杂点，西山风雨桥也行。西山落日云霞，终会落幕作别。天色已晚，星星点灯，月亮之上，一片月光铺洒开来，西山风雨桥在月光下更显妩媚，其实，叫月光桥更富有诗意。博云小区一天一天在变化，有了西山，有了亭廊，还有了一座桥。博云两个字有点意思，说博，就可以联系到地大物博、博学多才等词语。单从博字理解，就是丰富、宽广的意思；云字理解就多样化，云云，说的意思，还有强调的意思。云从自然天象理解，就是云天云彩白云朵朵……博云两个字组合在一起，把天地都结合在一起了，够丰富了，够宽阔了。博云的寓意恐怕是一种期盼福气的愿望吧！

  博云小区最大的亮点是有了一座湖，这湖该叫啥名字呢？真是煞费脑筋。这湖名应该有点历史文化味道才行。谋道古镇原来叫磨刀溪，追溯千年历史南浦县遗址，据说也叫过南浦古镇。为证实磨刀溪关庙的历史，当地文人喜欢引用原四川都督赵尔丰的楹联题词，什么"大丈夫磨刀垂宇宙"……我倒是不喜欢赵尔丰这个沾满鲜血的屠夫，他手段极其残忍镇压四川保路运动，杀害了不少斗士，仅这一点就说不过去。我看过著名作家李劼人的小说《大波》上下集，书中就四川保路运动有详尽的历史叙述。赵尔丰自己不得好死，被另一支军阀队伍公审死于成都皇城坝。那天我还跟小向说，谋道古镇历史没必要引用赵尔丰这个负面人物的话语，历史人物引用还是要以正面英雄人物为好，符合历史传统传承的要求。

  小区湖水微波，一排柳树依偎湖边，水中鱼儿欢畅跳跃，由于没有名，大家管它叫博云湖。应该给它冠个名了。博云湖紧靠正在打造复古的南浦古镇，叫南浦湖怎么样？有点谋道古镇历史的味道！我查了一下，中国各地的湖冠南浦之名的有之，上海浦东新区就有一湖叫南浦湖。博云湖处在小区西山的脚下，也可以叫它西山湖，如果要富有点诗意，与月光桥对应，叫月光湖也行。湖边的木亭叫月光亭也就顺理成章了。

  谋道古镇博云·绿洲御府有座西山，以西山命名的地方选择面就大了。小区的公路可以以西山路一段二段三段来命名，亦可以西山路东南西北方向来命名。走进小区见路标路牌显眼，丁字口立一异型方向指示标，往左上月光桥，往右上月光湖、月光亭，再上西山森林公园，见西山亭、夕阳亭……这真是走进了绿洲，走进了公园，走进了大自然，走进了诗与远方，真是梦幻般的地方。真是这样，博云小区这个"候鸟"的家，那是值得拥有的。我在替博云做梦，能梦想成真吗？

2018 年 8 月 10 日　写于谋道古镇

文化建设注入博云

按照当地党委政府对小区党的建设及文化建设的要求，博云小区管理方和山居古镇的新居民第一次商讨了此项工作。博云·绿洲御府——谋道古镇的标杆小区，党的建设、文化建设和精神文明建设等方面的工作理应在小区扎根开花，这是践行社会主义核心价值观和中国新时代发展的需要，也是民族复兴，实现伟大的中国梦，新居民积极参与的一种责任，其意义不言而喻。

前天我和武汉的阮老师与小区管理方的小石三人就博云小区建党员活动室和一系列文化建设等事项进行了商讨，由此拉开了工作进程的序幕。没想到，退休了，还找到了一点事来做，乐在其中。三个党员，同唱一台戏，首次启动了博云小区思想建设方面的工作。昨天召开了首次小区文化建设会议，由于彼此不熟悉了解，新居民参加了几人，有曾从事交通、环保安全工作退休的专家，有曾经担任企业管理领导工作的退休人员，以及个别教师、画家的代表。文化建设的第一个议题就是给小区的公路、桥、亭廊、山水和树林冠名，小区的事交给业主自己办，展现了博云小区管理方的姿态。本着绿色环保的理念，尊重回归大自然的认识，大家集思广益，畅所欲言，发言积极，站在不同的角度看问题，提出了许多富有文化内涵的建议。地名、山名、湖名、亭名、廊名既朗朗上口，又通俗雅致，很快达成了共识，形成了一致的意见，真是三个臭皮匠顶个诸葛亮，智慧来自于群体，来自于新市民对小区建设的热情。大家说，应该把小区搞好，成为谋道古镇内外兼修的优质小区，造福于小区业主，让大家住着舒服，分享小区文化建设成果带来的愉悦。

小区的山以方向命名，西临落日余晖就冠名为西山林，东边森林小公园面临朝阳云霞就冠名东山林，东西一条线，遥相呼应，博云小区，绿色葱茏，阳光灿烂，日出东方、日落西方，风景如画。既然有了东山林和西山林，依偎在西山林脚下的一汪湖水就冠名为西山湖。高山出平湖，以博大宽阔的理念取名为湖，虽有点夸张之嫌，但却是小区新市民的渴望，心中那一湾幸福的期许——小区有水天一色的湖水。水是生命之源，海拔高的地方，湖泊水塘多珍贵啊！西山湖是小区的一道风景线，同样是谋道古镇的亮点之处。有了西山湖，唇齿相依的木亭，自然而然就是西山亭了。中国历史上有多个地方冠名西山，它与"夕阳无限好，只是近黄昏"的意境有关系，特别有山的情怀，总是对太阳的依依不舍，抒发着难舍难分的情思。

高山的云彩是丰富的。谋道古镇的天空很蓝，有谋道蓝之美誉。白云朵朵，蓝天白云是常态，似乎博云西山林离天空很近，伸手可触云彩。大可在云字方面做文章，产生无限遐想，意境幽幽，油然而生。西山的两个木亭就与云字结缘了。木亭高低冠名，低为云舞亭，高为云飞亭，意在博云小区"候鸟"永远向上，永攀高峰，永不止步，去追求那诗与远方，追求幸福的一种精神意境。西山林的一条木长廊，给出了风雨长廊的概念，意在博云人与其风雨同舟，合力团结，共同前进向上的精神。博云小区新居民应该形成一种精神，学无止境，乐在其中，享在其中，不惧年龄，做生活中的强者！

博云小区在高巅修了一座桥，这座桥伟岸气派，彰显出博大的胸怀和丰富宽广的意境。站在此处凭高望远，平视与齐岳山风车打招呼，俯瞰下面一片绿色的海洋，见森林波浪翻滚，似麦田麦浪泛起涟漪，风景这方独好。博云人坐在此处抿茶饮酒，谈天说地，唱诗赋词，笑望苍穹，惬意无比。这座桥确是博云的骄傲，今天咱就不叫它为桥，冠名为博云阁，赋予它深厚的文化内涵。有了东山林和西山林，小区的公路就好冠名了，以西山路和东山路为主，分段设计和凭方向设定均可，任凭孔雀东南飞。我想，博云小区将这些富有精神和富有诗意的山名、亭名、廊名、湖名等落实挂牌公示，小区的文化建设就进入了新阶段，再下一步博云文化阅览室开放，墨香书香弥漫小区，文化建设又迈向了新的高峰。博云将开门迎宾喝茶，召开小区文化建设座谈会，听取多方意见，旨在文化兴区，文化发展，文化丰富"候鸟"新生活……朋友来了有好酒喝，自然不亦乐乎！文化建设注入小区，博云更会强力发展，明天未来大有前途！

2018 年 8 月 11 日　写于谋道古镇

谋道古镇·西山湖

谋道古镇有座地标——博云·绿洲御府，御府有个大水塘，又叫西山湖，湖边修有亭廊，沿塘周围栽了柳树，柳树脚下冒出了青青的小草。一条红地毯像田径跑道环绕水塘，蓝天下的田径跑道尤其显眼，一根黄色的标识线试与太阳争光辉。水塘的一侧盛开着格桑花，今年的格桑花变矮了，花朵虽五彩缤纷，却没有去年大。究其原因，是因避风免遭折腰，新选择了花种——长不高的花种。去年小区的格桑花在暴风雨中摧残凋零，一片片倒下且永远没有爬起来，卓玛姑娘流泪了。格桑花一夜之间消失在大家的视线中，见此景况真为漂亮的格桑花惋惜。

水塘的另一侧是进森林的一坡石梯，登梯而上就是茂密的森林了。从水塘远望西边，一片翠绿的山峰离天很近，晚上这里有云彩变化，夕阳烧霞偶尔出现，血霞映空也会出现。起先水塘没有冠名，修建时塘底栽了不少藕，待藕串根时会长出荷叶荷花来，会叫荷花池吗？柳丝飞飞，荷花浮萍，鱼儿畅欢，蛤蟆鼓叫，呈现出园林风格，一派复古风吹来，梁山伯与祝英台相会亭廊，因一座悬浮吊桥未修好，只好隔桥相望了。这是一种意境，复古似乎牵强了些，一条红地毯伸延开来，梁山伯与祝英台恍若换了人间。我把这大水塘叫西山湖，它是博云·绿洲御府的一个水湖景观，尽管它不大，却是博云业主心中的那一泓幸福的湖水。

六月份我回到谋道古镇博云小区的家，惊喜小区的变化，眼目中飘进了一个小湖泊，喜不自禁，沿着红地毯走了几圈，感觉在做明星梦。山青青，水清清，山风习习，湖水微波。绿色的水与蓝天匹配，虽没有水天一色的景致，却有相互拥抱的深情。海拔高的地方，有一湖泊呈现，那就是一幅水天图画，美韵十足。湖水中行舟，让我们荡起双桨，愉悦的歌声，勾起了童年的回忆。童年时光，童趣生情，多美好啊，这一刻，仿佛在西山湖找到了感觉。

我每天上午会到西山湖西山亭里坐坐，傻傻地待上一阵子。这一刻很静，只闻树香，耳听鸟鸣。有时会飞来两只布谷鸟，抖动着大翅膀，"碗豆苞谷"吼出声来，瞬间破了寂静。偶尔一条小蛇在眼前游弋，可能它太寂寞，出门看看。还没有蛙鸣嘀咕，否则湖边不缺蚕食者。我望着湖水仿佛给自己洗眼，我远望山峰那绿茵茵的翠色，似乎给自己明目。观清水、望山峰，利于眼睛保健，天天坚持，还是有显著效果的。有人说，怎么只看见我在亭廊孤独的身影？正因为无人我才待在这里享受一份静静的时光。他们不知道，博云小区有东山林和西山林，小区业主都登高望远，沐浴森林负氧离子去了。仙居在森林边，生活在古镇旁，对城市人来说，既是奢侈又是渴望，所以，这当然是一种享受，而且是拥有难得的资源享受。不然哪有这么多武汉人和重庆人踏破博云公司售楼部的门槛？销售人员忙得不亦乐乎。好房子在古镇，在森林，在博云，这些都是事实。买房人都是来享受这一片森林、这一片蓝天的，当然还伴随着凉爽。

　　西山湖来了一批客人，一千多斤的大小鱼儿归入了新巢。小鱼兴不起风浪，可那些大家伙鲤鱼群，兴奋得鲤鱼跳龙门。平静的水塘掀起波澜，越是有人它越跳得欢，猛然冒出头，扬起水花，落下来像跳水队员压水花那么美，简直就是跳水冠军。鱼儿来了，湖水变黄了，往日的碧绿变成黄色，有些泥沙俱下呈现出的浑浊，这让我想起了一句古话：水至清则无鱼，人之察则无徒。水清了藏不住鱼儿呀，这些鱼儿聪明啊，把水搅浑自个儿安然藏匿于水中。鱼儿啊，你可不知道，把一汪清水搅成泛黄水，让翠绿清澈不在，怎么让人洗眼睛呢？哦，我知道了，这里是你的家，房子要涂上黄色是你们的选择，那就尊重你们的选择吧。西山湖，森林簇拥下的一汪湖水，不失为博云小区的一道亮丽风景线。谋道古镇有博云广场，还有湖光山色的西山湖。

2018年8月13日　写于谋道古镇

迎来了远方的客人

清晨的博云小区阳光灿烂，绿油油的树林泛起金光，格桑花扬起脖子，小草水灵灵的，鸟儿在嘀咕，知了在吼叫，一派自然生态的画面，使人心旷神怡！

我悠闲漫步在小区的公路上，边走边看。空气新鲜，沁人心脾，舒服至极。走到山脚下，拾梯而上，沿途的树木散发出淡淡的幽香，一群滚珠鸟呼啦啦扑了过去，瞬间破了寂静，阳光射线从树丛穿过，洒在小径上，我的足下一片斑驳。登顶望远，古镇全貌近在眼前。阳光下的谋道古镇充满生机，新的一天开始了。

我到了博云阁，推开书画室的大门，即刻打开窗户，让山风吹进来。眼望外面的世界，一幅绿色的风景油画美得醉人。博云书画室就坐落在博云阁二层，悬空看森林，左沐朝阳，右沐夕阳，诗情画意，尽在此处。新的博云书画室即将开放，面对小区业主，给"候鸟群"提供一块文化阅读基地，享受时光静好的惬意。

打开一个大纸箱，几十本世界名著亮相，硬壳精装，好漂亮的书啊！我感叹着，撕开一本封膜，翻开《安娜·卡列尼娜》，似乎好熟悉。书页的油墨味犹存，托尔斯泰的精品又一次吸引了我，不由自主沉浸在字里行间。忽然见一老者拄着拐杖走了进来，宽阔的脸，架着一副眼镜。这人似乎在哪儿见过，怎么这么熟悉啊！他是电视中的金铁霖老师吗？我有点懵，怎么可能在博云书画室碰上？世界真奇妙，不可能的事真的出现了。随后他的夫人马秋华进来了，后面跟着两个中年男人。他们几人坐在茶几边，开始喝茶聊天。我问候了一句"金老师好"，合影了一张照片。立秋过后，博云小区迎来了远方的客人——全国人民熟悉尊敬的声乐教育家金铁霖老师。有朋自远方来，不亦乐乎！

金铁霖老师一行到来，顿使博云阁书画室蓬荜生辉。不便打扰，给远方的客人留下一个自由的空间，静享古镇的风光。告辞了客人。随即我发了几张照片到朋友圈，引来众人的关注，奚老师问我："金老师也到博云住了？"我回道："不知道。"谋道苏马荡几年的发展，知名度与日俱增，迎来了无数名人下榻观光，金老师夫妇悄悄地住进了博云小区。当然，金老师已经离开了。下午我从苏马荡回到博云小区，即刻叫上观光车将已到的快递书籍搬运到文化阅览室。几百本书推码一车，这是博云奉献给"候鸟"的精神食粮，兴建文化小区，博云在行动。

　　近几天谋道古镇特奇怪，每天上午艳阳高照，下午就突然跑来一片乌云，说时迟那时快，大雨倾盆而下，豆大的雨粒砸在地上，一点一个泡。雨太大，地下涌起一片海。此刻望天，南边又涌出了乌云，会下雨吗？果然一阵大雨倾盆，天又漏了，还伴随着冰雹，不过不大，像珍珠落在了古镇上。不一会儿雨住了，太阳又出来了，古镇的天空又显碧蓝如洗，空气太好了，森林还是湿漉漉的。

　　赶紧到博云阁吧，把书画室布置好，大家一起努力，共创小区文化建设，待周二小区文化建设座谈会完毕，周三正式对小区业主开放，博云文化建设的春天由此拉开序幕。怎么样，生活居住在博云的"候鸟"够幸福吧！博云文化阅览室可漂亮了，无论内外，够得上高端大气，眼前应该是谋道苏马荡最好的文化书吧？八十六岁的武汉大爷昨晚溜达到了文化阅览室，看了此景赞不绝口，打了九十九分，差一分是要博云继续努力。大爷大妈坐在椅子上，望着窗外不住地赞叹：这不是一幅天然的油画吗？多美啊！太好了！

2018 年 8 月 13 日　写于谋道古镇

苏马荡小区文化建设座谈会有感

博云小区喜事不断,前几天蜚声中外的声乐教育家、音乐界泰斗金铁霖老师下榻于博云,并在博云阁书画室喝茶聊天,他望着窗外那一片绿色的森林,对谋道古镇这方风水宝地露出了舒心的微笑。金铁霖老师还会回来吗?据说,他在万州五桥机场登机回北京前,表达了喜欢谋道古镇博云·绿洲御府并愿重返的愿望。金铁霖老师是公众人物,也是深受全国人民喜爱的音乐艺术家,博云小区的业主对金老师居住在博云表现出极大的热情,也能理解金老师不愿受人打扰的心情,看见金老师在博云小区活动,大家都没有去惊动他,也没有渲染。老人家身体不好,走路拄拐杖,喜欢静心休养。尊重理解他人是美德,博云业主做到了。

送走了远方的客人金铁霖老师,博云小区又迎来了一批新的客人。他(她)们来干什么呢?是来参加博云小区文化建设座谈会的。何谓文化建设?就是发展教育、科学、文化艺术、院校、博物馆和图书馆等各项文化事业的活动,既是发展物质文明建设的条件,也是培养有思想、有觉悟社会主义新人,建设发展精神文明的重要条件。文化是一个民族、一个国家的灵魂,文化兴国,文化振奋精神,文化建设的发展尤其重要。博云小区着力于文化建设项目的打造,旨在推动精神文明在小区生根发芽,使小区业主思想道德得到升华,做遵纪守法的社会好公民。借小区书画室、文化阅览室和党员活动室告竣之喜,盛邀了苏马荡部分小区的文化人代表前来博云做客,共同探讨小区的文化建设发展,把小区打造成一道道文明风景。谋道苏马荡山清水秀,自然风景固然美丽,但真正最美的风景是苏马荡新市民这道文明风景。

有朋自远方来,不亦乐乎!各路文化人涌入书画室,令博云阁蓬荜生辉。苏马荡小区文化座谈会在欢声笑语中拉开了序幕。主人身份的博云负责人彭志东致辞欢迎,并介绍了打造小区文化建设硬件和提升软件文化建设的初衷,表示一个小区尤其需要加强文化建设来推动博云企业的发展。"谋道在线"王峰介绍了与会人员的情况。皇家一号刘康老师第一个发言，认为小区文化建设对"候鸟"精神生活显得非常重要。皇家一号文化建设做得很好，名类繁多的协会达到了9个，既丰富了"候鸟"的文化生活，又陶冶了退休"候鸟"的情操，让退休老人老有所学，老有所乐。林海云天的温新阶老师发言，提到了创建小区文化建设，一定要把当地土家民族文化弘扬纳入到小区文化建设中，推动民族文化建设的发展。山水康城的陈兰老师满怀深情，说找到了组织，文化对山居谋道苏马荡的"候鸟"生活显得多么重要。人需要精神生活，作为文化人，一只"候鸟"，愿意与大家一起为苏马荡的发展，创建小区文化来努力奉献！森海豪庭的张永柱老师对召开小区文化建设座谈会叫好，激情澎湃，现场咏诗几首，赢得满堂彩。电影《红丝带》编剧再宏老师，重庆、武汉的胥志融及阮山老师都作了建设性的发言。最后由谋道镇文体办宋主任作了总结发言，他将谋道镇党委政府一揽子推动苏马荡的文化建设发展的具体项目通报于大家，认为博云小区文化建设座谈会开得好，开得及时，开得有意义！

　　博云·绿洲御府近几年发展很快，在发展的思想上有了超前超远的思维。以文化建设促进经济发展，经济发展势头良好，经济又反哺作用于文化建设，形成良性互动，达到美美与共的目标。这是个多赢互动发展的局面，博云广场探索出了一条文化促发展的路子，企业兴旺发达，继而将形成自己的企业文化，企业有了灵魂，博云不想成为谋道古镇的一座标杆小区都不行。参加苏马荡小区文化座谈会的代表在空隙中参观了小区的环境场地和文化建设项目，不无感慨，真不知道博云有如此厚实的基础，不看不知道，一看惊一跳！博云调整战略走高端，做品质小区完全是可行的。博云广场将成为一面旗帜，又一个像林海云天这样的优质小区展现于世，为谋道苏马荡的发展做出有力的贡献！

2018 年 8 月 15 日　写于谋道古镇

远方的家

博云·绿洲御府——远方的家，是武汉人建立的微信群。起先我没有太在意，心想无非就是一个大家相互联系、互通信息的群罢了。那天小区几个武汉和重庆的新居民说，他们真是把谋道古镇博云·绿洲御府当成了远方的家，每年念着它、恋着它，初春季节就有回家的意念和愿望了。盛夏山居，本想待长点时间，可大家有孙子，得送他们回城市读书，如果闲着无事的话，就可以住在远方的家，享受空气、享受绿色、享受岁月静好。

博云小区的"候鸟"思念着远方的家，感情真挚，赋予、并丰富了"候鸟"远方的家的内涵，也希望自己的家建设得越来越好。他们愿意参与到小区的文化建设中，发挥自己的专长，尽一滴水的力量，共同携手打造文明小区、精品小区，乐在其中，喜在其中，享在其中，福在其中。说实话，我有些感动，现在才慢慢领会到，从某种意义上来说，这远方的家也是"候鸟"情思宣泄的一种概念。

昨天，我在小区办公室碰到了一位武汉人，七十岁左右，衣着时尚，胸前斜挂着户外腰包，一头青丝因说话有几根黑发在飘动。他问我博云小区的演出地点在哪儿。哎呀，我不知道呢，他可能把我当成博云公司的工作人员了。小区办公室无人，我坐在此处休息，他也坐在了沙发上，我们俩随意聊了起来。他告诉我，他现在居住在其他小区，但在博云买了两套房子。他原来到农贸市场购物看到博云房子的外观觉得不错，真不知道小区里面的环境。后听人说和看到有人写的博云的文章，和老伴来一看，里面的风景独好，地势平坦，森林幽幽，鸟语花香，这地方就是想要的远方的家。

"老师也视谋道苏马荡为自己远方的家吗？老师贵姓啊？""免贵姓张。""张老师退休前的职业是什么，方便说吗？""我曾经在部队文工团干过二十多年，自己开始是民族唱法的歌手，后转行干了其他工作。"一问一答，陌生渐变熟悉起来。张老师侃侃而谈，说曲苑杂坛的一女主持人曾经是他的学生，现在还活跃在荧屏上的一对相声小品兄弟演员曾是他带的兵，而今还在联系互动。之所以多买一套房就是让他们到谋道古镇来有住处，每间房整成标间，一帮人自己去闹吧。

"张老师，那明年我们是邻居了，欢迎您这样有文艺才华的人，希望您参与到小区的文化建设上来，发挥作用；并希望把您带的兵——著名的相声小品兄弟演员请到博云入住，令博云·绿洲御府更蓬荜生辉。"张老师知道了我的姓名，即刻打电话给他老伴，说有幸碰到郑老师，要坐一会儿。我与张老师聊天由浅到深。他说："我每年冬到海南，春秋武汉，夏到谋道古镇。现在七十出头，还跑得动，今后就把博云小区当成远方的家了，八十岁了就长住在博云养老，不出门了。所以我买了带暖气的房子，是长期的打算。谋道古镇空气好，生活方便，不光是乘凉避暑，冬季恋歌照样吟唱，不冷不冷，有暖气就行了。"

张老师兴奋地说："郑老师，我们武汉人有个群就是以远方的家取名，可我们就是把谋道苏马荡当成远方的家，这里就是武汉人远方的家。""是的，张老师，我是成都人，也把谋道苏马荡当成远方的家，每年离开时都有依依不舍的感觉，春暖花开时又有牵挂归巢的冲动。"远方的家——谋道古镇博云小区，确实是大家的希望和期盼，这个家在发展，在创建，相信通过大家的努力，在加强文化建设上做文章，博云小区这个"候鸟群"新市民的家就会越变越好！

2018 年 8 月 16 日　写于谋道古镇

《党员之家》成立大会纪实

举起右手,握紧拳头,面对党旗,庄严宣誓:我志愿加入中国共产党,拥护党的纲领,遵守党的章程,履行党员义务,严守党的纪律,执行党的决定,保守党的秘密……顿时热血沸腾,作为一名老党员似乎年轻了,重新找到了当时入党那一刻激动的感觉。不忘初心,牢记使命,人退休了,思想永远都不能退休,活到老,学到老,是一名普通共产党员应该做到的。中国共产党是先锋组织,中国共产党党员就应该始终牢记使命,区别于普通群众,在任何地方都要以一名共产党员的标准严格要求自己,发挥党员的先锋模范作用。

8月27日,博云·绿洲御府"候鸟"党员业主齐聚一堂,在博云党员活动室参加党员之家的成立和鼓掌通过临时党支部的成立。无论你从哪里来,无论你年龄有多大,无论你原从事什么职业,无论你原来是什么职务,今天在党员之家就是一名普通党员,在党组织的领导下,自觉接受党的领导,遵守党的纪律,尽一名党员的责任和义务,做一名新时代合格的共产党员。

时代在发展,全国流动党员越来越多,近些年康养产业不断发展,又产生了不少"候鸟"党员。"候鸟"党员属流动党员的范畴,但似乎与流动党员又有些不同的特性,他相对固定在某一地点、某一时间段,像在苏马荡乘凉避暑的"候鸟"山居时间平均下来就有三个月左右。这段时间"候鸟"党员怎么管理?怎样把党的政策及时传达给党员,让党员听到党的声音,聆听到党的指示,与党中央在政治思想认识上保持高度一致?我想就应该遵循党章规定,主动靠拢当地党组织,成立临时党的组织,接受属地党组织的领导。我们山居在谋道古镇,自然就应该接受谋道镇党委的领导。

八月初,就成立"候鸟"党员临时党支部,我与博云公司党员石丹同志和"候鸟"党员武汉的阮山同志共同商议成立博云·绿洲御府临时党支部的事宜，后几次酝酿，达成一致认识，并由石丹草拟一份文件上报谋道镇党委，并确定了阮山同志担任临时党支部书记，刘治强和唐文杰同志为支部委员。班子构架搭起了，就安排成立党员之家一并向党员宣布筹备临时党支部的情况说明，待上级党委批复下来，明年条件成熟就由小区党员大会正式选举支部委员会成员，使小区党的建设和党员管理走向正轨，发挥党员的积极性，参与到谋道苏马荡大发展中，为当地的经济建设贡献出自己的力量。

昨天是个高兴的日子，党员在博云小区有了自己的党员之家，找到了党组织，多少党员激动兴奋。刘治强同志领誓前还备了课，怕领读党的誓词咬字不准确，对有的字注写拼音在家练习，就是为了带领党员重温誓词有好的效果。一切都为了这次大会的成功，与会前一天下午，临时党支部几个成员还邀请刘康教授一起商讨，研究细节，争取大会达到理想效果。此次党建活动过程始终得到博云公司负责人彭志东的大力支持，提供场地帮助，一起商讨会议组织过程要办的事宜，尽管他是非党人士，作为人大代表同样在尽自己的责任，为支持和推动小区的文化建设和党的建设不遗余力。

在党员之家成立大会上，阮山书记书面发言，希望博云"候鸟"党员始终记住自己是一名共产党党员，让自己的身份不褪色，听党的话，参与到小区的文化建设中来，让老年的生活丰富多彩。谋道镇党委予以高度重视，派党委组织委员向杰参会并致辞。向杰同志向大会全体"候鸟"党员通报了谋道镇党的建设和经济发展情况，并寄予"候鸟"党员希望，表示今后会加强与小区临时党支部联系，及时传递党的声音，欢迎党员"候鸟"人才参与到谋道的经济大发展中来，共同打造新谋道，把中国最美小城苏马荡建设得更好！

重庆市委宣讲团成员、硕士研究生导师、重庆市委党校刘康教授的讲课是党员之家成立大会最大的亮点。题目新，紧扣时代，第一次提出了如何加强"候鸟"党员的管理，怎样来发挥"候鸟"党员的先锋模范作用？这是一个新课题，刘康老师真是花费了很多时间，整了这个适应于当前康养产业涌入大批的"候鸟"党员的管理和这批党员发挥作用的讲课文章。刘康老师深入浅出地讲解，不断以打比方的形式，告诉"候鸟"党员要洁身自好，以身作则，始终坚持党的信念，跟着党走，不忘初心，牢记使命；不乱传谣言，有意见走程序，不要因小失大，跟着一些人去瞎起哄，干堵路闹事违法的事情。

刘康老师深情地说："我们是'候鸟'，尽管年龄大了，要学习呀，人不学习要落后，什么事情都不知道了，还叫共产党员吗？不要看见毁了一棵树，就不问青红皂白，到处发照片，到处渲染。你要搞清楚事，只要通过合法手续，经政府同意的，就是可以的。不砍点树，大家能到苏马荡来乘凉避暑吗？况且修建一个小区还是要补栽树的，今后的森林面积更会增加。一些有党员身份的'候鸟'上车抢座位，还吵架打架，这样不行！所以，无论党员走到哪里，还是要由党组织来管理的，博云小区成立临时党组织就是加强党的建设，管理好'候鸟'党员的一项举措，任何党员都不能凌驾于党组织之上，主动接受党组织的监督，在党内生活中开展批评与自我批评，提高自己的党性觉悟水平，永远做一名先锋战士，为社会尽责，为祖国争光。"

一堂别开生面的党课让我们受到了一次深刻的教育，触动心灵。会议结束后，大家感慨万千，没想到，今天能够听到这样好的讲课，希望这样的学习活动常有，刘康老师讲得太好了，希望刘康老师明年继续给我们"候鸟"党员上课，聆听党的教育，让自己的思想升华，人老心不老，监督自己，做一个合格的共产党党员。实话说，我因工作的关系，多年没有融入到党组织参加这样的活动了，尽管过去搞过思想政治工作，在基层党组织担任过职务，但今天重温党员誓词和听刘康老师讲课，启发还是很深的。让我想到对一个普通党员的教育是多么重要！一把年纪了，不学习，几乎忘记了党的章程里作的规定，信口雌黄，完全不知道自己还是一个党员，不知道怎样来行使党员的权利和义务，尊重和服从于党组织的规定，这些都是需要加强党的建设来解决的重要部分。我们是"候鸟"，我们会一年比一年更老，作为党员更要加强学习，保持一份党员的本色，更不能倚老卖老，让人耻笑，这样会损坏党的声誉，于党于己都不利。作为一名老党员更要带头，给年轻党员做出榜样，我们虽然老了，但思想不落伍，与时俱进，阳光生活，思想阳光了，生活就阳光灿烂！

2018 年 8 月 28 日　写于谋道古镇

西山林的云，西山湖的花……

博云·绿洲御府有东山林和西山林。朝霞弥漫的地方就是东山林，清晨太阳腾空而起，光束射线从森林缝隙流了出来。由于有了东山林这道屏障，小区总是半阴半阳，凉风习习。每次跨进小区大门，即便一抹阳光泻在身上，身上仍感凉悠悠的。

西山林下午云彩变化诡异，而且容易堆积起片片坨坨的白云。我在观察天象，总觉得西边落日的地方容易形成大片白云。前两年我到陈家湾观云台小区朋友家做客。本想问问他，何谓观云台？我站在小区广场上，头顶着那大片白云吸引了我，望着西边那堆垒层叠的白云，既像山峰，又像雪山，忽然它又变化多端，随着风儿在跑……那一片白云真神奇，一会儿拉长像连绵起伏的山峰，一会儿又跑出了一幅山水画。云彩如此丰富，这不就是观云台吗？再问朋友就多此一举了。有一次我坐在绿岛养生谷森林边，面对夕阳余晖的西山，头上的蓝天辉映出一团白云，这团白云不断膨胀，变成了一颗硕大的棉花糖，霞光反射过去，棉花糖顿时泛起了金色。我目不转睛，看着大大的棉花糖，感觉西边的云彩在变魔术，这功夫炉火纯青。

为什么西边的天空易起云彩呢？这种天象的变化可能与太阳行走的轨迹有关系。炽热的大火球挺有魅力的，白云姑娘喜欢在午睡后围着太阳哥哥转。可能阳光灿烂，白云姑娘就像朵朵雪绒花；可能阳光不理睬白云姑娘，天空就顿起乌云，白云姑娘生气变脸了。昨天下午，烈日当空，我望着西山林，天空好蓝，蓝色背景墙忽然涌起一大堆白云，白云悄悄在变化模样，从一个葫芦形状瞬间变成了一座山峰，层次感特别突出，还晶莹剔透的。博云西山林有如此浪漫的云彩图画，很是吻合博云的名字，高山显白云，难怪小区的文化人把西山的亭子取名为云舞亭和云飞亭。

秋色之空的博云，每天送走了一批一批的"候鸟"，热闹的小区变得空寂，这似乎有些不习惯，邻居们都回到另外一个家了。待到明年春色烂漫时，才会迎来"候鸟"邻居的重逢。这就是"候鸟"的特征，她会飞来，又会飞走，似乎有了规律性。我想起了乌克兰的一对恋人"候鸟"的故事。公主"候鸟"翅膀受了伤，她飞不走了，王子"候鸟"陪着公主，可一到冰寒的季节，王子"候鸟"尽管恋恋不舍，还是要飞到温暖的地方去，这是动物迁徙的规律，不能违背。恋人的分别是痛苦的，可它们彼此要遵循这种规律，默默承受着一段难熬的时光，次年春暖花开，王子"候鸟"早早飞来了，它们绕脖缠绵，亲热得如胶似漆。博云的"候鸟群"每年初秋要飞走，但她们都恋着古镇的家，次年的初夏又飞来了，年年如此，这似乎就有了规律性，夏来秋走，"候鸟群"都飞走了，格桑花流下了难舍的眼泪。

此刻，我望着西山林顶上的那片白云，有些怅然若失，心里有一丝复杂，我这只"候鸟"不久也将要离开博云的家。我沿着小径朝西山湖走去，两边的格桑花情绪低落许多，她们有些垂头丧气，仿佛喃喃自语：都飞走了，把我们撂在这里，连个说话的人都没有，我们好寂寞啊！每年回到古镇博云的家，"候鸟"飞来了，格桑花遍地灿烂盛开，多美的花儿，为博云小区一道亮丽的风景。小区"候鸟"都喜欢这些花儿，天天与她们拥抱邂逅，抚摸格桑花丝滑的小脸蛋，太阳出来，格桑花更是娇艳，出落得绚丽多彩。我也喜欢小区的格桑花，离开她，真有些依依不舍。西山林的云，西山湖的花……

            2018 年 8 月 31 日 写于谋道古镇

此缘博云阁，此缘身在山林中

谋道古镇有座博云阁，它坐落在博云·绿洲御府的高巅上，前望东，后望西；清晨迎朝阳，傍晚送余晖；夜晚明月映照阁廊，星星眨眼眯眯笑。博云阁背靠森林，凭高望远，一眼望穿古镇，谋道风光尽在眼前。夜色袭来，秋风柔柔，仙女下凡，坐在云阁，纤指拨琴，高山流水，婉转动听，这有些美醉了！一种意境，一幅图画，烘托得博云阁分外出彩。

据当地人说，博云阁所在的位置曾经有座文峰塔，是谋道古镇的一座塔型建筑。塔源于佛教，后逐渐演变为中国民族风格的高耸建筑，但凡说塔，就是高耸入云，特点为高。其实，文峰塔区别于佛教塔，就是中国特色的风水塔。建文峰塔有三层意思：一为希望当地人才辈出，多中科举；二为补缺当地风水；三为突出地标影响。我想，谋道古镇曾经的文峰塔多为风水塔，与佛教有无关系不知道。

古镇的文峰塔没有了，只留在谋道土家人的记忆中了。时过境迁，古镇文峰塔的地方却建起了一座阁楼，定名为博云阁。何谓博云阁？意指博大和云彩，天地合一，风景如画，凭高望远，诗与远方……我想阁楼的味道就出来了。阁就是旧体建筑楼房的俗称，它的特点也跟塔一样，表现高的意思。文峰塔消失了，却迎来了博云阁。博云阁横在山巅，好壮观。它有点古味，更多还是民族化的风格，含有中国古建筑的风韵。

烈日当空，我站在不远处翘望阁楼，阳光泼洒在阁楼檐角上，角尖上熠熠生辉。博云阁在我心中高大起来，忽然想，这阁、这廊、这楼……好匹配谋道古镇啊！这似乎成了一处亮点，古镇的一张名片。走近博云阁就会说起文峰塔，文化底蕴厚重的谋道有了话语。这就是古镇文化修复，重拾古镇文化记忆的表现。顶着阳光，我登高上阁楼，放眼望出，一片绿色森林波浪翻滚；蓝天白云与森林缠绵交相辉映，阳光金灿灿的，一束束射线相互交错，斑斑驳驳，光怪陆离。山风吹拂，凉爽拥抱，这一刻，真被风景醉倒了。

恍恍惚惚下了楼，路边的格桑花频频点头，顾不得与这些小精灵打招呼了，因为，郑叔叔已经醉了。不知不觉到了墨缘堂，大门开着。我仿佛看到了金铁霖老师，仍然坐在那把木椅上，手握拐杖，目视前方。前方那一片森林绿茵茵的，金老师望着森林那一片绿色，他在想什么呢？或许美丽的风景迷住了他的双眼，或许他在想，这神仙般的地方要不要留下来呢？我有点不好意思进去，脚步止于门前，眼目一闪，哪儿有个金老师？真是大白天做梦，南柯一梦，虚幻了一回。

阁楼生辉，书香弥漫，墨缘堂依托着博云阁，依然出彩。春色烂漫于墨缘堂，鼻闻书香墨香，打开窗户，花香树香一并涌来；层林尽染于墨缘堂，眼目外面秋色金黄，秋风落叶，诗情画意；白雪皑皑于墨缘堂，隔窗遥望银装素裹，雪花飘飘，这意境仿佛就是窗前千秋雪。美啊！博云阁眼皮下的风景，让我情不自禁，此缘博云阁，此缘身在山林中，不亦乐乎。

2018 年 9 月 2 日　写于谋道古镇

谋道古镇——西山林

　　谋道古镇博云·绿洲御府拥有两片森林,后被冠名为西山林和东山林。西山林面积大于东山林,经打造装扮成了一座自然生态公园。西山林山形漂亮,坡度不大,就像高山平地冒出的一个小山丘;小山丘绿郁葱葱,树林茂盛,沿着山间小道行走,阳光射线穿林落下,道道金光交叉辉映,小鸟儿嘀咕声声,风景格外别致。

　　西山林有些雅致,拥有两座亭子和几个休闲喝茶的露天亭坝,还有一座风雨长廊。亭子登高望远,离云彩很近,可见白云翻腾,云起云涌,云飞云舞,故取名为云飞亭和云舞亭。我坐在云飞亭,仿佛坐在孤独的小房子里,因为它四处无障碍,左右前后都能望出去,望出去都是绿色的树木。好雅兴的地方,据说文人骚客已捷足先登,在此亭饮酒抿茶,留下了足迹,但没有留下墨迹。云飞亭为横匾,差两句话来衬托,我不会作诗,就来两句话吧——云雾西山林,博云腾驾飞。哈哈,纯属乱弹琴。云舞亭与云飞亭隔林相望,它有些特别,既看西边云彩跳舞,又观大片绿色森林,视野开阔。云舞亭也差两句词,不妨来两句自我陶醉一下,"晨曦林海漫天起舞,夕阳黄昏霞云飘逸",打一横联:云舞亭。

　　每天的上午和下午,两座亭子都有人在此喝茶聊天,我观察到女士多于男士。这些女士独占一方阵地为哪般?她们多数喜欢跳舞,还喜欢从大挎包里掏出一条一条多彩的丝巾,往脖子围、往脑壳包,然后同伴的手机不停地闪光,甚至还两人头靠头地合并照相,生活浪漫而富有风情。如今的"候鸟"生活丰富多彩,自娱自乐,忘乎所以,尽情陶醉在森林中,享受着一份情趣。大凡"候鸟"聚集的地方,随处可见打扮时尚的花蝴蝶女性队伍。在海南三亚和广西北海尤为突出,遍地都是金发黄毛、穿衣花花绿绿的"候鸟"女性群体。中国中老年女性玩遍中国,玩遍世界!

其实，据我观察，西山林最受女性人士欢迎的还不是云飞亭和云舞亭。露天古香古色的茶吧才是她们最青睐的阵地。这品茶摆龙门阵的地方照说是男人的嗜好，而今反转了，这般雅兴被女人效仿了。女人们真会生活，邀约一帮女士，穿戴时尚新潮，脸上被一大眼镜遮住一半，不见皱纹，只见红唇，那快人快语的交流像机关枪射出的子弹，叽叽喳喳，森林中鸟儿都无语了。这些女士快活得像百灵鸟，西山林赋予了她们生活的情趣。我看见她们围坐在大茶几一周，端着刚煮开的香茶，呷一口香，那味道真是惬意极了！一重庆女人倒也口直心快：博云·绿洲御府这森林里，我喜欢的就是森林中的露天茶吧，在此喝茶犹如神仙般的生活，舒服啊！那当然哟，蓝天白云下的森林，鸟儿欢唱，小松鼠偶尔来光顾一下，森林的树叶香，凉风悠悠，这日子美滋滋的，谁又不愿意在此休闲浪漫一回?！

博云西山林，一块绿色生态的休闲游乐地方，博云业主尽情享用，在西山林游玩，能品出文化，能游出兴致，随便散步，抬头一望，这亭那廊近在眼前。西山林的风雨长廊蛮长的，你站在长廊里和坐在长廊里，尽可享受到风雨长廊的惬意，一阵风卷来，一阵雨袭来，顿时感到此刻身在风雨中……漫步在风雨长廊，作为博云的业主，此刻更会想到，博云是我家，远方的家，倍感珍惜这方沃土，心与博云这个家一起发展，风雨同舟！

2018 年 9 月 4 日　写于谋道古镇

谋道古镇——东山林

谋道古镇大街旁最近处有一片森林，这森林就是博云·绿洲御府的东山林。太阳升起，东山林近水楼台先得月，紧紧拥抱那腾空而起的火球，顿时一片朝霞辉映森林，东山林泛起一片金色。我的书房斜望着东山林，东山那一片金黄霞光美丽绽放时，站在书房侧身可拍到晨曦这道漂亮的风景。古镇的晨曦其实很美，朝霞来去匆匆，跑得飞快，因为齐岳山的风大，推着云彩向南边飘去。有时看见一片红而黄的云霞，拿出手机赶紧拍，秒数般速度的变幻，忽然吹来一片乌云，绝美的云霞景观瞬间不在，让人很失望。从东山林透过那轮红日的画面是最好看的。

古镇大街边有一片森林是自然生态的，东山林虽然不大，但树林葱郁，参天杉树笔直挺拔，树龄也有几十年了。东山林的灌木丛绿茵茵的，铺满小丘，依偎着杉树。由于东山林坐落在绿洲御府小区，通过人工美化点缀出的小石梯、小广场和林间小径，以及补栽的一些色彩斑斓的小红树，使得东山林动感起来，充满着朝气。生机勃勃的画面，犹如一张多彩的图画。小区最得福的是八号楼和九号楼。九号楼靠东山林最近，伸出一竹竿可以直接搁置到杉树上。大树好遮阴，走到九号楼，尽管顶着火红的太阳，此处却是阴凉凉的。有的业主喜欢自家窗户与森林近在咫尺，绿色的风景推窗而进，眼目翠绿涟涟，树枝摇摆。一片风景自我独赏，心情自然好上加好，这日子没法说，自个儿偷着乐吧！

东山林似乎有些孤独，身居闹市，像一位绿岛卫士，坚守着绿洲御府的大门。博云广场离它很近，白天赶集人来人往，嘈杂打破了宁静；傍晚夕阳西下，广场欢声雷动、载歌载舞，热闹非凡，森林似乎也习惯了。东山林习惯了城市化的生活，它的生活方式与西山林大有不同。因距离有些远，西山林更显生态与宁静。悠悠静静的西山林为一方闹中取静的休闲地方，博云业主想清静就到西山林，想热闹就到东山林。东山林和西山林呈一条直线，中间就是博云·绿洲御府小区，幢幢楼房错落有致，静卧在绿色森林的摇篮里，这摇篮里有点小山丘，还有西山湖，有山有水，环境优美，雅俗共赏，别有洞天。难怪有人说，在外看博云·绿洲御府像帅哥，没想到博云小区深闺隐藏着美女，里面的风景一片独好。多少人踏进博云，从东山林走到西山林，满目风景惹人醉，一醉就成了博云人，绿洲御府就成了远方的家了。

　　东山林，你美吗？应该说，你是博云·绿洲御府的帅小伙，你站在大门前站岗，俨然透着森林卫士的刚毅，挺拔而精神。业主一进大门，就看见绿色卫士的那般风采，心情格外舒畅和骄傲！西山林是绿洲御府俏姑娘，她含蓄羞涩，有点怕见人；恰恰是这样的朴实秀惠，素颜一身的山姑娘逗人喜欢。其实，姑娘是喜欢美的，给她铺上红地毯，绿色仙女款款走来，那掩面拂袖一笑，笑靥如花，让人心醉！东山林和西山林是博云小区的生态公园，也是谋道古镇值得骄傲的地方，古镇广场近距离有森林，更为谋道添色不少，谋道古镇的文化底蕴厚实啊，文化建设发展可做的文章太多，只要你用心发现和挖掘，怎么都可以做出文章来，没准还可以做出大文章。经济搭台，文化唱戏，相互促进，既可丰富当地文化内涵，又可促进当地经济发展，实现双赢。

2018 年 9 月 5 日　写于谋道古镇

巡山巡林，乐此不疲

九月的谋道古镇，从闹热变得安静，连赶集日也不显闹杂。博云广场人山人海的画面不见了，广场变得宽阔了。这样的画面表示是"候鸟群"一批一批地飞走了。广场安静，走进绿洲御府小区也安静，平常人流熙攘，而今寥寥无几，几个老人靠在椅子上养神，沐浴轻风，继续在古镇享受凉爽。问他们好久回家？都说在国庆节前后。

人多的时候，我不太愿意出门，更何谈去逛森林。六月初我到了小区，几乎天天去逛森林公园，由于大批"候鸟"邻居没来，森林静静的。上午我坐在西山林的露台茶吧处，独自一人望天望树望鸟，心里想，能看见一群松鼠来逛森林多好啊！可这些小精灵迟迟不愿意露面。那天偶然看到一只小松鼠钻到林子里，拖着尾巴逍遥自在。后邻居"候鸟"纷纷来了，西山林也热闹沸腾起来，上午、下午和晚上，森林里聚集了不少男男女女，吹牛聊天的有之，喝茶摆龙门阵的有之，唱歌跳舞的有之，闲逛吊床睡觉的有之，总之人很多。人多了，我就放弃了森林这块阵地，几乎没有去光顾森林公园了，只有客人来了，陪同他们再逛西山林。

人走了，我便去巡山了。不是大王叫我去巡山，而是自个儿去巡山。上午太阳在东山林抬头，我就拾梯西山林而上，一坡梯子爬上去，便进入林带，浑身顿感阴凉起来。空无一人的林间小道，鸟儿也不知飞到哪儿去了。平常吼得最凶的知了没有声音了。知了大合唱了完了吗？它们完成了历史使命，到极乐世界去了？叽叽喳喳的吡嘛子（知了）全都隐身了，忽然间带给我一丝惆怅……秋天来了，一些小动物离开了我们。有一年去逛另一个小区的森林公园，正值八月阳光灿烂，林中的知了大吼大叫，完全成了森林的主人。只见一"候鸟"手拿大网兜在森林里左看右瞧，手舞大网，俘虏了不少的知了。被擒的知了挺着大肚子，还在拼命地嘶吼。猎手"候鸟"说：你别叫了，中午都成盘中餐了。这知了可以吃？我脑壳嗡嗡响。还没等我问他，猎手对我说：知了这东西好啊！蛋白质丰富，一盘知了经油炸后香喷喷的。话未说完，树下掉下来一只知了，他便躬身捡了起来。知了的生命很短暂，它迎着大太阳放声歌唱是吸引配偶，几天的交欢，知了完成了传宗接代，就大吼一声倒在了森林里。倒下了还做了贡献，成了一些人的美味佳肴。

  行走在森林里，尤其是独行，会产生奇妙幻想。大自然之中有许多人类未知的秘密。就动物学知识，如果你天天看动物世界和大自然电视节目，真会感受大千世界无奇不有，动物非常聪明，其实，它们都是人类最好的朋友。山居谋道苏马荡，亲临大山森林，与大自然亲密接触，你能感受到自然的东西就是最美的，越原始的地方越凸显大自然的美韵。逛游在西山林，累了，随便登上几个台阶就坐在了亭廊里。云舞亭的外面绿色青翠，一片大森林映入眼帘，轻风吹拂，一股透凉溢满全身，大自然给你绿色拥抱，真乃心旷神怡啊！

  我闭着眼睛养神，孤独寂寞似乎不存在，即便西山林空无一人，这里的山和树透着生命的气息，灵动且生机勃勃。几年山居谋道古镇，住在博云的家，感觉在做梦！博云小区发展得太快，每年都有新变化。尤其是今年，"候鸟群"飞来了，忽然有了西山林和东山林，有了西山林不说，还有了古镇的西山湖和西山亭。这样的变化实在令人兴奋至极！金山银山不如绿水青山，博云·绿洲御府就坐落在苍翠的青山下，被森林拥抱，小区鲜花盛开，格桑花儿频频点头。小区环境巨变，令无数人向往，走进博云小区，犹如进了世外桃源。西山林和东山林就是小区"候鸟"心中的伊甸园。博云的变化还是认准了发展，在发展上下功夫，智慧创新的发展迎来了一个崭新的世界，迎来了一座古镇的绿洲御府。

  我哼着《大王叫我来巡山》的歌曲，潇洒地行走在山林间，感觉就是巡山人。西山林纵横交叉的羊肠小道很多，不可以亲临亲为，只沿着主线往东山林走去。走到了博云阁，即刻停下脚步，这里风景独好，远目见风车懒洋洋地蠕动，一望数里的森林啊，像一片绿茵茵的大海，风吹一边倒的树尖像是在演绎大型团体操——风景如画，真是太美了，太自然生态了。越过了石板小径，感觉在走古人的路，林间幽幽，青苔小路，这番意境，仿佛时光倒流了上百年。巡山巡林，顺山而下，慢生活、慢悠悠，一路走，一路做梦。

刚才还仿佛时光倒流一百年在走古人的路，忽然一脚踏上了红地毯。怎么，什么情况？森林铺了红地毯？果真是一条红地毯伸延蜿蜒在森林中，这有些现代的色彩，其实也不，古代也铺红地毯迎接贵宾。我是贵宾吗？就算大王派我来巡山，自然礼宾相待了。

跨出西山林往东山林那方向走去。蓝天白云辉映着博云，阳光明媚，森林泛着金色。不知不觉到东山林，西山林有红地毯，东山林山顶入口处也铺上了一块红地毯。这地毯十分耀眼，因为有一大簇红叶树。绿色森林点缀一片红，森林就动感活泼起来。东山林是小区的门户，楼房近在咫尺，这里是人多的地方，一群老年人围坐一起，在大树底下吟唱；还有搞体育锻炼的……总之，东山林人气旺。今天，东山林也冷清了，我顺着林道下来，只见两个太婆坐在椅子上聊天说话。今天的巡山结束了，一看时间差不多用了一个多小时，回家喝茶吧，明天继续去巡山巡林，大王叫我去巡山，乐此不疲……

2018 年 9 月 6 日　写于谋道古镇

告别挥汗如雨的生活真幸福

今天是9月7日,三个月前的今天我到达谋道古镇,回到了博云自己的家。日子总是跑得快,不知影地由夏转入秋了。山居谋道古镇,今年的气候较去年有差别,似乎少风少雨,短袖短衣穿的时间长;天天艳阳高照,蓝天白云出镜率很高,夏天烤火一次无出现。平均海拔1400米的古镇谋道有这一段描述,可想而知的邻居万州,气候将是多么地异常。高温不退的万州让一些"候鸟"匆匆回家办完事,再一次脱离火海,重返大山谋道苏马荡。天气实在是太热,一把岁数的"候鸟"回火炉城市身体出现异样,头昏脑涨,不思饮食,整天恍恍惚惚,回到大山,这一状况即刻改变,头不疼了,饭吃得下了,酒杯也端起来了。通过比较,凉爽的谋道苏马荡,其价值就更加明显突出。

我常与老家万州人聊天,退休了,怎么也要在凉爽的地方有一套房子,因为万州夏天这几个月实在难熬。我是有体会的。每年五月江城万县(今重庆市万州区),天气变得面目狰狞,那热起来的温度通常在37℃左右,把身上衣服扒光丝毫解决不了问题,而今有空调可以缓解一阵子,过去就只能咬牙度过几个月烤火般的时光。那日子呀,现在想起都心有余悸。几个月的酷暑,周身透汗,上班身上是湿漉漉的,下班回家则无安身之处,期盼天黑坐在院坝,手上的扇子摇个不停。老万县市有句口边话:六月天气热,扇子借不得,有钱买一把,无钱尽他热(让他热的意思)。我的记忆,老万县市的家庭,扇子特别多,老年人习惯用蒲扇,年轻人喜欢用油纸扇,姑娘们喜欢用绸扇;用鹅毛扇一般是高寿的老年人,一般人是不能摇鹅毛扇的,俗话说,那叫福不住,只有高寿的人才福得住。意思是说,这种福气是因人而异的。入夏时,万县市卖扇子的生意人特别多,一些小商铺堆满各种扇子,家家户户都要增添扇子,由于天气太热,扇风用力过猛,损坏扇子是常事。尤其是油纸扇下面的铆钉易脱落,铆钉一坏,一把扇子就散架了。扇子坏了不说,可当时不能买到，那高温的热呀，脸上顿时豆大的汗珠像下雨，流个不停。

　　说起老家万州的六月天，现在想起还心有余悸，恐慌害怕。过后调到成都工作，犹如落在了天堂。成都再热，我没有用过扇子。因为成都的热与万州的热，那叫一个在天上、一个在地下，差别实在太大了。现在大家的经济条件好了，有能力拥有避暑房，可以到苏马荡来讨一口凉，山居几个月，享受不流汗的日子，多舒服啊！告别挥汗如雨的生活就是一种幸福的生活。所以，我跟老家万州的人说，有条件的一定在苏马荡获得一寸芳草，有房子的千万不要轻易卖掉，这些凉爽资源今后会是千金很难买到的。不要等到秋日凉快了，忘了疮疤的痛。次年热浪卷土而来，高温酷暑那会让人难受的。

　　昨天谋道苏马荡迎来了一场秋雨，铺天盖地的雾改变了天气的格局，昔日的阳光明媚消失了，伴随着的是阴沉的天和淅淅沥沥的雨，而且一下就不停。大面积的雨普天而降，秋老虎酷暑将彻底隐退，万州火炉的火一下就浇灭了，万州人终于等到了凉爽。万州倒是凉快了，可谋道苏马荡温度骤降，这里可以说是在过深秋的日子了，忽然间就告别了短袖衬衣，今天将穿上厚衣服，老年人可能还会穿上薄羽绒服。天气凉了，是不是要回成都了？征求大家的意见，她们都不愿意走。理由是，现在的天气太难预测了，说不定天气还会热。有那么恐怖吗？不过，前几天我翻阅万州近来30天的天气预报，本月30日万州的气温是36℃，天哪，这炎热的天还会重蹈覆辙吗？万州的亲朋好友说，不走了，就在谋道古镇过国庆节，彻底凉快了再走。谋道古镇居住，确实有这个条件，犹如住在城市，一年四季尽可来去自由。

　　博云小区的"候鸟"一批一批地飞走了，但还有不少"候鸟"坚守在古镇的家，问他（她）们，都说再住一段时间。他们问我什么时候回成都，我告诉他们，少数服从多数，家人说何时走就何时走，反正哪里都是自己的家，谋道古镇是，成都是，仿佛没有归心似箭的感觉，今年这感觉尤为明显。随着谋道苏马荡的发展，康养条件愈发成熟，特大城市家的概念在淡化，反之，凉爽古镇谋道博云的家这概念在强化。我想，这不是我一人的感受，小区多少"候鸟"都有这个感受。前天一重庆老年夫妇在乘车，我打招呼，他们说回重庆处理一点事，完毕就回博云小区居住：这里多好，生活又方便，空气好又宁……静他们一席话，让我就乐不思蜀了。哎呀，一场秋雨引起一串话语啊！

2018年9月7日　写于谋道古镇

第二章　未艾方兴 ▶▶▶

谋道苏马荡就是一个康养的地方

今年冬季的成都一改往年暖冬的味道，变得狰狞起来，寒风刮脸，气温下降，通常在零度以下，大白天的温度也才几度，感觉成都就是一个冰窖了。极寒天气涌来，我似乎尝到了童年冬天的味道，那个时候经常下雪，出门缩脖僵手，明晃晃的冰块冰渣晶莹剔透，垂钓在小树枝上，房檐瓦砾上铺满了一层霜，那白白一条霜像黑板上粉笔画出的一条杠。上学坐在教室里，手握笔做作业都不灵活，多少同学脸上和手上长满冻疮。那个时候的冬天真的叫冷。近些年全球气候变暖，每年冬天不知不觉就过了，似乎没有留下太冷的印象。今年可不同了，这寒冬腊月的冰凉世界又回来了。

天气太冷了，似乎有些支撑不住，户外活动明显减少，上午出门就赶快跑到暖和的图书馆，一坐几个小时，下午同样又到另一个书城静静待着，因为这里是温暖的世界。晚上看电视得用电暖器了，局部取暖，否则是坐不住的。从来不用电热毯的我，今年却打破常规，居然享受起来了。这不，清晨四点我倚靠在床上，暖暖的被褥温和着身子，才可以看书写字。但最长为半小时，穿着羽绒服，手膀子凉得受不了，只要停下来，将手伸进被窝暖和一阵，又捧书写字。全球变暖，暖冬时而出现，都说有很大的人为因素，可老天爷总是开玩笑，没准来几年极寒的冬天，把暖冬的说法一下就摧毁了，看来人类研究大自然的奇特气象，还得继续探索，永远在路上。

天气太冷，就想去温暖的地方。冷风萧瑟，枯枝败叶，一盆火红的鲜花，格外让人亲切。他们把攀西高原怒放的樱花发在朋友圈，即刻引发我的向往。昨天我写了一篇《木棉花盛开的地方》，对攀枝花的事说了一通。冬日暖阳，冬日恋歌，冬日吟唱，冬日浪漫，冬日温情……尽在攀西高原演绎。成都的"候鸟"在米易、攀枝花翩翩起舞，沐浴着阳光，尽情享受冬日温暖，多令人羡慕啊！这段时间攀西高原好热闹，十万"候鸟"在此栖息度假，过着康养的惬意生活。十万"候鸟",忽然看到这个庞大的数字,而且还是攀枝花市区域的。攀枝花属地级市,管辖米易县和盐边县,最高峰时为十万"候鸟",人气显然很旺。但与谋道苏马荡相比,哪还有距离呢?每年夏季高峰值人口,苏马荡的"候鸟"将是二十多万人。这个数字我一直在琢磨,它会是中国乃至世界最大的"候鸟群"吗?而且在一个区域副中心——谋道镇上。如果在中国没有一个地方超过苏马荡"候鸟"的数量,那恐怕在世界其他国家是不会有的,那就是世界第一,乃一大人气景观和风景。

曾经我对朋友讲过谋道苏马荡的"候鸟群",它是谋道苏马荡最大的一道人气风景。这道人气风景推动了谋道苏马荡的大发展。有了这道人气风景的基础,对进一步促进谋道区域的旅游产业和康养产业是大有裨益的。谋道的发展定位,提档升级推进全域旅游业,康养和民宿及农业观光一并同行。如何把谋道打造成康养小镇,谋道在行动,而且在征求"候鸟"新市民的意见和建议。谋道苏马荡是具备康养条件的。夏季滚滚浪潮涌来的几十万"候鸟"山居,就是康养的一部分,虽是乘凉避暑,虽住的时间短,但都属于康养的范畴。可以说,谋道苏马荡就是一个康养的地方,叫康养小镇也好、康养新城也罢,怎么都可以,只不过是一个称呼而已。

全国建康养小镇多,并非一种模式,还是根据自己地方的特色优势来打造实施。打造康养小镇是需要硬件设施的,就是人们常关注的医疗系统保障。但它还不是人们所需要的唯一。假如,一个地方修几座养老院和敬老院,旁边矗一座医院,老年人会到这里康养吗?孤独地守着一座庙?现在能动的老年人是不会去的。除非是孤灯燃尽,苟延残喘,即将离开人世的老年人。如今的康养是要有生活品质的,老年人既要蓝天白云、山清水秀、田园风光、诗情画意,又要有文化内涵和城市化的生活方便。否则,武汉、重庆等地的人是不会随便到哪个地方来康养的。

但凡一个康养小镇,首先是打造区域环境,而且要融入文化特色,大力推动旅游业发展来带动康养民宿产业的发展。这是次序和相互的关系,偏颇一方就会失去效果。尤其环境美化是重要的环节。我山居谋道古镇,有武汉人和重庆人和我谈古镇打造的事,还希望我转告当地政府把谋道古镇恢复起来,花大力气打造古镇的环境,把旅游产业搞起来。古镇环境好了,就创造了康养的条件,老年人康养要玩、要耍、要进图书馆……否则,谁愿意在此康养？大不了乘个凉就走了，你留不住人呀！其实康养小镇最大的意义在于留得住人。谋道苏马荡具备康养自然软件条件，但硬件条件还有待进一步落实，就是要动脑筋留住人，留更多的大批的"候鸟"长住，对此来大做文章。怎么留住人，到攀枝花的米易去看看吧！能够做到米易这个样子，"候鸟"就不愿意飞走了！

2018年2月1日　写于成都

第二章　未艾方兴

话说人气与康养产业的发展人气这道风景线

春节前我到祖国暖和的地方溜达了一阵子。脚一踏上广西的土地，那阳光般的温暖即刻拥抱了我。几个小时前在贵州缩脖搓手、瑟瑟寒意，身体僵冷；几小时后在广西就开始敞胸卸衣，感受浓浓春意。温暖阳光的地方，引来"候鸟"无数，庞大的"候鸟"队伍让人惊讶！天哪，全是老年人。这些快乐的老年人撑起了中国阳光康养产业的一片天空。在广西北海的十里银滩上，你会看到一片一堆的老年人在银滩公园吹拉弹唱，不少妇女唇釉口红，浓妆艳抹，身着艳丽的服装在疯狂地跳舞。沙滩上赤脚踏浪的"候鸟"成群结队，还有不少老年人带着孙子在垒沙玩沙，沐浴海风。北海吸引了不少的"候鸟"，但与海南岛相比，那是小巫见大巫。进入海南岛任何一个城市，到处看到听到的都是"候鸟群"的身影和声音。浓浓的四川话、东北话如雷贯耳。三亚的海岸线长，什么三亚湾、天涯海角、亚龙湾海景区域等都是"候鸟"聚集的地方。上午的三亚湾，溜达散步、唱歌跳舞、舞剑耍棒的"候鸟"几乎占据了漫长的海岸线。晚上月色下的海边，浪击拍岸的声音和成群结队"候鸟"高亢的声音混合一团，椰树下站满了"候鸟"，边踏沙边摆龙门阵。不仅仅是海南的"候鸟"多，凡是阳光沙滩椰树仙人掌的地方，都有一支支"候鸟"的队伍。我到广东阳江的海陵岛，这里是外海，十里绵长的海岸沙滩令人振奋，很漂亮啊！广东人没有取暖的概念，海陵岛的旺季是夏天，夏天广东人会到海陵下海游泳。恰恰冬季这里是淡季，正好让寒冷地方的人纷至沓来享受海陵岛温暖的阳光。这个时候住宿便宜，海景房宾馆，每晚价格不上一百元，如果租房子住那就几百元一个月。别说北方人跑去了，连成都人也跑海陵岛上去了。

温暖阳光的地方吸引着"候鸟"，其实较四川重庆，寒冷的贵阳市同样吸引了不少"候鸟"。这些"候鸟"来自东北和重庆，他们住在贵阳过春节就是享受新鲜甜蜜的空气。贵阳是山水城市及森林城市，海拔上千米，出门见山见森林，在全国省会城市中空气质量是非常好的。我到贵阳的阿哈湖湿地公园一看，这原生态的森林公园不知有多少"候鸟"在沿着森林栈道健步行走。谁都在创造条件，利用自己的优势在吸引"候鸟"栖息，发展康养产业；谁抓住了"候鸟"经济的机会，对当地的经济发展无疑是如虎添翼。

时代在发展，中国近几十年也在快速发展，人民的生活水平日益提高。中国人生存条件好了，就要追求品质化的生活，冬天要暖和，夏天要凉快。健康养生成为了人们普遍的生活追求。什么是康养？就是身体健康、心情愉快，生有所养、老有所乐……已成为人们对幸福生活的基本诉求。可以说，中国已逐步进入老龄社会，两亿多六十岁以上的人需要改善和提高品质生活，这庞大的队伍滋生出的基本诉求就是一大康养产业，这不得了啊！所以，世界经济就把康养经济放在了重要位置，多少国家和地方都把它当作一项经济发展的目标在规划在实施。

康养产业一项最重要的条件就是居住环境。到三亚，到海陵，海边修得好漂亮。海南的琼海也正在全线打造古镇，其目的就是吸引众多"候鸟"前来购房。说三亚是康养的好地方这不假，同样，海南的万宁、文昌、保亭都不错。博鳌当地政府正在想办法创造条件打造高品质的康养小镇，让"候鸟"住得安心，吃得放心，耍得开心，从内心释放出获得感、幸福感。打造康养的地方既需要硬件建设，也需要软件建设，尤其是需要文化建设，博鳌就是在不断完善发展会展经济，大面积建造绿色公园，围绕博鳌亚洲论坛会址和当地的妈祖文化做文章，免费提供大量的景点供"候鸟"观赏享用。

湖北利川谋道苏马荡也是一个康养的好地方。得天独厚的自然风景，尤其是夏天无酷暑，一年四季有半年以上是春天，冬天即便寒冷点，也就与贵阳市的气候差不多。贵阳市冬天都能吸引大批"候鸟"入住，其原因就是空气好，遍野绿色，这个条件谋道苏马荡同样具有。有相同的条件，说明谋道苏马荡冬天是可以住人的。气候和空气的条件可以住人，这只是居住条件的一部分，另一部分就需要文化和一系列基础硬件的配置。文化建设和一些硬件配置谋道苏马荡随着发展是办得到的。谋道古镇原住民不少，商业气氛浓厚，生活方便，医疗条件有卫生所，万利高速贯通，到万州和利川很近，一些应急事可以解决。只要把古镇文化建设搞起来，把古镇美化好，把杉树王植物公园打造好，修一条绿色生态森林大道，今后就会吸引更多"候鸟"住下来养生，进一步达到康养小镇的水平。

康养产业发展还不能忽视的一个条件就是人气条件。现在的退休老年人精力旺盛。退休职工五十五岁至七十岁这个阶段，普遍而言他（她）们身体是好的，都喜欢群居快乐式的生活，都喜欢凑热闹到人气鼎盛的地方去，因为，熟人多啊！志同道合、兴趣相似的人多啊！可以发挥自己的特长啊！唱歌跳舞，吹牛谈天，旅游出行，品尝美食……海南人气集中的地方就是文昌、万宁等；攀西高原人气集中的地方就是西昌和米易。退休了，从单位回家了，会有寂寞和孤独的感觉，其实，退休老年人最大的障碍和跨不过的坎就是寂寞和孤独。他们想去热闹的地方和老朋友、老同学、老同事、老战友说说话。不是说老年人要抱团养老吗？一个地方没有人气，再好的条件，老年人是待不下去的。谋道苏马荡为什么这几年变化大，就是因为有了一道人气最大的风景。一到春暖花开的季节，"候鸟群"开始扑腾了，都在算着日子到向往的苏马荡去。因为，这里有亲朋好友和熟人啊，一年未见似乎又想见面了。这就是谋道苏马荡最好的康养产业基础。几十万"候鸟"啊，多壮观的队伍啊！多少地方是没有这个条件的。

创造康养条件不光是政府的事，像谋道苏马荡就是以旅游地产开发来变化的。所有小区开发商心中都要拥有旅游康养产业重要性的认识。多考虑一些旅游康养的项目，方便和服务于康养产业。康养产业就是服务产业。如何来做好服务呢？这就要求开发商转变思路，住宅商品避暑房少修或不修，应在小区划一块地方修几幢康养楼房，像西昌一些地方，只出租不出售，配套完善服务功能，吸引"候鸟"短住和长住。这应该是苏马荡小区转变的一个方向，确定谋道苏马荡为康养的地方，那就应该有康养的硬件设施，就要有康养配套服务的一块高品质地方。我觉得谋道苏马荡的优质小区都要有长远的考虑，别做一锤子买卖，懂得拥有资源的长远意义。一火把房子卖完了，企业今后做什么呢？资源是瑰宝，失去了资源就失去了金元宝。尤其是我们中国，面临人多地少荒漠化的基本情况，想想，今后的资源，像谋道苏马荡这样的优质资源哪儿会有？

谋道博云广场就是一个集多种资源于一身的小区。身抱古镇资源，身处人气资源，又拥有森林资源和广场资源，这么多资源的小区正适合康养。"候鸟"在此居住，想热闹跨出大门涌进集市，晚上夕阳余晖，在广场听音乐看跳舞；大白天想休闲遛弯，就拾级而上过栈道进森林，森林的鸟儿会向你打招呼问好。去年我与博云彭总聊天，他的一番感想规划是可行的：要让小区有品质上档次，就要注重外部环境的建设，既要有实在的居家生活功能，又要有赏心悦目的小区视觉风景，小区没有风景怎么可以呢？要充分利用资源回馈给业主，实现康养与企业发展双赢的局面。

春暖花开的季节，谋道博云广场正在行动，全面恢复小区施工。小区的外部环境打造同步进行：修森林栈道、美化打造森林风景；修小区池塘、补栽树木和花卉；建文化阅读室和开挖修建羽毛球场等。值得一提的是，小区将在原来的储水塔一千方以上新建地下全封闭水池三千方，未雨绸缪，为业主着想，为政府分忧，彻底解决水资源的供应问题。据我所知，这次第二期几幢房子同时开建，在保持原来品质上继续提档升级，进一步融入四季概念居住功能，每套房子安装地暖。就算业主大雪天到谋道古镇，回到博云小区的家，家里始终是温暖的。这确实考虑到康养四季居住的现实性。博云小区旨在追求高品质功能，来适应匹配现代"候鸟"的康养生活，是值得的。

我曾经建议过博云小区，要做好小区的服务，创品牌，力求高标准，不然可惜了这块古镇的风水宝地。千年古镇谋道腹地腾出一块地方建康养小区，怎么也要把它建好。土地是有限的，二期提升档次，三期小区最好走高端。三期位置是谋道古镇的制高点，完全俯瞰古镇风景，往后一看齐岳山风车矩阵尽收囊中；左看右瞧森林绿色波浪，夕阳往西见血霞碧空，多好的位置，简直可以说是谋道的财富高地。

千年谋道古镇应该有发展的自信，科学善用优质资源，追求一盘高品质小区的梦想。我想应该可以期待，这不是个梦，是观念转变，是思想解放，是发展的气度和气魄。我春节出游，每到一个地方都会去小区问问，在北海我要问，到三亚、琼海、海陵和广州及贵阳都会去打听，尤其是关注"候鸟"康养的栖息地。我确实对房子感兴趣，但并非有炒房的嫌疑，主要还是通过了解比较知道谋道苏马荡的房子应该值什么价。一个康养产业快速发展的地方，是需要掌握多方面情况，知己知彼，百战不殆。对于康养产业的发展，尽可利用自己的优势，但还是不能忽略老年人的需要，尤其是精神文化方面的需要，更需要有人气这道风景线。

2018 年 3 月 23 日　写于成都

谋道迎来了发展好时机

看见"谋道在线"发布的文章，谋道村村寨寨正在谋划旅游康养生态的具体发展，结合自身的特点，形成自己的内容，拉开了建康养小镇十生态农业观光村落的序幕。光说不练假把式，既说又做才是真把式，谋道的发展，贵在行动，重在行动。

谋道苏马荡面临百年不遇创富的好时机，主要体现在发展的大环境上。一是，谋道苏马荡被湖北确立为利川副县级区域副中心，在管理体制上升级了；二是，利万高速全面贯通，造就了一条景观致富大道；三是，有一道让人羡慕的人气风景，庞大规模几十万"候鸟群"。如此得天独厚的发展大空间，任凭海阔天空，鲤鱼跳龙门，只要敢想敢干，创新思维，创新发展，怎么也要倒腾一片新天地出来。

谋道有56个村，旅游资源丰富，每个村都有自己的特点。我虽然没有去过谋道的村村寨寨，但也去过几个村落，像太平村、龙水村、寨坝村、长坪村等。住在谋道古镇，踩在地皮下就是更新村和南浦村；偶去苏马荡一脚又踩在了药材村。药材村早已被苏马荡的大名掩盖了，而今苏马荡就是一座新城，一个新的旅游风景胜地。春光无限好，苏马荡夏季人气爆棚，几十万"候鸟"纷至沓来，栖息落户在大山。这个时候，当地村民说，什么东西都卖得出去，生意超好。人气自然给村民带来了致富的机会，也给药材村带来了创富的机会，今天的苏马荡已经是区域发展的示范窗口，榜样的力量是无穷的。

谋道区域的海拔由低往上，低至几百米，高至1500米，从海拔上看，就是沟壑、峡谷、群山逶迤的山区形态。高的地方凉爽怡人，低的地方物产丰富。像支罗村虽没有苏马荡凉快，但支罗贡米闻名遐迩，这也是一大优势。像百丈沟古树嘴村等村落虽海拔不高，却有历史人文风景和奇石堰渠百年古树。磁洞沟虽在山下，却是油菜花盛开的地方，一派希望在这田野上的意境使人陶醉。有的村落山峦叠翠，天然的野樱花遍山烂漫，齐岳山冬季更是莽莽青山偶变白雪茫茫，一派北国风光。如果说，谋道区域的村村寨寨，借此东风，不等不靠，主动迎战，集思广益，在康养和生态农业做好一篇篇大文章，那希望和发展同步而行，就会收到理想实际效果。众人拾柴火焰高，56村一起行动，一起实干发展，谋道就会绽放56朵鲜花。苏马荡一花独放不是春，56个村全面开花才会春色满园，谋道才会实现跨越式大发展。

  谋道古镇是56个村的核心区域，可以说是谋道区域的大本营。古镇有两个村，一个是更新村，另一个就是南浦村。这两个村地处位置好，更新村和南浦村直接就管到谋道古镇的大街上。如果更新村的领导开动脑筋，把古镇的凤凰街和五百步老街打造好，形成土家风貌的旅游商业特色街，把游客吸引来且四季不断，那就会进一步活跃谋道的经济发展。南浦村同样可以在千年古杉植物园上做文章，尤其是打造南浦村环线绿色通道，把它变成一条集公园花园和民宿农家乐生态的景观大道，这个亮点一旦突出，定会引领区域经济持续大发展。多好的一条绿色通道，原始生态风景彰显，土家老宅炊烟四起，只要把这几公里升级打造，小桥小溪，流水叮咚；苞谷地变成鲜花四季，土家老房附近形成果园，土家腊肉嘎嘎香，大山苞谷酒芬芳醉人，那会迷倒多少游客啊！我关注到这条绿色通道，为此踏步多次且写了不少文章推介出去，现在出版的《苏马荡的那片云天》一书中就有《古镇探宝》1~7篇文章，专题写了这条睡美人绿色通道。南浦村和更新村就应该在文旅产业方面多做文章，依托利用古镇资源把村落发展起来，抓住这难得的发展机遇，率先带头突破。

  近几年山居谋道苏马荡，见证了土家小镇的飞速发展，而且我还参与其中，写了不少文章和几本书。谋道苏马荡发展到今天，可以说是既扬了名，又取得了成就。一座古镇烘托造就一座苏马荡新城，这座新城最给予人启发的是，形成了苏马荡精神：谋道重行，美美与共。它示范性的效果影响着谋道区域的56村，要脱贫要致富就得真抓实干，不放弃任何一个机会，不惧闲言碎语，坚持发展的道路，自信努力，撸起袖子干，奋斗、奋斗！幸福从哪里来？就是奋斗出来的。

  我的山居随笔《苏马荡夜空》《天下第一杉》两本书计50万字，就记录了谋道苏马荡的发展历程,而且在发展和旅游产业方面谈了我自己的观点和看法,建议和希望期待的不少,为土家人呐喊鼓劲的不少,借鉴比较他地发展的事例不少,看一看,还是可以启发人思维的。我跟"谋道在线"的远山讲了,把我写的这两本书送给谋道56个村书记一套,让他们看看,或许能启发一些思路,尽快主动融入到谋道的大发展潮流中,抓住百年不遇难得的创富好时机,让家乡变化快些,幸福的日子来得快些。相信土家儿女能驶上发展的快速动车,通过一番努力,实现创新致富的梦想!

2018年4月2日　写于成都

苏马荡的美好未来不是梦

正在召开的利川人大会议,放出了一颗卫星,一家民企集团欲投资120个亿打造谋道苏马荡区域的旅游、康养、生态、现代农业等产业项目,深度发展谋道古镇和中国最美的小地方苏马荡,这可是一件了不起的大事,苏马荡腾飞将加快速度,成为旅游康养胜地,中国版的普罗旺斯指日可待,由梦想变成现实。一个地方有经济大集团助力推送建设,必将在发展道路上全方面突破,创造出人类的奇迹,翻开谋道发展的新篇章。

这家民企科技集团是一家有着上市背景的大型经济产业集团,在国内赫赫有名。该集团具有房地产一级资质,公司集科技研发和拥有高科技产业等多种门类体系,为年销售突破一百亿以上的中国民营企业。民企科技集团下设许多子公司,在海外都有自己的产业。由民企科技集团投资打造谋道苏马荡,刚刚被确立为副县级区域副中心的苏马荡,将会再一次发生翻天覆地的变化。苏马荡可以做梦!而且还可以做许多大家都不敢相信的梦!修机场,拉大索道,高山滑雪场等,或许在今后就会陆续实现,或许在不远的将来,谋道古镇和苏马荡比翼双飞,成为游客纷纷向往的魅力特色旅游胜地,这一切的一切有可能梦想成真。一个地方敢于做梦,才会有发展飞跃的那一天。脑子一片空白,连梦都不会做,怎么来谈发展和变化呢?怎么来实现没有目标的发展变化呢?人需要自信,一个地方的发展更需要自信,相信自己,相信谋道苏马荡可以逆天成就大事,就会有希望和期冀,就会有翻天覆地大发展高唱凯歌的那一天!

作为一只"候鸟"和谋道苏马荡的新市民,真为谋道的大发展有这样的机遇高兴。谋道古镇和苏马荡具备多种资源开发的有利条件,只要投资人慧眼识珠,在这块风水宝地上创造性地雕琢开发,定会实现多赢的局面。谋道苏马荡山清水秀,青山绿山就是金山银山,不负春光,在金山银山干一番惊天动地的大事，定会收益满满，硕果累累。经过八年的拼搏奋斗，苏马荡阳光森林小城崛起亮相，几十万"候鸟"如期飞来，这可是一支富有想象空间的庞大队伍，这道人气风景在世界上是独一无二的。有人气的地方，什么事情都好办。凭这人气基础散发出的能量足以让谋道苏马荡像犀牛一样更快地奔跑，去实现土家人向往幸福、拥抱富裕发财的梦！

苏马荡忽如一夜春风来，千树万树梨花开，天上还掉下来了个林妹妹。好事连连，惊喜不断——副县级区域副中心，苏马荡区域的药材村等村民身份转换为市民，村委会改为社区居委会，利川人大会议又送来一个大蛋糕，120个亿的投资砸到苏马荡，这样的好事一并潮涌，别说土家人惊呆了，连我在打瞌睡中醒来，也目瞪口呆了好一阵子，原本半夜我是不写东西的，可激动和情不自禁还是让我半闭着眼睛写了几句。高兴啊，为谋道苏马荡有这样的好机遇喝彩祝福！托起苏马荡腾空升起的小太阳，燃烧起土家儿女豪迈的激情，向着土家人心中的幸福康庄大道，打起精神，撸起袖子干吧！前程似锦的美好未来属于谋道，属于苏马荡！

厉害了，谋道苏马荡！几年的努力奋斗没有白费，土家人把命运紧紧拽在自己的手中，谱写了一首不断拼搏努力奋斗的史诗。今天的谋道苏马荡名扬千里，世人瞩目，引来凤凰筑巢，120亿的投资意向项目，这块蛋糕大呀！如果能顺利实施落实这些发展项目，可以想象未来的谋道苏马荡有多美，有多牛！康养小镇，旅游胜地，森林小城，姹紫嫣红，生机勃勃，风光如画，蓝天白云，神仙住的地方……谁又不愿意来呢？来到了这块迷人的地方，谁又会愿意走呢？美丽神奇小地方——苏马荡会更加魅力无限，使人陶醉！希望土家人坚定自己发展的决心，抓住难得的百年机遇，把自己的家乡建设好，为国家做出更大的贡献！

2018年4月6日（深夜） 写于成都

谋道苏马荡的邻居，万州又建一座新城

闻悉万州又要建一座新城，可容纳二十万人居住。这座新城就是万州高铁新城，地处万州高铁站所在的塘坊和天城区域。或许有的人不知道，天城就是原来的万县，与老万县市是邻居，1993年万县地区撤地设市，万县就演变成了大万县市的一个区，叫天城区，老万县市就变成了龙宝区和五桥区。塘坊对老万县市人来说并不陌生，这里有一家万县太白酒厂，20世纪70年代建厂时差不多占用了一个村的面积。塘坊弥漫酒香，因诗仙太白酒而闻名，老万县市人谁都知道塘坊。如今塘坊已是万州高铁站，因高铁经济的快速发展，塘坊又一次被推到前端，成为令人瞩目的地方。塘坊和天城将是焦点，这里会实现万州区提档升级跨越式发展的梦想，梦想总会演绎和伴随出许多故事，故事就是靠万州人努力奋斗得来的。

打造万州高铁新城占地规划近三千亩，应该说地盘不小。负责整个新城打造的是著名的上海绿地集团。很为万州高兴啊，来了一家大有名气的上海绿地房地产集团。或许一些人不知道，绿地集团介入一方建设打造是呈规模的，有自己的特点和亮点。它集商业功能和居住功能于一体，每打造一区域都有标志性建筑，对提升一个地方的品质效果显著。绿地集团在成都打造的标志性建筑为460米摩天大楼，为成都第一高楼，目前尚在建设中。绿地集团注重房子品质，尤其是注重环境的打造，在细节上近乎完美，你走到小区涂刷一新的停车场，就知道绿地房产卓越的品质了。我关注到绿地集团对万州高铁新城的规划图，也有双塔闪耀，一幢170多米，一幢140多米，这算是摩天大楼了，必将刷新和改变万州没有摩天大楼的历史。万州高铁新城的建成可以说才是万州历史上真正意义上的新城，无论是外貌和功能都将引领万州新潮流、新时尚、新发展，值得关注。

万州高铁新城的建设，必将给万州带来一次历史上的发展机遇，人口陡

然增加二十万,万州人口上二百万成为大城市名副其实。多少年轻人到大重庆区域发展来回就方便了。一个小时的高铁到大重庆,回万州一小时就到新城的家了,这多好啊!我估计高铁新城的房市极为活跃,乃是志在发展的年轻人选择的香饽饽,因为,万州还属于三四线城市,房价不是很高,相比大重庆的房子价格便宜许多,在年轻人购房承受的范围内。打造高铁经济,地处高铁站附近的住宅区域,而今都很走俏。时间就是速度,时间到哪儿去了?争分夺秒的时间就是发财的机会。重庆直辖了,近些年发展速度超快,跟不上发展速度,自己怎么来发展呢?我想,万州高铁新城的建立,无疑给万州年轻人外出闯世界提供了机遇和条件。

  实话实说,万州高铁新城的建立,给谋道苏马荡提供了前所未有的发展机遇。苏马荡是万州的后花园,利万高速一通增加了筹码,万州高铁新城一建更增加了筹码。新城增加二十万人呀!周末和节假日,新城的人要出去玩啊,踏青啊……到哪里去?无疑到谋道苏马荡去看花踏青,到齐岳山溜马烤羊肉,到古镇民宿吃腊肉……这样的周末节假日经济会让大山蓬勃发展起来的。利万高速一通,利川人动智慧,舍得一笔钱,免费单边通行,收到了比打广告还好的效应。任何一个城市的高铁新城绝大多数都是年轻人在居住,而这些有志年轻人经济上是有实力的,他们在忙事业的同时不忘追求那一份自己向往的浪漫生活。年轻人都崇尚大自然,向往大山那一片森林,那一口空气,因为他们上班都关在笼子里——外面看高楼似乎很洋气,可坐在里面真没有坐在院子里舒服。而今年轻人的小家庭,他(她)们为人父为人母,还得管着孩子的教育,尽第二家长的责任,学校给小孩布置的作文,那还真要抽时间带着孩子到大山去体验大自然的风情风貌。写作的灵感都是在大自然和生活中获取的。一到周末和节假日,年轻人都往外面跑,万州的能跑去哪里?跑鄂西……当然,到谋道苏马荡是首选,因为才几十公里,汽车一溜烟就到了。

  一条高速公路带给土家人勤劳致富的机会,一座万州高铁新城如虎添翼给土家人发展实现快速富裕的机会。这些机会难得啊!大山谋道苏马荡凉爽的空气,风景如画,这些固态的条件不用说,如何把游客吸引来,他不想走,愿意住民宿,愿意玩耍,待上几天,这些就是动态的且需要动脑筋的。我到过许多地方,也注意观察游客的玩耍取向,尤其关注年轻人的耍法,其实,年轻人猎取一个地方，无非就是看风景、尝美食，普遍而言是走马观花，最在乎就是找当地特色小吃。民以食为天嘛！吃文化在旅游过程中占的分量非常重。现在的年轻人是不喜欢穷游的，一趟旅游花钱不少。谋道苏马荡就有自产绿色环保食物的条件，把大山的食物整出味道来，一旦出名，好吃嘴的年轻人都会驾车飞来尝鲜，恐怕要挤破你餐厅的门槛。万州区在强力发展中，这些年变化很大，一座平湖大城市，无疑给周边的地方创造了经济共同发展的条件，谋道苏马荡是万州的邻居，近水楼台先得月，土家人只要舍得干，发财的机会就在面前。万州又建一座高铁新城，毋庸置疑，又给谋道苏马荡土家人提供了发展的良机，希望土家人与时俱进，抓住这样的好机会啊！

2018 年 4 月 27 日　写于成都

我在成都想着苏马荡

昨天成都的天气有了热度，下午攀上了34℃，宣告成都已进入了夏季模式。34℃对川西平原的成都市来说，算是高温天了。姑娘和小伙早已短裤装束了，尤其是今年时兴破洞须须牛仔短裤短裙，姑娘都露出大长腿，站在春熙路广场，那人来人往的大长腿白晃晃的，姑娘们风姿绰约、妩媚动人、时尚精神，犹如一道漂亮的风景，把成都映衬得绚丽多彩，城市更活力动感了。海拔500多米的成都，头顶上那轮太阳照在身上热辣辣的。我从商场出来，即刻感受到了这种辣度。

近些年山居在苏马荡这冰凉世界，夏天如过春天。阴凉庇荫处凉爽怡人，身上难出微汗。晚上睡觉盖着棉被，舒服至极。这似乎习惯了，但人的忍耐性就差多了。昨天34℃高温，回到家里一看室温达26℃，这仿佛开空调还早了点，但有点热，一动就汗水直冒，赶紧把电扇打开，勉强能平静下来。晚上睡觉已是裸身了，被子盖上有些受不了，半夜还淌出汗来，二十几年前，成都人都叫热的时候，我觉得一点不热，因为刚从火炉城市万州到成都，那叫脱离了火海，从40℃到34℃的地方，你会叫热吗？成都的夏天多舒服啊！可自从到了冰窖苏马荡，唉，成都在我心里不舒服了，它不凉快了，每年盛夏来临，就想离开成都奔赴大山，回到谋道苏马荡的家。不是有些事，今天我就可以乘动车到利川转乘巴士回谋道古镇吃中饭。凉爽苏马荡，你叫我怎么说你好呀，让我没有抗热耐热的能力了，一热我在成都就待不下去了，就是你太凉快太舒服惹的祸！到苏马荡非得找你算账不可，不吃几块腊肉誓不罢休！

炎热的成都，迎来了一拨苏马荡的客人。他们是谁啊，来看啥子啊？小辈告诉我，是太阳城小区挺进成都来推销房子。据说带队的销售负责人还是我曾经供职的国企单位同事的儿子。他们说了半天，我倒是不认识，但名字有些印象。苏马荡的房地产在建小区渐入尾声,严控土地资源,无疑,像太阳城这样的小区资源为数不多了。苏马荡土地资源稀有,大山的房子将成为香饽饽,最后的晚宴恐怕吃不了几次了。瞄得准趋势的人,只要价格合适,完全可以一举揽入怀中,今后中国这些大山风景区的房子是不容易买到的。海南省颁布了严厉的调控房子政策,可以说与"候鸟"经济说拜拜了。资源太重要了,善用资源走产业科学附加值高的路,才是发展的根本出路。去年初夏,苏马荡的小区问过我,可不可以挺进成都卖房子?我说可以啊!大胆挺进,但不要选择南边方向。成都向南向东发展,南边区域打造是国际化的城市副中心,那边的房价居高,居住了好多经济实力强的家庭,他们好多都拥有峨眉山和青城山的度假房,苏马荡目前还不具备他们选择的条件。要选择推销地点,就往东边和北边人居集中的小区区域,这些小区居住的大都是到成都安家落户的年轻人,而且有大量的重庆人和万州人。苏马荡有天然的良好条件,风景如画,空气怡人,乘凉避暑,冬季避霾,是会吸引人的。最主要的是有了大批的"候鸟"风景,且房价有吸引力,甭管是投资和居住都有价值。

　　苏马荡太阳城小区选择成都试一下水是可行的。我跟小辈说:你们不关注"谋道在线"吗?既然选择成都销售房子,怎么不把《苏马荡的那片云天》一书带上呢?这恐怕比你们那几个人嘴巴强多了。成都人郑老师山居苏马荡,就写出了几本书,你说苏马荡好不好?图文并茂的中国最美小地方苏马荡,让成都人看看不更有说服力吗?这么好的宣传条件不运用,真是可惜了!真还可以对成都人买房子的送上一本书。苏马荡一些小区销售确实缺少智慧,看不到长远的发展方向。一个地方的发展,倾注了多少人的心血,政府投巨资创造条件在全力推动,多少热心人在鼓呼外力推动,促进和培育苏马荡这个土地资源市场健康发展,才会有今天较好的市场局面。如果没有大环境的改善,多少小区的房子别想卖出去。所以,苏马荡的在建小区要明白这个道理,抓住谋道苏马荡大发展的机遇,积极主动去争取市场,取得突破,既要让资源合理匹配市场,又要考虑尽社会责任,向林海云天小区学习,把工作做到极致,赢得口碑,把自己的发展推向一个新阶段!

2018 年 5 月 17 日　写于成都

山居苏马荡，是个智慧的选择

去年我选择十家小区写了文章装入已出版的书中，它们是林海云天、博云广场、罗马假日、皇家一号、香榭春都、夏都生态城、香山别院、理工依林郡、云水谣、绿岛印象养生谷。这些小区的品质及条件在苏马荡都是上乘的，可圈可点。当然，它们仅仅是苏马荡小区的代表，还有不少小区各具特色优势，它们的名字也出现在我的书中。为什么要写这些小区呢？因为近几年苏马荡大发展他们是参与建设者，为苏马荡新城崛起贡献了力量，而今继续在为中国最美小地方添砖添瓦，推动着大山的发展。苏马荡走了一条以土地换发展的路，这些小区既是建设者，也是见证者。一段历史的书写作为史料，不能漏掉这些建设者，否则就是一种遗憾！

红红的五月，苏马荡杜鹃花从绽放到凋谢，这个过程伴随着夏季的来临。天气渐热，一些"候鸟"已飞来了。罗马假日的武汉人怀旧先生就归巢回到大山的家。怀旧先生对大山苏马荡情有独钟，视苏马荡为第二故乡，每年早来晚归，不失幽默风趣，将体验的山居生活搞些小帖子，图文并茂发到微信朋友圈，呵护着苏马荡的发展，满满正能量，真是一只可爱的"候鸟"。苏马荡可爱的"候鸟"还不少，像皇家一号的重庆刘康老师，时不时就往大山跑，春拍杜鹃花，秋拍层林尽染，把苏马荡的风景一展无遗，还配上美文以飨读者，宣传苏马荡，呵护着苏马荡，尽着自己的义务，为苏马荡发展尽心尽力，这样的"候鸟"真是可亲可敬。

作为业主，怀旧先生同样对罗马假日的宣传毫不吝啬，不断将彩图分发到朋友圈供大家分享。罗马假日小区我去过几次，美丽的风景蒙糊了我的双眼，一不下心就留下了笔迹。人啊，美丽的诱惑是挡不住的，很容易被绝色风景俘虏内心，情不自禁就呻吟起来。罗马假日这个小区风格中西合璧，既有民族风，又有些西洋风。小区整体外观鬼斧神工，有巧夺天工之艺术美韵，弥漫着浪漫风情。小区最大的优势是离老318国道不远，地处在一片坡度不大的洼地里，紧凑又相对集中；没有大大的坡度对老年人是有利的，出行方便又安全。罗马假日有森林，有索桥，还有一汪湖水碧波荡漾，轻风吹拂扬柳，多彩鱼儿畅游跳跃，这些点点碎碎，勾勒出诗情画意，宛如一幅动感的油画。

每次我到罗马假日，站在翡翠湖的上面，远目对面那连绵起伏的山，低头见湖水涟漪，顿时心花怒放，感叹大山的风景太好了。夕阳余晖，这一刻在罗马假日观景那是格外的享受。西边那轮太阳红彤彤笑眯眯的，直视它有些晃眼，太阳慢慢地下沉，仿佛不心甘情愿，它还想待着陪伴着大山，陪伴着"候鸟"——太阳公公说，我寂寞了好久，每天回家，只有青山和小鸟跟我说声再见，好不容易盼到"候鸟"来，我又要回家了，回家晚了，他们会骂我的。太阳归隐到大山，却留下了万丈霞光和一片绚丽彩霞。你看那边云彩好漂亮啊，五彩缤纷，七彩斑斓。夕阳无限好，只是近黄昏……这里风景属于罗马人。住在罗马假日，天天与森林缠绵，与云霞烧霞邂逅，这生活多滋润啊，甜蜜的生活在苏马荡，在罗马假日。

苏马荡的小区都很美，因为它们都拥有一片蓝天，一片森林，一片多变的云雾云海。有人说，苏马荡是仙景，是画廊，是伊甸园，这些都不错。苏马荡确实风景如画，是片仙居的地方，大自然神来之笔的地方，"候鸟"飞来栖息，住上一阵子，应该是个不错的选择、智慧的选择。

2018年5月18日　写于成都

山居谋道，闲聊一通

回到谋道古镇的家，这里很清静，一下告别了特大城市的喧嚣。尤其是晚上，古镇静悄悄的，半夜起来方便，只见窗外月色和昏黄的灯光交织在一起，耳畔没有传来那凄凉的猫叫。去年这个时候也到了古镇，半夜老是听到几只猫叫，那怪怪的声音让人毛骨悚然。今年好，没有了这几只猫深夜来捣蛋骚扰，古镇更加寂静了。晚上睡觉早，凌晨醒了就想看看书或静静思考一下，兴趣来了还动笔写几句。本来不想写什么东西了，到了谋道苏马荡，不知道怎么搞的，看见了山、看见了森林、看见了古镇，似乎就有了写文章的冲动。正如英国作家彼得·梅尔所说的一样：一到普罗旺斯，轻拂海风、闻吸花香，见古老的房子和那一片薰衣草，挡不住的写作灵感油然而生，不自觉拿起笔又无病呻吟起来。

深夜古镇很安静，清晨的谋道似乎仍在安然入睡。太阳从东方升起，映红了古镇，蓝天上的白云犹如一片棉花地，大山苏醒了，森林唤醒了小鸟，小鸟伸着懒腰发出几声清脆的啼咕。我漫步在博云森林公园，登高望远，满目的绿色让疲惫的眼睛顿时舒展开来。空气新鲜啊，使人荡漾心醉啊！这一刻，你会觉得在大山古镇有个属于自己的家多好。一片片风景，一幅幅大自然图画，陪伴着你，让你欣赏、使你陶醉，心里甜啊，这味道，只有自个儿知道。自个儿行在森林里，阳光射在脚下，独自踏步于小径上，几滴水露飞飘而来，这样的感受仿佛达到了一种虚空境界，但，分明是一种格外的享受嘛。

山居古镇，在一片安静的环境中，尽享读书时光再合适不过了。从森林归来，到古镇晃荡一圈，然后到小区物业办公室取回网购的书籍，回到家里的小书房就静静地待在那里，几个小时与书为伴了。如今，社会发展得太快了，它正在颠覆着人们的认识观。网购已成了潮流，只一部联网的手机，什么东西和玩意儿都买得到。前年到古镇,到处寻觅一个书架,踏破了几条街,没有找到一个。卖家具的人说,谋道苏马荡没有多少人看书,也没有人来问买书架,所以,家具店都不进书架来卖。无奈,我就买了一个鞋柜,上面可以放一些书将就将就。今年我也下载了手机购物软件,网上一查,包罗万象的物品让我惊讶!我搜搜了书和书架,看得我眼花缭乱,这太方便我买书了。原来到谋道苏马荡,每次从成都出发须带上几本重重的书,在万州下了车,那拉杆箱沉甸甸的,还要提上几坡梯子,整得我汗流浃背的。现在可方便了,离开成都前,我把收货地定格到谋道古镇,轻轻一点需要的书和物品,几天后就到了。我买了书架和不少的书,一下就丰富了我的书房,今夏几个月就有事做了。一只"候鸟"问我:郑老师,你到谋道苏马荡待几个月,怎么耍啊?打麻将吗?我回答:不会打麻将,也不学习打麻将。怎么耍,自己找乐呗。

说起网购这件事,前几个月写了一篇文章《网购潮流》,而且收录在我出版的书中。对网购这件新鲜事物,起先我并未在意,后我发现在成都小区的家,取货柜越来越多,几乎把小区空隙的地方塞满了,什么邮政、格格、丰巢等柜子——门前随时人流涌现,小铁门发出叮叮当当的声音。网购队伍开始是年轻人,过后中老年人也加入了这支部队,使得大部队越发浩浩荡荡。小区可热闹了,统一服装的物流人员穿梭不断,取货的人一拨又一拨,有时取货居然排队了。这个变化让我感觉社会进步实在太快,不经意自己就卷进去了。以前买袋米、买桶油,从商场拎回来那沉呀!现在物流就都到了家门口,同样的品牌,价格便宜不少。我似乎忧虑起来,那些开铺子的商家怎么做生意啊!难怪好多商场都关门了,这股冲击波似狂风暴雨,让好多生意人面临生存的重新选择。

这网购潮流汹涌澎湃,会影响谋道苏马荡吗?显然是狼来了!我看到博云小区每天来往的物流人员,物业办公室堆积的包裹,取货的人不少。这还不是旺季,"候鸟"好多未飞来,7月份肯定会热闹,特大城市的人在网购认识方面超前,很多人在网上购物,这样一来,谋道苏马荡的商家肯定会受到不小的冲击。原来我来谋道山居会带进口奶粉等,去年在谋道古镇看到了进口食品直营店,看见什么东西都有,价格与成都差不多,这多方便啊!立即就买了进口奶粉和麦片。而今我在购物网站看,同样的奶粉便宜几十元,一付款就发货了，三五天就在家门口收到了。生活方面的物品我有时在关注，它毕竟是一方面的知识。去年闲逛谋道古镇的超市和小商店，一包400克的山东临沂产的酒鬼花生10元一袋，经常会去买两袋。前天，我打开购物网站一看，五斤大袋酒鬼花生才28元，哇，这太便宜了，直接面向消费者，这叫小商小贩怎么来挣钱吃饭呢？我选择了贵一元大学生创业的酒鬼花生五斤袋，今天就会收到货了。住在苏马荡依云国际小区的亲戚，昨天到谋道邮政取货，她们都擅长网购，大到家具，小到食品等，隔三岔五就到镇上取货，特羡慕我们住在谋道古镇，伸手就把货拿回家了。

  网购确实带来了便利。小区业主在取货时互相交谈，哪里的海鱼好，哪儿的东西又便宜又安逸，住在大山古镇，城市化的生活照样方便，丝毫不会影响生活质量，这些现象凸显中国发展的神速。中国不得了，中国人真自豪啊！随着谋道苏马荡的大发展，"候鸟"越来越多，物流产业将进一步快速发展。下个月谋道古镇的几家物流公司恐怕会空前热闹，忙得不亦乐乎。随着网购"候鸟"队伍的扩大，苏马荡新城应该设点了，我想，随着竞争达到白热化，苏马荡新城的物流格局将发生变化，一定会有物流快递进入，到时苏马荡新城的"候鸟"取货就方便了。网购作为一种方便快捷的购物方式，走进千家万户被老百姓接受，同时它又打破了商家过去固有的守株待兔的形式，变得更为方便灵活起来，人们购物选择面更大，而且还能得实惠，这同样又给做生意的人提出了更高的要求。网购眼前独领风骚，是不是最好的一种商业形态？这未见得，社会永远在发展，一波一波的新事物悄悄涌来，一些坐店智慧科学模式——商业形态也在萌芽中，没准你还没有醒过神来，新的事物又晃在眼前，快速变化的新事物，需要我们不断学习呀，得看书学习呀，否则就会被社会发展的速度甩得老远，找不到东南西北。学无止境，永远在路上。

2018年6月13日　写于谋道古镇

谋道苏马荡在悄悄地发生变化

昨天到苏马荡，路过马峰坳，眼前的情景使我大吃一惊！去年此地经过整治：规范了店铺招牌，安装了红绿灯，街面拓宽，铺上了沥青路。今年马峰坳又进一步整治美化，安装了隔离栏，突出了交通标识线，设立了环岛区域，进一步拓宽了公路。这一段交通拥堵的瓶颈，乱糟糟的地方，忽然变脸，变得端庄大气起来，真好！我心里在想，谋道古镇在悄悄发生变化，过不了两年，一座新谋道古镇就会展现在世人面前，那个时候的谋道就会更受人关注了。

谋道大街正在人行道街面整治，挖槽埋管将弱线下地，然后铺上地砖，让谋道大街美丽起来。工程施工，街道一塌糊涂，尽管听到一片抱怨声，但整治在进行，不久时间完成后，大街焕然一新，更会出彩。

谋道苏马荡的大发展，带来了区域性的变化，最为显眼是苏马荡新城和苏马荡大道的部分地段。的确，苏马荡新城漂亮了。昨天过马峰坳进苏马荡新城，一些地方通过美化在视觉上更美了，街道更整洁了。路边的杉树透着翠绿，小区洋房依然千姿百态、风姿绰约，身上的花衣服在阳光下熠熠生辉。六月中旬了，还不是"候鸟"栖息的高峰期，新城大街显得清静，人流稀少，没有喧嚣，似乎呈现出平静安然祥和的氛围，令人心情十分舒服，静静的美，也是分享惬意的一种感受。

每年到谋道苏马荡，细细观察，感觉这个地方不仅仅是外部环境的变化，它的市场经济业态也在悄然无声地变化着。走在大街上你会看见，原来大街上到处都是卖家电的铺子，忽然多少家店铺从视线中抹去了。小王问我：这是什么情况呢？我脱口而出：网购的冲击。今后还会有多少小超市将逐步退出谋道大街。网购潮流会打破传统的格局，谋道大街商业和生意将会发生颠覆性的变化。而今眼前的谋道大街到处是做防护栏的，路边到处堆码着半成品网状防护栏，中国特色的怪东西，名曰防盗安全，实质上是占空间堆放烂东西。成都在大力度整治拆除防护网，城市一下就变漂亮了！谋道大街往派出所方向的另一端到处都是石材铺子，大白天噪音不断，加工石材切断分割，到处粉尘飞舞，乌烟瘴气。这些店铺生意随着谋道苏马荡的大建设告一段落，自然而然就会消失了。

那谋道古镇大街经济形态今后会随之带来一些什么变化呢？短期无疑会是物流店铺的增加和小饭店的兴起。居住在谋道古镇，时常会与当地人聊几句，他们也问过我：郑老师，你说谋道的发展会怎样走？当然，我知道，当地人做的小生意随着谋道苏马荡房子大建设渐入尾声而显得难以为继，甚至是危机四伏。我鼓励他们，谋道苏马荡走旅游产业康养道路是铁板钉钉的事，作为谋道原住民，就要动智慧，顺应潮流去找自己适合的事做啊！网购遍袭全国各地，大中城市多少个体商铺纷纷关门，没办法啊！传统的进货吃点辛苦差价钱就办不到了。网购已进入千家万户，无不触及到任何商品。大山谋道特色腊肉制品受人欢迎，我在网上一看，湖南大山大学生创业的生态腊肉端午特惠五斤包装居然不上一百元。天哪，这般便宜的价格，这冲击力多大呀！可能有人说，网上的东西不好，真伪难辨。现在可不是这样了，互联网信息时代，你卖假货试试看，你不死得惨！可以预见，只要谋道苏马荡小区的物流货物频繁进入，谋道苏马荡的店铺小生意将面临挑战。

我对小王说，谋道古镇大街今后会有更大的变化，那一天你看到的全是餐馆和民宿客栈及旅游生意店铺，这个时候的谋道古镇市场经济在走向成熟，市民的市场化观念会上升到新阶段。期盼吧，让我们一起来见证千年古镇谋道的真正变化。

谋道苏马荡在发展道路上面临着机会和挑战，在呼唤构建人类命运共同体，共建和谐社会的历史大好机遇时期，只要敢于创新奋斗，自信智慧科学的发展，以不变应万变，寻找一条适合土家人自己的路，这个地方是可以腾飞的。

2018年6月15日　写于谋道古镇

山居谋道苏马荡享受不一样的美食

去年到谋道古镇，六月份的天常伴着雨飞，有时的雨下得大，那雨滴声震得阳棚叮当响。雨下久了，山上的气温骤降，最高温度才十几度，很多人都穿上了厚衣服，待在家里想舒服点，就得烤火。我想舒服点，在家就打开电暖器，烤了几次火。六月天烤火多少人觉得奇怪，就像有人戏说：六月天的人穿皮袍，你耐他不活（没办法）。在谋道苏马荡这地方，夏天凉爽至极，遇到绵绵雨，真是可以烤火穿皮袍。

今年真好，六月的谋道苏马荡是春天，又像秋天，早晚偏凉是个秋，大白天温度恒定又是春。因为没有下雨，偶尔洒点毛毛雨，阴晴相间，气候变化不大，实乃舒服至极！他们问我穿啥衣服？我回曰：长衣长裤，皮鞋皮衣。这样的天，这样的气候，居住在谋道古镇是令人羡慕的。谋道当地人也喜欢这样的天气，阴晴相间，偶尔下雨，不想太大的太阳，因为大太阳实在晒人。海拔高的地方，连续太阳逞威，那光辐射确实够厉害的。倘若你顶着太阳晒，要不了几天身上就会脱皮。可阳光灿烂，谋道苏马荡天空蔚蓝，像蓝悠悠的大海，充满深情。

我的家离古镇农贸集市近，可以说在眼皮下。打开窗户就能判断集市的人流情况。如果听到微微的声音，集市人稀不攘；如果听到闹吵喧哗，今天集市的人一定不少；如果听到爆吵喧嚣，集市的顶棚似乎就要掀翻了，那一定是赶场和大批"候鸟"飞来了。六月初在谋道，恰逢赶集也恰似温柔，六月中下旬如遇赶集，那人流熙攘伴着讨价还价声，顿时集市就沸沸扬扬，麻雀闹林，赶紧把窗户关上吧。窗户一关，耳朵一下就清静了。住古镇就是闹中取静，其实，热闹嘈杂就上午一阵子，"候鸟"买东西回家了，古镇就清静下来了。

偶尔我会跨进农贸集市，东瞧瞧，西看看。不买东西的我，看见喜欢的，也会兴趣释然，把一块肉、一只蹄膀拿下。现在买物品方便，小商贩也整了一个二维码，扫一扫就把钱付了。昨天是端午节，但不逢场赶集，我一步跨进农贸集市，眼目中忽然塞满了蔬菜水果和那一大片红白相间的猪肉。吸人眼球的大山猪肉，厚厚的膘，一看就是三四百斤的大肥猪。粮食喂的猪生膘，一巴掌厚白花花的膘，这生态山里的猪肉，在城市商场超市是看不到的。大肥猪身上的瘦肉厚厚的，看起来挺新鲜的。"大哥，来一刀吗，这猪儿好哟，这肉你们在城市吃不到哟！"卖肉人口若悬河吆喝着，逢人就这么来几句。我说："那是，那是。猪脚膀多少钱一斤？"卖肉的女人说："后腿十元，前腿九元。""前腿和后腿有什么区别吗？"他们也不置可否。卖肉的男人说："价格都九元嘛！""那就给我整一腿吧！"卖肉男人过秤后烧洗忙碌着，我问卖肉女人："你们是谋道本地人？""是的，就住在哈儿街背后，天天卖肉，晚上在广场跳舞。"卖肉女人很自信她们现在的生活。

我注意到这些肉贩，多为夫妇，本地人居多。早上七点多钟，这些肉贩子进来的猪都未肢解，一个猪头立在案板上，两扇大耳朵耷拉着，一半边肥猪仰卧在案板上。这头猪在"候鸟"的峰值期应该能卖完，其他时期能否卖完我没有问过他们。我自己估计了一下，卖肉人一天三四千元的营业额，淡旺季均扯一下，每月可能有七八万营业额，年总计可能会在百万以内，仅仅是薄利，两夫妇收入可能在十万元左右。这样的收入在谋道当地还算不错的。但还是辛苦，他们几乎没有星期天，一年四季守在三尺长的案板边，天天与肥猪儿打交道，这样的生意伴随他们夫妇不知多少年。

每次进集市，甭管是买鱼买肉，总会与他们聊聊，问问他们是否是本地人，生意怎么样。一旦熟悉了，每次去买鱼和买肉直奔目的地，他们见我就笑嘻嘻的。我不再问价，由他们称好秤，告诉我价格，通常还听到他们对我说，就按低一点的价格，嘿嘿，还优惠我呢。大山生意人大都很善良，本着诚信做生意，所以，没有必要为一两毛钱去纠缠，你耿直不计较，人家也大气，赚钱赚到明处，不赚黑心钱。其实，买卖生意都要相互理解尊重，讨个好心情，这鱼、这肉，吃起来就香喷喷的。

山居谋道苏马荡，不但能享受到舒服的气候，还能享受到不一样的大山美食，这生活算是挺不错的。我们小区处在古镇，生活方便，在溜达中常碰见几对武汉老年夫妇，他们一直都住在博云，有事回趟武汉，没事的话，就常年居住在谋道古镇。

2018 年 6 月 19 日　写于谋道古镇

凉爽的谋道苏马荡

每年山居谋道苏马荡，难免会到周边的地方去一次。如果是酷暑月份到老家万州城区，你会痛苦不堪，那烈日高温，滚烫的热浪，周身是汗不说，连呼吸都很急促。有一年我母亲病重，正是七月下旬，回到万州上午顶着太阳到医院，中午就往万达商城去吃中饭和晚饭，一半天待在冰窖里，度过那几天难熬的时光。如果到利川市区或海拔1000米以下的地方去，同样是七八月份，白天那三十多度的气温，促使你赶紧办完事逃离。因为，你在谋道苏马荡凉爽惯了，换一个热的地方就颇不适应，哪怕是利川市区，大白天艳阳天，它给不了你凉爽，只有回到谋道苏马荡，凉爽凉快即刻拥抱了你。每次从万州或利川回到大山，大呼几口凉气，心里舒服像灌了蜜一样甜。

来大山一阵子了，不免外出走走，看看谋道苏马荡的变化，也会钻进一些小区与售楼人员聊聊。她们好多认识我，即便不认识我，知道是郑老师，就会有聊不完的话题。当然，话题的主要内容是大山的发展和大山的房市情况。说实在的，大山的旅游产业和康养产业的发展才是重要的话题，房市显然不重要了。谋道苏马荡发展进入了新阶段，大面积的房屋建设接近尾声，大山的土地资源价值得以回归，可以说步入了良性循环，房子不多了，房市就不是个主要问题。

卖房子的总想把房子销售出去，这很正常。正遇"候鸟"峰值期没有到来，或者说房市没有形成去年的火爆场面，一些销售人员忧心忡忡，她们告诉我：郑老师，今年周边低海拔的地方在修避暑房，价格便宜不少，可能会对谋道苏马荡的房子冲击不小，很有可能房子不好卖。我问她们：你说的是低海拔地方，这与海拔高的地方不在一个水平线上，谈何影响呢？低海拔的地方避暑房谈不上是资源。在此地歇凉是早晚凉快，如遇高温还得开空调。这差别大啊！你在谋道苏马荡居住，天天是春天，如遇下几天雨还是秋天，大白天顶着太阳，你打把伞外出溜达不会出麻麻汗吧，山风轻拂着你的面颊，你惬意死了。同样的高温，你撑把伞在海拔千米以下的地方去溜溜，周身不出汗才怪。就海拔几百米的差别，等于划了一道财富分界线，对不起，谋道苏马荡的房子价格就会与海拔低的地方有差别，随着时间的推移，价值还会进一步被市场青睐，今后更会拉大差距。

谋道苏马荡的地域海拔处在 1400 米左右，是人类健康居住的最好海拔高度。理想康养的地方就会与众不同。峨眉山脚下海拔千米以下，那里的避暑房与峨眉半山的房子价格悬差很大。成都人会说：在峨眉山脚下买房子，我疯了，不如住在成都市。热起来，还用空调，有什么意思呢？宁可花钱到峨眉山高海拔地方去买房子，哪怕价格高一倍，我那是在享受凉快呀！其实，峨眉半山七里坪的海拔与谋道苏马荡差不多，就 1400 米左右。峨眉半山，蓝天白云，泉水叮咚，轻风微吹，绿色生态，多美的地方啊！可谋道苏马荡同样山清水秀，山寨沟壑，森林密布，湛蓝天空，古镇风情，一样的美。

实话实说，我怕亲朋好友到谋道苏马荡来度夏，怕把他们醉倒了。如此凉爽的地方一待，回到海拔低的地方怎么能适应呢？正如我一样，年年五月份，成都一热，我就想回到谋道古镇的家，盖四斤的被子睡觉。他们说，成都不太热，怎么这么早就走了？成都海拔在 500 米左右，相比火炉城市重庆和武汉好在哪儿去了。可我们习惯了凉快，仿佛抗热能力弱了，所以，一热，就想往大山跑。如果亲朋好友都喜欢上了谋道苏马荡，都想在这里山居，天哪，苏马荡哪会有如此多的房子来让人选择呢？谋道苏马荡是天然的大空调，如斯条件让多少地方无法比拟，这香饽饽的避暑康养胜地，就像陈年老酒一样，年岁越久越绵冽醇香。海拔低的地方度夏的人，今后他们到谋道苏马荡来住一段时间，通过比较也会得此结论，亦会感慨万千，价格不同的房子，一定是享受不同的房子，热和凉就在房子感觉中。所以，我与她们聊天并告之：谋道苏马荡是块风水宝地，老天爷赐予的福窝，是个神仙居住的地方，其价值随着发展不可估量，大家都要抱有信心，对此充满信心，一起努力把大山建设好，让谋道苏马荡，香飘千里，扬名四海。

如此凉快凉爽的谋道苏马荡，你来了，还想走吗？哈哈，我是不想走了！

2018 年 6 月 20 日　写于谋道古镇

谋道古镇在变脸

昨天下午散步在谋道古镇的大街上。由于大街人行道正在整治，前期挖槽挖坑埋管将弱电网线下地，到处堆码着泥巴和乱石。后管槽修建完毕，又进行平地打水泥地，为铺设地砖打底子。铺设的地砖是什么材质的呢？或大或小？又看见公路一边堆码着像砖头一样的吸水砖，颜色呈灰，有部分黄色。哦，知道了，灰色的吸水砖加上黄色的一道辙是盲道。这种地砖铺设的好处是防滑吸水，对于多雨的谋道古镇是有好处的，很多地方的人行道铺设有这种吸水砖。由于是砖头形状，它仿佛含有复古的色彩，就像一些百年古镇巷道铺设的青砖一样。我们国家的古镇古城大街行道多为青石板铺设，青砖铺设的巷道小径也有，但好多未保存下来。这方面欧洲的一些古老小城或小镇就完整地保留下来了。我曾在德国科隆市参加商务活动，这座历史古老名城的小巷街道全是青砖铺设的，尽管有些地方残缺风化了，但那古风味道犹存，虽走路咯脚隐痛，但，仍保留着古老的痕迹，受到人们的青睐和爱护，因为，这是一种古老的文明。科隆的老街残垣断壁随眼可见，德国人尤其重视古文化的保护。

吸水砖铺设人行道，固有很多优点，但在美观大气上有欠缺的成分，视觉上缺乏美感。铺设这种砖特别要注重施工质量。我径直往正在铺设的地方走去，工人师傅们在铺沙碾擀，然后将灰砖铺上，手里的木锤不断敲打灰砖，发出了实沉的闷响。

"师傅，这砖可要铺好哟，不然今后灰砖会出现松动颠跷，人走在人行道，会泥浆四溢，那就不舒服了。"我对师傅说。

"不会的，这砖铺好了，只要没有汽车压，不会出现翻撬溢泥的现象。"师傅边敲打着砖对我说。

我沿着已铺好的人行道往前走，店铺的生意人正在扫除灰砖上的浮沙，这一扫，人行道一下就清爽整洁了。

扫沙的大姐看见我："郑老师，出来走走啊！"

我笑答："这人行道铺好了，谋道大街就漂亮了，对你们做生意更好了！"

生意人大姐说："那是，把天上的烂线网网埋在地下去，谋道大街就整洁了。"

我对她说："谋道的发展，一天比一天好，政府在打造古镇，创造条件，今后古镇会成旅游的地方，游客多了，四季都来逛古镇，你们的生意更好做了。"

铺地砖的师傅们忙碌着，那边一阵电火弧闪，切钢管的噪声有些刺耳。铺地砖与安装隔离栏同步进行。这隔离栏显然是要防止小汽车上人行道的。我走到安装钢管隔离栏处，弯下身子拾起一节约一尺的管筒，看看钢管的壁厚，还行，至少有五毫米以上的厚度，有扛撞的强度。然后，我拍了几张照片。谋道古镇铺设人行道，是古镇整治换颜的重点，犹如给它穿上一双皮鞋。古镇要漂亮，足下生辉是基础。你再一身洋装，不把脚板打理好，乱穿一双鞋，你看效果好不好。打造古镇街道是多少人的愿望，规范化治理或许让一些商家不方便。过去店铺门口乱停乱放就不行了。我想多数人应该明白道理，支持创建好环境，谋道古镇变美了，对谁都有利。我听到一个女生意人的抱怨：安这隔离栏，不准停小汽车，叫我们怎么做生意哟！尽管是一点牢骚话，还是代表了一部分生意人的忧虑，忽然打破了她们固有的生意操作状态，似乎不习惯了。其实，这样的想法和担心是正常的，接受新事物和观念的转变是需要一个过程的。

真正一个地方的发展，甭管是小生意还是大生意，尤其需要一个规范化的环境氛围。乱糟糟的地方，谁愿意来这里玩耍。越是声誉盛名的名镇古镇，环境和规范均是一流的。大街小巷干干净净的，生意人都在厅堂店铺做生意，不会移出半步搁置货物，更不会有小汽车停在门口。人行道就是让游客行走的，越宽敞的人行道越要留给游客溜达。我们不说远了，就说近的地方。汪营镇与谋道古镇是邻居，前年到汪营镇一看，很出乎我的意料。汪营镇大街小巷整洁清爽，到处贴有警示标识，镇上公路不准乱停小汽车，规范化管理非常有成效，给人视觉感观与众不同。真好，汪营做得不错。我在汪营镇下了车，儿子就去找停车场了。近在咫尺的邻居汪营镇都能做得这么好，咱副县级的谋道苏马荡就应该做得更好嘛！一个地方的打造尤其需要市民的理解和支持，今天的创建打造及规范化管理，就是让谋道苏马荡的明天更加美好！

　　谋道古镇的变脸，拉开了旅游产业的大幕，必将引领谋道苏马荡继续朝着更高目标前进，用不了几年，这里的变化更会令人想不到。我对谋道人说：你们真有福气，有党和国家的阳光政策，又有一批敢干敢拼的地方干部队伍，何愁谋道苏马荡建设不好？谋道古镇是福窝啊，如此凉爽空气好的地方，夏如春，夏如秋，在此居住，一辈子少遭受好多罪哟！珍惜吧，土家人，幸福生活拥抱着你，理应感恩和知足。

2018 年 6 月 23 日　　写于谋道古镇

第二章　未艾方兴

谋道苏马荡的变化是令人信服的

近两天谋道古镇的气温在上升，我已经穿短袖了。在谋道苏马荡穿短袖，意味着山下的万州已是烈日炎炎，酷暑难耐了。从万州上来的"候鸟"们说：万州太热了，又闷又难受，出气都急促，到了谋道苏马荡，即刻褪去了暑热，落在冰窖里，人一下就舒服了。这样的体会大家都是一样的。别说近七月，就是六月初的成都，气温上33℃人就觉得难受，立马就有逃离的想法，一到利川陡然就凉快不少，回到古镇的家，凉风习来，要不了一阵子就加衣穿长裤了。眼下即进酷暑的季节，谋道苏马荡将开启避暑模式，大批"候鸟"将在七月上旬涌入大山。利川火车站要热闹了。

去年的七月份，利川火车站人流熙攘，万人空巷，可以说是爆棚的热闹。从重庆到武汉的动车，在利川可以卸下几车皮的"候鸟"，这些"候鸟"多为重庆人。反之，从武汉到重庆的动车，在利川下车的全是武汉人，沉甸甸的动车到了利川就轻飘飘地飞了起来，如释重负。利川火车站一年四季有两次人流高峰期，一次是春节迎接打工返乡人员，一次暑夏迎接到苏马荡的避暑"候鸟"。这一模式可能长期持续，今后返乡人有可能会减少，可避暑康养的人员更会增加。从旅游康养的发展趋势上讲，随着周末经济的活跃，利川火车站的热闹将成为常态，而今利川小站恐怕要扩容变脸，否则是适应不了发展需要的。别看谋道苏马荡不大，但几十万"候鸟"将会引起大事来，助推大利川的发展，苏马荡建得有模有样了，利川也会随之变化登上一个新台阶。

"候鸟"渐多，我似乎也感受到了。在小区又碰到了许多熟悉的面孔，浓浓的武汉音在小区回荡，大家彼此道一声问候，又在一个共同的窝栖息一段时间。"候鸟"来了，小区有了人气，单调的绿色忽变姹紫嫣红，中国大妈的花衣裳丰富了小区的色彩，小区忽然就活跃起来。傍晚，夕阳西下，山那边的霞光映照着博云湖,"候鸟"三三两两涌入博云这块风景区。这里风景独好,上看森林,平看湖水微澜,西瞧太阳落山那变幻的云霞,凉风阵阵,好个心花怒放,幸福极了。武汉的"候鸟"说,今年谋道古镇真有变化,铺好的大街人行道真不错;重庆"候鸟"说,博云小区变化好大哟,不到一年时间,自己的家发生了翻天覆地的变化,陡然就拥有了森林,拥有了湖泊,拥有了海滩,拥有了奥林匹克……幸福来得太快,似乎在做梦,仿佛落在了童话世界的花园里,白雪公主就在我们身边。这样的视觉体会大家都感同身受,忽然给你一片风景,一片美丽的世界,能不惊喜连连吗?一个业主深情地说,原来觉得博云很小,在此买套房无非是图镇上的生活方便。今年到博云,视野宽阔了,小区变大了,变成了绿洲御府,果不其然,还真是变成了高端大气的小区,房子比我们武汉的小区漂亮。喜气洋洋,溢于言表,满意舒服,都写在了博云业主的脸上。

  武汉人远山说:谋道苏马荡的变化是令人信服的,而今更是看好这块风水宝地且信心十足。我现在跟武汉的老乡讲,你们来买房子,千万别与我们当时买的价格比较,要从谋道苏马荡的发展上看,从这个地方今后的资源价值来看,从长远的眼光来看。远山老师这番话是对的。一个地方发展于萌芽的时候,有的人不看好,也不一定看得懂,甚至不相信丑小鸭真能变成白天鹅。不相信的事,不看好的事,人家通过努力奋斗取得成功,实打实地摆在世人面前,你能说什么呢?如今谋道苏马荡大变样,新城多漂亮啊!古镇也在变脸呀!丑小鸭已经变成白天鹅,还变成了一只金凤凰。谋道苏马荡在践行发展的路,而且提档升级变成了副县级城市副中心,将引领利川市经济发展为此做出更大的贡献。

  谋道苏马荡这块风水宝地,引来不少"候鸟"人才资源。你可能不知道,小区一老头或一老太,可能就是专家学者,多少人还是名牌大学毕业的教授。我们小区就有北大毕业的专家学者。这些隐藏的人才,不仅仅有独道的眼光关注苏马荡的发展,更兼有一颗大爱的心,悄无声息为谋道苏马荡的发展尽力。这些无名专家学者在湖北高端会议上的几句话就可以对谋道苏马荡的发展助力不小。我还听说过,前几年有"候鸟"将我写的文章带到了不同级别的政协会议上,引发了不少人关注关心苏马荡的发展。苏马荡步入良性循环,既是本地土家人拼搏奋斗敢干的精神所致,也得益于外力推动,有一批"候鸟"型人才甘于奉献,他们关注土家人命运的改变,以自己的良心和爱心尽力尽为,滴滴水汇入涌泉,无疑为大山的发展造成了影响。"候鸟"型人才到苏马荡避暑康养,也是社会实践,默默无闻地做点事,更是希望大山经济发展好,谋道苏马荡实实在在发生变化,土家人过上幸福的生活。

2018年6月30日　写于谋道古镇

三次引水成功，标志着苏马荡进入了新时期

苏马荡水的话题，曾经是个沉重的话题。山居苏马荡六年，尤其在"候鸟群"高峰值时段，年年都看见水出现供需上的矛盾且很突出，供需不平衡，导致产生群体抱怨情绪，也直接影响了山居"候鸟"的正常生活。我写过关于苏马荡水的文章，有一篇《水是苏马荡发展中最大的硬伤》阐述了水的重要性和当务之急，解决水的问题，消除水这个棘手的矛盾，只能是苏马荡发展好了，整个经济步入正常轨道，相应同步能得到尽快解决。发展中出现的问题，只能在发展中解决。因为中国在强力发展中，而且走的是前人未走过的路，每一条道路布满荆棘充满艰辛，得摸着石头过河，通过实践且走且行，边走边来完善消除矛盾，苏马荡毫不例外，都是在实践中摸索探索，伴随着一路艰难前行，并一步一步走向成熟，这一过程不可逾越。

几年前曾经与时任谋道镇书记的王书记交谈过，知道就水的问题，王书记领衔的一班人背负着沉重的压力，这压力差点让人透不过气来，没想到发展的速度如此猛烈，没想到设计一家三人的用水量在夏季高峰时变成了许多家庭一家多人的用水量，甚至一家有十几个人的用水量。这样的用水量让苏马荡第一次和第二次供水显得苍白无力，缺水和水荒的矛盾仍然艰巨而突出。新上任的谋道镇陈书记同样面临并接棒了这个难题，直面苏马荡"候鸟群"，承诺三次引水工程启动，投资近亿资金在原来的基础上增加一倍的供水量，彻底解决苏马荡发展中这块硬伤，让这一困扰苏马荡发展道路的顽疾消除，使苏马荡的发展能轻松前行。

其实，水荒的问题只是苏马荡发展中一个重要问题，还有许多艰难的问题已经解决和尚在解决中，一个地方的发展不是一蹴而就的，是呈动态变化的。发展中还会产生和伴随新的问题，解决和克服矛盾永远在路上。今天水荒不荒了，交通那边又会出现跷跷板现象，甚至还有意想不到的问题出现。

而这些问题的克服依然要在发展中来解决。解决的核心就是大山苏马荡的经济呈良性循环，土地资源价值回归到正常水平，并与发展的速度匹配同步，而且还要大力发展旅游业，提高增收的比例。必须靠强力发展取得的经济效益来支撑这架奔跑的火车，保持平衡和稳定的速度，且是重中之重，否则又会出现问题和矛盾。苏马荡的旅游地产是发展的龙头，或者说是排头兵。资源价值体现在房市的价格上，如果还是廉价的房市，一套房子十几万块钱，大山优质资源将失去市场价值的合理性和可操作性，就会反作用于苏马荡的经济发展，无钱休谈货，手长衣袖短，囊中羞涩的矛盾相对显现，也就会制约苏马荡的发展速度，产生的问题和矛盾就无法在短期解决。

  第三次引水工程试水成功，我好感叹，甚是高兴。我看到了自己文章中读者的留言，就水的问题，多少"候鸟"希望我关注呼吁，甚至有人直面与我交谈。我知道"候鸟"的心情和渴望，缺水导致了生活上的不方便，但我直言推心置腹，表明自己的观点，苏马荡还不只是水的问题，多少问题只有靠发展来解决，这里需要正能量宣传，需要大家的理解支持包容，给当地政府一些时间，一味地抱怨和采取过激行为都是不可取的。

  今天苏马荡的发展进入了新阶段，三次引水工程完工证明了一切。但我想说，中国是水资源匮乏的国家，北方缺水尤为严重。二十年前到北京出差，宾馆洗澡用水限定了时间，我身同感受。苏马荡是个缺水的地方，引一次水耗资巨大，即便三次引水工程正式运作，服务于苏马荡"候鸟群"，但大家还是要树立节水观念并付诸行动，尊重水资源的宝贵，人类这生命之源——水的重要性。大山凉快，没有必要哗啦啦地方便自己，只顾自己，无端耗水。为人家节约一滴水，为他人着想，为子孙后代着想，尤其在峰值期，大家都节约一滴水，形成涌泉，就会方便更多人用水。三次引水成功，标志着苏马荡进入了新时期。

2018 年 7 月 11 日　写于谋道古镇

苏马荡的阳光发展道路

三伏天的第一天,太阳公公很厉害,一大早就把炽热的温度送到人间。凉爽的苏马荡有了热的味道。我披着阳光行走在谋道大街上。铺好的人行道让我的脚步轻松,不知不觉就到了苏马荡大道的交会口。

蓝天白云,阳光泼辣洒下,平时拥挤的马峰坳显得宽阔通畅。我缓缓向上,边走边看,这一段马路变漂亮了。规范的店铺招牌凸显这里的商业繁荣。大路中央伸出的红绿灯,让马峰坳有了城市的标志。对面的公路较以往热闹了,一眼扫过去,看见了一个农贸市场,就是今年新开辟的马峰坳农贸市场,这下就方便了依林理工郡等几个小区的生活。其实,你回首去年看今天,苏马荡是在悄然地变化,一年比一年在完善进步。马峰坳有几家卖万州面的餐馆门庭若市,食客或站或坐挑着一夹面往嘴里塞,面条的葱香味弥漫空中。重庆和万州的"候鸟"习惯早上吃小面,一碗麻辣面吃到肚子里才算踏实了。万州小面的美誉传为甚广,有一定的知名度,小面餐馆开到哪里,哪里的生意就红火。万州小面讲究麻辣香,最主要的是,面条为现擀的湿面,需碱重、汤不浑,入口湿滑,一抿化渣,老年人就吃得动。

马峰坳进苏马荡,这里是一段瓶颈,以往混乱常堵塞。经过交通治理,今天的小汽车虽不少却在有序地单行。由于车多又正值"候鸟群"高峰期,沿途出口不断涌出各地牌照的车,使得速度就像乌龟在爬行。我徒步行走,将这些小汽车甩到身后。过了新建的环线路岔口,车加快了分流,后面的车加速了,一辆一辆疾驶而过,把我甩到它们的后面。沿途的杉树依然如故,逼仄的人行道上老年人是主角,但也有不少带着孩子的妇女。阳光灿烂,太阳逞威,平常多风,今天少风,旁边两个男人在说,今天重庆39℃,武汉也是39℃,40℃以上的高温要来了,这天气热起来,让人就受不了。估计这个周末苏马荡的人群涌入要创造新水平,现在到利川火车站的动车票一票难求了。想必这段时间,苏马荡又要面临高峰值人流的挑战了。

跨出香山别院,我又看到了另外一个世界。一幢复古的建筑挂满了红灯笼。屋内涌满了人流,吹拉弹唱,音乐声此起彼伏,表演者高亢激情,旁观者如痴如醉。屋外的"候鸟"三五成群,一堆一坨在此聊天。这里原来是块空地,现由政府打理成一块音乐广场,提供给"候鸟群"享受精神生活。如此好的康养环境,"候鸟群"愉悦度假在苏马荡,这惬意的生活别摆了,凉爽的气候,新鲜的空气,这日子舒服啊,"候鸟"们都乐不思蜀啰。苏马荡真是个迷人的地方。

苏马荡的小区很多,密如繁星,行走在公路上,左看右瞧,全是小区的招牌,什么翠湖呀、浪漫山啊、凉都呀、夏都啊……数不胜数。我从夏都生态园辟近道到了林海云天小区。好久未到此,林海云天,别来无恙,依然美丽。小区整洁,沙滩边嬉戏玩耍的儿童不少,旁边一长廊总是坐满了聊天的老年人。公路上带着墨镜的"候鸟"显得精神饱满,他们的主人感觉良好,对林海云天这个阳光森林家园带有崇敬之情,归属感油然而生。每次到林海云天,我似乎就有这样感受,林海人似乎特别自豪。连续走了几千步,感觉有些累,就径直到了销售部。哇,销售部大厅已经塞满了人,座无虚席,哪有我的位子。算了吧,此刻退了出来,到小区走走吧。天气真好,视线明亮,齐岳山风车清晰可见,天空上那团团白云仿佛掉在森林里。林海的植被绿茵茵,一片绿色的海洋,波涛滚滚。林海云天的条件确实不错,既有硬件,软件也不赖,尤其注重服务,口碑很好。所以,优质小区的房子受人青睐,销售俏在情理之中。

每一次到林海云天,就会到处走走,喜欢到小区的餐厅和文化阅览室等处看看。今天还看到林海云天帮扶支罗村精细打造的支罗大米营销点,方便小区业主购买。林海云天的细节服务是他们的着力点,一个企业把服务做到位了,等于就得了一支浩浩荡荡的服务队伍,大家都说你好,你的房子愁卖吗?

到苏马荡走一趟,亲眼所见,还是能启发许多想象力,一个地方的发展是能改变人的认识的。道路自信,坚持发展自信,不能囿于历史那点小圈圈,更应从长远发展的角度看待苏马荡,才会创造性地发展苏马荡。苏马荡从一个贫穷的小山村走到现在的副县级区域副中心,是历史的必然,不是偶然,是智慧奋斗创新发展的结晶，是一种精神，是谋道重行、美美与共的重要体现。一个绿色小山村，或者说一片森林山丘，真正能得到有效保护，只有靠发展，巩固发展；一个地方发展好了，这里会更加绿色，更加阳光。苏马荡走的就是绿色阳光发展的道路，今后的苏马荡会更加绿色，更加阳光。

2018 年 7 月 17 日　写于谋道古镇

水库边　红椿酒楼　腊肉嘎嘎香

去年就听到有人说，谋道古镇店子坪水库边有家饭店生意很好，通常门前停满车，食客进进出出，一派热闹兴旺景象。今年到谋道古镇，他们又在说这家餐厅生意兴隆，门庭若市，菜的味道好，价格也公道。而且吃饭还要预订，时间长了还不接受，最好就餐前三小时预定最好。是什么餐馆如此牛气？我得亲身体验一下，于是打电话给儿子他舅，委托他清晨慕名而去，在此餐馆订上两桌酒席。

儿子他舅照此办了，并告诉我地点。上午十点半乘车到达水库一家餐馆，一看招牌为红椿酒楼。询问老板并核对订餐人无误后，就在酒家安顿下来。水库被青山掩隐，湖水青青，随风泛起涟漪。公路上一辆接一辆的小汽车呼啸而过，酒楼坐落在公路边，似乎有些韵味，有些打眼。这地方风景甚好，坐在餐厅面朝水库，眼目青翠一片。哎，这酒店老板真会选地址，鹤立鸡群于水库边，凉风悠悠，逍遥自在，抿一口酒，夹一块肉，品尝新鲜空气，这餐饭的口味一定很好，妙极了。

老板姓刘，夫唱妻随，儿媳妇账台管理，显然是一个家族企业。说农家乐也可以，但人家牌匾为红椿酒楼，红椿，一定与椿树和椿芽子有联系。这里会有红椿树？我并不知道，也没有问酒家老板。老板夫人姓左，她问我们是单吃鸡还是蹄膀，或是混合一锅。后听她说了才知道，此餐馆是按人头收费，35元一人，菜由饭馆配。餐厅不大，但整洁无尘，大山空气洁净，尽管门前汽车不断，但丝毫不影响这里的环境。在水库边吃饭，观山观水，头上蓝天白云，满山树木葱茏，这意境给美餐一顿找到了另外的感觉。我在想，冬天大山白雪莽莽，门前雪花飘飘，一大锅腊蹄子冒着热气，香味弥漫房间，这会是怎样的一种感觉呢？大山寒冷，一杯苞谷酒下喉，周身顿时就暖乎乎的。难怪山里的男人衷情苞谷酒，好这一口，还是与气候和环境有关系。

客人们都到了，一大盆腊蹄膀，也端上桌了。盆里的香味溢出，气雾氤氲弥漫，我猛吸一口香气，迫不及待拣上一坨腊肉送入嘴中，皮香肉香，实在好吃。人家都顾不上说话，被美食俘虏了，默默地品尝美味，不时喝酒与吃肉交叉进行，都在埋头苦干。怎么样？一问大家，都露出了满意的微笑。我们是捷足先登者，吃饭时厅堂不吵，不一会儿，外面的车停满了，饭厅喧嚣起来，随着人不断涌入，饭厅被人塞得水泄不通了。生意如此火爆，亲眼所见，看来外人说的都是真的。

酒过三巡，我到厨房里问老板夫人，她正在忙乎着。"你们生意这么好，自己知道是什么原因形成了这样的局面？"左老板边炒肉边告诉我，还是做事实在，利薄促销，靠信誉和回头客，其他，他们也说不出来什么。她说的是老实话，确实是这样，做生意实在，保质保量，灵活运用，管吃管饱。35元一人确实让你敞开肚皮胀，吃得不愿意吃了。这家餐厅我看没有什么诀窍，一句话：做人厚道，做事实在，薄利多销，保质保量。刘老板找到我，希望我帮忙宣传一下，让红椿酒楼更加扬名。我笑道：生意如此之好，还需要宣传吗？酒好不怕巷子深，食客都是宣传者，一旦多人宣传和反复宣传，你这厅堂能装得下这么多人吗？我对刘老板说，我乐意为他们写几笔，希望红椿酒楼成为谋道苏马荡的一张美食名片，为发展旅游产业贡献力量！

2018 年 7 月 19 日　写于谋道古镇

古镇的美食

谋道苏马荡的旅游地产随着当地的发展将逐步淡出，因土地资源的限制将逐渐枯竭，进而转向发展旅游产业和康养产业方面上来，推动旅游产业发展，餐饮业是重要的一环。游客不仅仅是观景，更是要满足舌尖上的享受，寻觅和品尝当地美食是必须的。一个古镇没有好吃一条街不行，一个地方没有几家老字号餐馆不行。尽管一个地方的自然风景不错，如没有一道饮食特色风景伴随，这个地方的经济发展火不起来。原因是什么呢？中国人旅游已经进入了新阶段，从过去的穷游正向富游方面在转变。所以，成熟的旅游地方都在挖掘当地的饮食文化，把失去的老字号餐饮恢复起来，让它为旅游产业助力服务，拉动当地的经济发展。

乐山的张公桥好吃一条街，重庆磁器口好吃一条街，游客一到那个地方，看见琳琅满目的特色小吃，闻着那飘香的味道，口水都在嘴里打转了，能不去尝鲜一饱口福吗？那是肯定和必须的。挤到游客群中，你会听到一些声音，"喂，你们去看风景哈，我不去了，找一家老字号餐馆等你们，到时打电话"。我经常出门旅游，看到的、听到的，体会很深。一只鸭可以撬动一个村的经济，一碗牛肉可以拉动一个古镇经济的发展，一只兔可以让一个地方火起来。这样的例子实在太多，我都亲自体验过且不止一次。

成都双流区郊外的贾家胖师餐馆，一次开桌上百席，节假日火爆无位置，平日也差不到哪里去。就一只鸭整个村就活跃起来，村民都可以提供场地，一张桌子租借十元钱，还可以卖酒水。一只鸭将一个村搅动起来，村民收入再差一年也有十多万。乐山苏稽古镇就是靠一家周记百年跷脚牛肉店带动了一个小镇的经济飞跃，慕名而来的吃客将车停到哪里是最大的问题。这一道商机让全镇居民得福了，家家门前全是停车场，十元钱停车，来去的小汽车时间不会超过一小时。就为吃这碗牛肉，引来游客不断，那人流营造出的气氛就是一道风景。同样，到成都郊外去吃一只兔，那阵仗实在吓人，一条街都铺满了桌子，人头攒动，服务员送菜全是在跑。桌上红彤彤一锅兔，冒着香味，食客吃得满头大汗，口干舌燥……不要紧，一碗碗红糖冰粉送来了，吃过了辣，喝一口凉粉，心里一下就舒服了。光是红糖冰粉销售量，就成就了一家企业的生存。

我举了几个例子，说明了餐饮服务在旅游产业所占的重要位置。一个古镇是个名，要把古镇经济活跃起来，餐饮服务不可忽视。其实，这类文章我也写过不少，通过"谋道在线"发布，看点击率和留言不显突出，谋道苏马荡当地人似乎麻木着，他们的观念和认识还需要时间来提高。或许是小富即安，安于现状，不愿意折腾；有的人或许根本就思考不到那里去。我在关注谋道古镇当地的餐饮，不时去体验一下。我希望发现一至两家有当地特色的餐饮，通过他们自己的努力，我们来积极地宣传推介，让它走向规模化，逐渐成熟形成老字号，带动一方经济发展，为谋道苏马荡的旅游产业服务，将周末节假日经济活跃起来。如果大名在外，周边的游客自然会驾车挤破谋道古镇。遗憾啊！始终没有发现。有些民宿餐饮生意人希望我为他们写篇文章宣传一下，他们的心情可以理解，但他们不知道，他们的餐饮无论是品质或是规模发展，远达不到郑老师考虑的标准，故不能使我动笔。我们宣传推动几个优质小区，尤其是标杆小区，你要满足我思想中的条件，否则是不可能的。提笔写东西是不能乱来的，是要站在一个高度来触笔的，是要对社会和公众负责的。

昨天我到店子坪水库边的红椿酒楼吃饭，其实，也是慕名而去的。听到下面的声音，似乎觉得这家餐馆口碑不错，菜品符合当地将色，但它究竟怎么样呢？我真不是为了吃那一坨腊肉和一块鸡，我倒是想这家餐饮能否达到我思想中的那个条件，能否规模化，有否发展的前景，为谋道古镇的旅游业发展起到积极作用。还好，昨天让我看到了一丝影子，回家就写了一篇文章，予以了推介。过几天，我再去光临一次，与餐馆老板谈谈，也听听朋友们的意见，如果条件成熟，将大力宣传推介出去，争取把红椿酒楼作为一张美食名片扬名在外，为谋道苏马荡的经济发展添砖添瓦，作为谋道古镇的一个美食品牌来宣传推介。

2018 年 7 月 20 日　写于谋道古镇

人气爆棚的苏马荡风景独特

盛夏七月,苏马荡便沸腾起来。山下城市酷暑难耐,四十度以上的高温让多少城市人在周末逃离苦海,驾车奔赴到凉爽的地方——美丽的苏马荡新城。一起涌来,势必会形成浩浩荡荡的汽车长龙,到达目的地的那一段路,至少有十几公里汽车并排走,缓缓而行似乌龟爬行,傍晚华灯初放,蜿蜒长蛇阵的小汽车一起亮灯,空中俯瞰,就是一条流光溢彩、灯光闪烁、灯火辉煌的彩色飘带,大山被图画了,大山繁花似锦,这道风景此刻算是最出彩的,可以说是一道罕世风景。

如此多的人涌入苏马荡,似麦加朝觐般的阵仗,没有人号召邀约,全是自发形成,可想而知,苏马荡这地方具备何等的魔力,磁铁般地吸来了几十万人。几十万人纷至沓来,为的就是凉爽,贪一口凉,贪一口新鲜空气。平均海拔1400米的谋道苏马荡,是康养乘凉的最佳居住地,对人们身体健康最有好处,春天般的气候会消除百病,无疑是最让人心动的好去处。

我曾经写过文章,大山谋道苏马荡的资源价值回归。这些大山优质资源不可复制,随着社会的发展,人民生活水平的逐年提高,越来越多的人重视健康,有森林的地方,凉爽的地方,空气好的地方,自然会是香饽饽,价值愈发显现,房子资源自然就会贵起来。几十万人在酷暑峰值期挺进苏马荡,这一道罕世风景就是苏马荡资源价值不断高企的动力。有的人说,苏马荡模式可以复制,这样的想法很幼稚,苏马荡就是苏马荡,一块上帝赐予的福地,可以学习其精神,照搬照抄恐怕不是那么容易的。

而今的苏马荡新城好漂亮,二十多万新市民人气风景衬托着苏马荡熠熠生辉。这道人气风景将继续推动谋道苏马荡的发展,再用几年时间看苏马荡,那一定非同凡响,一座著名旅游胜地横空出世,惊羡世界,惊羡地球人!

2018年7月21日 写于谋道古镇

大山繁华闹热，不妨给村民提供点赚钱的机会

七八月份是谋道苏马荡最闹热的时期，"候鸟"飞来达到了二十多万人。一个二十多平方公里的地方忽然人口井喷，给当地的交通形成了巨大的压力。人多车多，一道风景在大山演绎。

都说苏马荡是世界上最大的"候鸟"部落栖息地，是吗？近几年我一直在关注这件事，攀西高原的攀枝花市和德昌、米易等地，加起来才十万"候鸟"，我想，一个谋道镇拥有二十多万"候鸟"，那一定是世界之最，"候鸟群"集中爆棚的地方。这不得了啊！几十万"候鸟"飞抵中国最美苏马荡新城，这个地方想不发展都不行，而且还要加快速度。谋道镇陈书记不无感叹：年年都提前准备苏马荡度夏的事，总有太多的事跟不上，人口增量实在太快。苏马荡的人气风景是中国独有的，这道人气风景推动着苏马荡的强力发展，愈发受到了外部世界的关注。

昨天我出小区的大门，博云广场一派喧嚣，川流不息，熙熙攘攘的人群压断了广场的人行道。一看着装，绝大多数人是"候鸟"。他们往一个方向奔去，就是谋道农贸市场。硕大的农贸集市人声鼎沸，各种声音混合一起，仿佛麻雀闹林，叽里呱啦、叽叽喳喳，差点没有把顶棚掀翻。其实，不光是古镇集市热闹，苏马荡新城的关东湾和陈家湾农贸市场更是人气火爆。去年我到关东湾那一段走走，小汽车似满街的乌龟缓缓爬行，逼仄的人行道人来人往，过路要侧身走，我想走快点都不行，只好随着人流涌动前行。关东湾集中了不少小区，人口的吞吐量在峰值期达到了极致。相比之下，陈家湾农贸市场稍好一些，这里的小区稀疏些，但仍是热闹一片。人口增加，为了缓解压力和方便"候鸟群"的生活，马峰坳也修建了农贸市场。那天徒步到苏马荡行至马峰坳三岔口，耳畔传来闹杂的声音，随着扭头，对面那农贸市场门庭若市，人头攒动，高分贝的声音飘过对面马路来了。哎呀，苏马荡啊，

七月的人流伴着兴旺发达恰似流金岁月。

度夏旺季带来了商机，给本地人和外地人都带来了机会。关东湾和陈家湾农贸集市外地人不少，餐饮业吸引了不少的万州人。苏马荡的大发展让多少外地人捕捉到商机，迎来了赚钱的机会，尤其是苏马荡新城华尔街那一段的餐馆一家挨着一家，生意兴隆，呈现火爆气氛。夕阳余晖，依云国际大门前的食客大多顶着阳光大块吃肉喝酒，桌底下的啤酒瓶码起一大堆。发展给当地人带来了获得感，会做生意的收获颇丰，当然也会给谋道镇其他村的农民带来了小生意的方便。陈家湾的农贸集市是邻近村落农民集聚买卖的地方。你想吃到农民自种的蔬果及肉类土特产，到这里可以买到纯绿色的食品。大山农民纯朴，提篮小卖，找点盐巴钱。由于有众多规模化超市竞争，使得农民的环保蔬菜卖不上好价钱，晌午时刻卖不完，还会低价卖掉。所以，真正让一些农民获得收益还是不容易的，农民的获得感不是一句简单的话。

如何让大山村民的环保蔬果和一些土特产能够卖出获得收益，应该设绿色通道，辟一块地方，像有些旅游地方一样免费提供场地，限制小商小贩进入，给村民一个方便买卖的地方，让他们的商品能够卖出去。设置一块绿色生态食品园地，实质上也给"候鸟群"提供了一块选择货真价实绿色食品的基地，"候鸟"们也愿意买大山这些环保蔬果和土特产。我现在居住在谋道古镇，离农贸市场近在咫尺，家里人经常去选购农民的蔬菜，轮不到我的份了。原来我住在苏马荡，经常隔三岔五到陈家湾农贸市场买农民的绿色食品，我还留有他们的电话，为避免久等，通常给农民打电话杀只鸡，到陈家湾就可以提走。他们说我太粗心，任凭农民说斤两。我对他们说，大山农民很厚道，你相信人家，农民不会做昧良心的事。陈家湾的农民周腊肉，我告诉他，大山的猪儿太肥了，你给我留个腊猪头吧，次年我来买。第二年到苏马荡我险些忘了，临离开大山前忽然想起，赶紧打电话给他。周腊肉说，他给我留着的。你看山里的农民多诚实，我一句话人家始终记着。这件事让我很感动。

大山繁华闹热，不妨给村民提供点赚钱的机会。昨天陈书记手拿两个二荆条青椒说：这青椒好吃，纯绿色环保的。农民种出来，怎么把它卖出去，而且卖个好价钱，这些都是我们要动脑筋的事。陈书记走村串户，心系农民，实话实说,脱贫致富、脱贫攻坚的任务还是很重啊!谋道苏马荡的大发展,几个村的改变不是目的,要56个村都有大改变,才是目的。一花独放不是春,百花齐放才会春色满园。

2018年7月23日　写于谋道古镇

第二章　未艾方兴

谋道苏马荡是个福地

七月的天热啊，山下的万州天天上40℃，重庆人挥汗如雨，在蒸笼里生活，又闷又热实乃难受至极。这我是有体会的。以前在老万县市工作生活，最怕过暑天，那漫长难熬的时光就像是一场噩梦。每年五月到九月，通常周身是汗，没有空调的年头，每年七八月份都是看着星星月亮在院坝或马路边睡觉，即便在露营，身上仍湿透了，还逃不脱生痱子的尴尬，那红彤彤的一背的痱子奇痒难忍，小孩子都在啼哭着抗议。虽然过后有空调了，大白天那酷暑还是叫人害怕的，巴不得逃离火海到凉快的地方去，哪怕贪半天的凉气，把酷暑褪去，舒服一阵子。

最近一段时间，重庆和武汉等火炉城市高温达到了极致，那天看朋友圈重庆人发的视频，地面温度冲上了80℃大关，可以烤熟鸡蛋了。重庆市为缓解酷暑，开放了几十处纳凉的地下通道和防空洞，给市民提供了一块暂时歇凉的地方。别说火炉城市热浪滚滚，基本上是靠空调来解决酷暑，连大家都觉得凉快的地方，海拔1000米以内的地方，晚上睡觉都开启了空调。这是个什么概念，凉爽之城居然不凉了？究其原因，还是温度太高了。我去过海拔800～1000米的地方，这些地方的宾馆旅栈都安有空调。1000米海拔与1400米海拔差别大呀，它就是一条分界线，运用到市场经济上，就是一道财富分界线，实质上就是房子价格的分界线。恰恰又是谋道苏马荡这台天然大空调，一口大冰窖，他地与之无法相比的优势。说利川是凉爽之城不假，它是与武汉和重庆相比出来的优势，但真正敢于与酷暑抗衡的，真正名副其实的凉爽地方乃谋道苏马荡耶，不然哪会出现周末井喷式涌入苏马荡浩浩荡荡的场景。

前些日子有人担忧今年苏马荡的房市面临周边异军突起的大量避暑房的竞争，怕销售受影响。我说过这样的话，不在一个水平线上，不存在什么竞争。人是高等动物，他会比较的。与其便宜点去买酷暑期间开空调的房子，不如待在城里开空调。山下酷暑难耐，山上凉风悠悠，这样的区别让有些武汉人果断地选择谋道苏马荡，在此购房，即便是价格高上不少。前天听到几个武汉人到海拔千米的地方去看房，走得周身汗淋淋的不说，一眼看见那挂着的空调，二话没说就走了。到了谋道苏马荡，叹了几口凉气，这块地方谁能比呀！酷暑盛夏，高温达到极致，这个时候选择房子来进行比较，方知贪一口凉的味道，这味道奇妙无穷。

谋道苏马荡是上苍赐予的一块福地，其资源价值显而易见。到这里获得一寸芳草，就获得了大山资源的享受，那资源应该值钱。今年谋道苏马荡的优质房源都是抢手货。资源价值得到市场认可，显然谋道苏马荡的发展进入了成熟阶段，有的人说，这房子价格是否因炒作而上，过两天会跌下来。这样的话是小儿科，你可以坐在那儿等，看天上是否掉下一块馅饼，捡个大便宜，恐怕那是不容易啦。苏马荡是个康养乘凉避暑的地方，也是一个投资驱动的地方，稀缺的资源会给投资人带来回报，有智慧有经济能力的人，何尝不可以借此机会让自己的钱翻两个跟斗呢？

以前我写过文章，特大城市武汉人他们充满智慧，会成为大山财富的拥有者。最近很多武汉人在苏马荡购买二手房，使得房市活跃起来，看见质优风景好的房子，几乎不讨价还价，立刻就付钱买下来。市场经济赚钱效应需要一批接盘者，才能让死水变成活水，阶段性的赢利是一种市场现象，谁也不可以把钱赚完了，获利的人要知足，你不可能让他人无路可走。市场动起来，多少人都有机会了，反之，动不起来，死水微澜，你那砖坨坨房子就是一个摆设。谋道苏马荡这个独特的地方，还会继续创造市场致富的机会，就看人的慧眼识珠的能力啦！贪一口凉，说说酷暑，套出一席话，还是可以让那些喜欢谋道苏马荡的人，提供点个人市场方面的认知，借以参考一下。市场这门学问深奥啊，我在市场经济这大海洋蹚踏了二十多年，也交过不少学费，想搞懂它那是不容易的，至今还在观察学习，这条路学无止境啊！

2018 年 7 月 24 日　写于谋道古镇

谋道苏马荡发展的"三大法宝"

几位《湖北日报》的编辑和记者在谋道苏马荡待了几天,在我的印象中,他们算是来蹲地采风较长时间的一拨新闻人。每年到大山苏马荡实地考察的记者不少,大都是走马观花,蜻蜓点水,一阵风飞走了,后留下了几行字,发了点感叹而已。这拨湖北记者快要离开大山了,谋道的发展和崛起的苏马荡新城应该给他们留下了深刻印象。苏马荡景区立足绿色生态,坚持走绿色发展的道路不动摇同样让他们身同感受。我想,让他们极具身临其境的感受莫过于谋道苏马荡的凉爽空气。从挥汗如雨炎热酷暑的地方到苏马荡来,早晚穿上两件衣,晚上睡觉盖凉被,山风凉嗖嗖,半夜推窗看满天繁星,这样的惬意是记者们以往没有享受过的。在火炉般的武汉、重庆等地,三伏天盖棉被是破天荒都没有的事。酷暑天看见棉被都发热,早就把它搁置到柜子里去了。抗高温,战酷暑,舍得一身剐,将自己身上的衣服一层一层地剥掉,剥得只剩一点遮羞布了,还是热得让周身是汗,毛焦火辣,我是深有体会的。反之,在谋道苏马荡这大冰窖里待上一段时间,凉爽至极,想出汗水都困难,这反差实在太大。

谋道苏马荡是个绿色生态的福窝,不光是凉爽空气让世人来贪这一口凉的优势,还有世人不知道的秘密,即含硒的水质和坚固的安全岛地块的优势。全国乃至世界多个地方与苏马荡海拔高度差不多的地方很多,但能有含硒对人体健康有益水质的地方不一定很多。这是谋道苏马荡一大潜在的优势,多少"候鸟"还没有完全引起高度重视。多少风景不错和凉爽的大山,一件不好启齿的事就是水,水乃生命之源,健康的水对人是多么重要啊。如果水质硬,长期栖息在此地的人,肠胃功能将面临挑战,多少老年人败下阵来,患上肠胃消化上的毛病,不得不忍受其痛苦。去年路过谋道七里沟水库,一眼望见那绿色葱葱的森林包裹着七里沟水库,我当时就惊呆了!太好了,这水实在是太生态了,谋道苏马荡几十万"候鸟"有福啊,喝的简直就是大自然绿色的圣水。这水质富硒，滑溜溜的，喝下肚里，倒可以呵护到肠胃，保护着肠胃。如果能将这绿色富硒的水整成矿泉水和纯净水，打出七里沟品牌，定会为谋道的旅游产业服务。这些水资源今后真可以挖掘亮相出去。

我们说谋道苏马荡是个安全岛，是因为这里历史上鲜有地质方面的灾难。地块牢固坚如磐石，住在这里完全不担心偶尔摇一摇，天天放心睡安稳觉。这样的安全系数大大优于一些避暑康养的地方。我从川西平原成都来，成都周边风景如诗如画的地方太多，凉爽的地方也多，我实在惧怕有时摇一摇，整得人特不舒服，还是到一个地块安全的地方贪凉比较好，所以，谋道苏马荡就是我选择的地方。山居七个年头了，秀色可餐的谋道苏马荡真是一个舒服温馨的地方，住在这里安安心心地睡觉，舒舒服服地养身，还有什么可说的呢？一个地方的安全，我说的地壳运动没有那么强烈波动的地方，犹如住在一座安全岛上，对老年人多么重要。有的老年人遇到地震的一次惊吓，再也不愿意到此地去了。那天与一些"候鸟"聊天，说到安全岛的事，谋道苏马荡就是一个稳定安全的地方，这是不可忽视的一大优势，一个给新市民安全的栖息地，同样是"候鸟"部落的福地。

谋道苏马荡，上苍赐予了凉爽、富硒水和安全岛地块，这是推动当地旅游业发展的三大法宝。有了这样的优势，自然而然就聚集起了一道人气风景，二十多万新市民盛夏齐涌大山，给谋道苏马荡带来了勃勃生机，有了人气，谋道苏马荡不愁发展不了，不愁大山不变化，不愁大美谋道不会绚丽多彩。市场竞争就是人才竞争，一线城市和特大城市都在掀起抢人大战，抢到了人才，这个地方的经济发展就会加快。谋道苏马荡不用抢，"候鸟"型人才藏龙卧虎，只要把挖掘发现"候鸟"型人才工作落到实处，利用其专长为发展中的苏马荡服务，多少问题都可以解决。我想，具有智慧的经济方面专家人才"候鸟"中有之；教育医疗方面的专家学者有之；同样，环保环境建设方面的人才有之……总之，各方面的人才都有，能调动发挥他们的积极性，就会为谋道苏马荡的大发展起到如虎添翼的作用，谋道的明天更会灿烂辉煌。

2018年7月28日　写于谋道古镇

谋道苏马荡的资源价值

近几天谋道古镇晴雨互动,时而阳光普照,时而喜雨飞来。这样的气候,古镇凉悠悠的。晚上我漫步在博云广场,人声鼎沸的场面涌入眼帘,凉爽的风吹拂着我的面颊,不由打了一个寒噤,怎么在三伏天有冷的感觉?迎面几个女人走了过来,一个抱着膀子的妇女说,今天好冷哟!好冷哟,这话都说出来了,这不是夸张,此刻穿着短袖吹着风确实有冷的感觉。我横眼一扫,广场大多数人都穿上了夹衫。古镇凉爽啊!武汉的阮老师说,这里真是舒服,人间天堂的享受。我拍了几张照片发出,配了几个字:傍晚的谋道古镇,此刻,有人喊冷。一会儿,表妹在朋友圈回复:是啊,在苏马荡金海湾,冷得不敢出门。这就是谋道苏马荡三伏天的气候,下点雨,让你有深秋凉意的感觉,凉爽那是没得说的。

前几天,有几个"新市民"对我说:郑老师,苏马荡人太多,今年仿佛热许多,没有去年凉快了。我说,不是那样的情况。谋道苏马荡每年在山下40℃高温时会有几天极端气候,感觉风少了,烈日当头,紫外线尤为强烈,下午有两个小时可见室内温度达到26℃,这算是大山最热的时候,但夕阳落日,山风袭来,热度顿减。山居六年,我是有体会的,所谓的因几十万人来到苏马荡就热了的理论不成立。大气候空气的变化,几十万人撼动它是不可能的,只是人心里的感觉。你在广场挤在人山人海中,心里毛躁,一进博云小区,怎么觉得一下就凉快了呢?比较的结果,就是自己心理产生的作用。就跟苏马荡的新市民到谋道古镇赶集,总觉得场上要热许多,回到荡上就凉爽了,其实,这也是一种人自然产生的感觉。你挤公交车,到农贸市场挤来挤去,快步行走,手拎一包东西,匆匆忙忙打来回,就会心里燥热。回到苏马荡的家里,坐一会儿心静自然凉。多少人就得出一个理论,谋道古镇比苏马荡热,其实,这也是一个伪理论。苏马荡晚上盖被睡觉,我在古镇博云广场同样是盖被子睡觉，一样一样的，没有啥区别。一句话：谋道苏马荡，一个凉快让人舒服不想离开的地方。

我注意到"谋道在线"发布的一篇文章，林海云天小区召开了"候鸟"型人才座谈会。文章摘录了几个"候鸟"专家学者的发言，他们的话语中，都没有离开一个凉字，希望谋道苏马荡加大宣传，从凉字上做文章，把凉爽之城打造发展得更好。挖掘引用"候鸟"型专业人才服务于谋道苏马荡的发展，这是利川市加快发展当地经济的举措，是个开放性的智慧选择，其意义甚远。苏马荡二十多万新市民中不乏专家学者、能工巧匠，更有一批智慧型的经济人才，如果能引进一批各行各业的专业人士，他们也乐意为其服务，对利川全面经济发展的推动是显而易见的。关键是挖掘和发现这些人才。昨天在与他人交谈中，说到了苏马荡的凉字，凉快凉爽是大山的特点，空气好也是明摆着的。但谋道苏马荡的资源优势还有富硒的水和栖息安全岛效应，这得要重点去挖掘。绿色水资源对人体健康多重要，一个安全绿色森林的地方对中老年人康养多重要！绿色环保安全的千年古镇文化对拉动旅游产业是何等重要？如果动脑筋把这些资源经过人脑提炼，挖掘出高附加值的东西进入市场转化为效益，恐怕才是发展中最根本的目的。

资源价值进一步回归仍然是谋道苏马荡发展的关键点。什么是大山的资源？毋庸置疑，大山的旅游地产、富硒水质、千年古镇文化及山寨文化等都是资源。其资源提炼转化为商品且显现效益，关键点乃恢复古镇的面貌。打造谋道古镇，给古镇穿衣戴帽不仅可迅速提振旅游业，吸金人气高涨，还将整体提升谋道苏马荡区域的档次，其资源价值上升空间不言而喻。不过，眼前缺了点底气，就是谋道古镇大街的变脸。谋道大街变成仿古一条街，一下就增加了谋道发展的科技含量，附加值提升就不是问题，当然就房价的提升市场自然会作出反应。谋道苏马荡天然的宝藏很多，说穿了就是有资源，一旦把资源包装销售，动用智慧，这个地方是可以挣钱的，前景也是可观的。只要土家人坚持发展不动摇，在道路上自信，文化上自信，奋斗上自信，谋道苏马荡就会翻开历史的新篇章！

2018年8月2日　写于谋道古镇

苏马荡的明天会更好

　　昨天到苏马荡香山别院朋友家做客，中午和晚上都聚在浪漫山伯爵食品街饭店。这块地方是"候鸟"密集的栖息地，正值度假峰值，好生热闹，饭馆生意兴旺，"候鸟"们在凉爽的大山吃饭，颇感舒服，胃口大开。都感慨：苏马荡确是一个幸福的地方，三伏天吃饭，不摇扇子，不吹风扇，身上不出汗。尽管太阳还沉在西边，云霞喷火，夕阳洒在饭桌上，山风微吹，仍是凉意悠悠。

　　夕阳余晖下作别，离开了苏马荡朋友的家，先步行一段，然后在站牌处等公交车。苏马荡大道已有1路和2路公交车，都驶往谋道古镇大街，1路终点于博云广场，2路将驶往店子坪水库倒回三岔口区域折返经谋道大街回苏马荡陈家湾区域。前段时间我乘过2路公交，这公交车较1路公交车宽大气派，座位舒适，今天可不凑巧，1路公交车捷足先登，只好登车回谋道。车上"候鸟"不多，可能是晚饭时间段，多少人不出门。在车上几个"候鸟"乘客问我，去看苏马荡"候鸟"文化艺术节演出在哪儿下车，别人告诉他们说在马峰坳下车。我告诉她们，不要在马峰坳下车，在风情街岔路口下车，前行一段就到了。苏马荡"候鸟"文化艺术节洋溢着喜气，大山新市民像是在过节，沉浸在节日的气氛中。多少"候鸟"都摆谈此事，可惜因场地容量的关系，不能让更多"候鸟"到现场分享这一道精神文化大餐。朋友分给我每天三张票，我就分别安排亲朋好友到现场去亲自体验一下，她们好高兴哟！

　　每次乘坐公交车，都能听到"候鸟"们发出的声音。另一群"候鸟"手拿一张纸问我："到谋道大街老汽车站取包裹，在哪儿下车好？"我说："你坐好，到时我告诉你。"问她住在苏马荡哪个小区。她回答："住在陈家湾悦峰豪庭小区，这阵子大家吃晚饭，赶紧乘车来取快递包裹，否则，其他时间乘车太拥挤了。""候鸟"太婆笑嘻嘻,边与我对话边看外面:"谋道大街铺好人行道就好走路了,谋道苏马荡还是在变化,越来越好了。"我对这位太婆说:"你说得对,苏马荡每年都在变化,今天你到镇上来取货是不方便,我想这个问题今后会解决。"快递物流走进苏马荡,随着物流业进一步发展,为方便苏马荡区域的新市民,应该有物流公司去设点。

  谋道古镇大街整治会惠及若干商家,也会使商业形态发生一些变化。今天看商铺招牌,发现增加了不少民宿宾馆和餐饮,这是一个好现象,说明谋道古镇的旅游产业发展趋势前景不错。多少人不知道,谋道苏马荡旅游业发展一些实施项目政府在规划中将分步实施。看得见的南浦古镇和杉树王公园正在打造,明年应该以新面貌亮相。谋道派出所旁边新辟的一条横道,这头古镇大街,那头苏马荡大道,今后将是古风习习的一条集旅游产品和美食餐饮文化,并将水吧休闲茶楼一并引入的特色商业街。大家看不到的谋道古镇大街将选择中心段对若干店铺穿衣戴帽,打造得凸显土家民族风情,古镇变脸将会吸引游客观光,推动古镇旅游业兴旺发展。湖滨小镇区域高楼林立,一派现代城市风格。近两天举办的"候鸟"文化艺术节就在此地。湖滨小镇有一水塘目前荒芜着,今后这块空地将打造成为谋道苏马荡的城市会客厅,全面美化升级,湖边柳树垂吊,湖水涟涟,周边将围绕修建具有城市功能化的高端建筑体,政府部门可能会移在此地办公。

  当然,谋道苏马荡的一些超远发展规划项目还在酝酿探讨中,很多梦想都在萌芽中,这需要时间和科学化论证,是有一个时间过程的。一个如日中天、前程似锦的美丽小地方,而且已经升级为副县级区域副中心的苏马荡,一定会不辱使命,将这个旅游风景区提档升级,如此好的条件,风景如诗如画的绿色家园,诗与远方在呼唤着前进,苏马荡就会一步一个脚印去实现自己的目标。苏马荡的凉爽,苏马荡富硒的水,苏马荡的安全岛概念,无疑是助力苏马荡发展的硬件。有硬件的基础,在软件上花功夫,那就不愁苏马荡发展不变化,只要扎实工作,苏马荡就会发生奇迹,没准哪天就成了一座世界级的旅游胜地,届时将热闹得很哟!

              2018年8月8日 写于谋道古镇

节水储水，未雨绸缪，告别水荒

我去年 8 月 2 日写了一篇文章，文章名《水仍然是苏马荡发展中的一块硬伤》，"谋道在线"予以了发布。我在文章中说过，苏马荡是个缺水的地方，但在五六月份，这里因离长江近，同属一气象版块，万州天天下雨，苏马荡也跟着掉眼泪，那哗啦啦的水呀，流到了山下，流到了小溪，又汇入到长江。六月份，我站在谋道古镇博云小区自家的窗户前，见大雨磅礴，如注的水顿时在地上形成了一股黄色的涌泉，顺低流向了该去的地方。这水白白流掉多可惜啊！如果苏马荡各大小小区都认识水的重要性，尽社会责任，为政府分忧，都想办法修储水池或购买储水罐，在雨季在"候鸟"大部队未飞来之前采取行动蓄水储水，未雨绸缪，这多好啊！一旦八月天旱少雨时，以丰补欠，让水荒为零，这个矛盾就可以不膨胀。过后我还写过文章，说到一个小区具备优质小区的条件，一是有硬件功能的蓄水池，二是有硬件功能的停车场。

苏马荡的水，年年八月都显紧张，一紧张就舆论哗然，因为水是新市民生活中重要的环节，没有水怎么在此山居呢？去年政府实施了三次引水工程，可增加供水两万方，加上原来的近两万方，应该可以满足整个谋道苏马荡区域的供水。由于工程大，一年中只完成了 40% 的工程量，沙书记在会上说，真正能解决苏马荡夏季的供水要到明年，这个缺水的矛盾就缓解了。三次引水工程全部完成，明年的水应该没有问题，但我想说，这就万事大吉了吗？如果出现了人们预料不到的问题怎么办？所以，我觉得苏马荡的各大小区还是应该把水当成重要的事来研究，来尽社会责任，来共同努力把水的大事解决好，不能总依赖政府，给政府增加无形巨大的压力。大家齐动员，小区都修建储水池和购买储水罐，丰雨季节咱蓄好水，就不怕水荒的到来，也不怕突发事变影响供水，起码这些储量的水足可抵挡一阵子，作生活用水完全是可以的。

　　水的重要性不能忽视，即便有了三次供水，也不能高枕无忧，我们也要提倡节水和储水，中国是个水资源匮乏的国家，缺水的地方太多，谋道苏马荡毫不例外，更是个缺水的地方。地方政府应该积极引导，采取措施，双管齐下，要求苏马荡大小小区修储水池和购买储水罐，作为一项考核指标，在社会上形成重视水这生命之源的氛围，大家一起努力把水的问题解决好！节水储水，未雨绸缪，才是苏马荡告别水荒的根本。

　　昨天在小区，有的业主问我：郑老师，听说有通知，这水不能吃了。我说：不会吧，咱博云小区的水压力没有减弱，一拧水龙头水仍然是清的，没有泛黄的颜色。如果大家担心，就少吃或不吃凉拌菜，加热煮开，就可避免细菌的侵入。每年八月山下酷暑，这段时间苏马荡压力特别大，都来避暑，几十万人的用水量实在太大。七月份在红椿酒楼吃饭，见店子坪水库一泓绿水，微波涟漪；前两天故地重游，店子坪水库水位下降，绿色不在，水也不清了。看见此景，就知道谋道苏马荡又要面临缺水的窘境了。可以说，八月中旬是最难熬的日子了。8月20日后，有很大一批"候鸟"将陆续离开大山，他们送孙子回城市上学，加上过几天天气有变化，湖北将有大范围的降雨，武汉的温度会下降到30℃以下，我想再挺过几天，苏马荡水的困难局面自然解决了。今年苏马荡的房市依然火爆，购房人络绎不绝，但我还是要告诉购房人，要瞪大眼睛，选择优质小区的房子，大凡品质小区都会重视小区文化建设和储水停车硬件等配套，居住环境上乘，即便购房人多用一叠人民币，你买个放心，买个生活舒服啊！

2018年8月17日　写于谋道古镇

绿色生态的七里沟水库

谋道七里沟水库与苏马荡"候鸟"生活息息相关,苏马荡"候鸟"喝的水就是七里沟水库的。一直想去七里沟水库看看,今天算是如愿了。

走进七里沟水库,一汪湖水被绿色掩盖,周围的森林郁郁葱葱,水库像一条绿色的缎带,伸延飘向远方。这里没有烟火,一片静悄悄的。我仿佛未听到鸟鸣,也没有听到知了声。太阳出来了,映照在半个湖面,一半金色,一半绿色。微风吹拂,湖面绿波荡漾,远目泛起的涟漪像叠加的梯田。水库堤坝上停着一辆车,两个人沿着堤坝向我们走来,他对我说,七里沟就是有七条沟的水汇入水库,其名由来。这样简单啊!七条小溪的水流在这大水塘里,就是七里沟啦?我觉得这说法牵强,还得再问问。在返回的路上,遇到一卖完菜的老农,问他七里沟水库究竟有多长。他说,七里沟水库就七里长,所以就叫七里沟。我不敢断定他们所说的正确,打开手机百度一下,也没有七里沟详尽的地理概貌介绍。

七里沟这里的环境幽幽静静,生态绿色,周围很远没有人家,这样的水库送出来的水经自来水公司沉淀处理,作饮用水应是纯天然的了。鄂西这片沃土普遍含硒元素,七里沟水库的水自然含有硒元素,含硒的水对人的健康是相当有好处的。风景如画的七里沟水库犹如仰卧在高山林海中的小湖泊,给人以视觉上的兴奋,原生态的美丽迷人心醉。抑制不住心里的激动,我掏出手机沿堤行走,拍下了几张照片,七里沟水库的美姿倩影留在了我的心中。

七里沟水库正在实施苏马荡第三次引水工程,水库中间立有一幢小房子凸显鹤立鸡群,阳光下的小白楼熠熠生辉,一条抽水管道横跨水库,这应该是新修建的抽水泵站。因为,这绿色水源是苏马荡新市民的饮用水,忽然对水库有了敬畏感。我左右环视这山这林,蓝天白云下的七里沟显得格外神圣。

今天是 8 月 18 日,已快进入八月下旬,"候鸟"峰值期渐近尾声,不少"候鸟"将离开苏马荡,可这里的水仍然饱满充盈,一池湖水与森林缠绵,与大山相伴,我的心里有数了,如此丰富的储水量,待明年三次供水工程告竣,谋道苏马荡年年遭遇的水荒将彻底缓解,一些苦不堪言的饮水问题将不是问题。一项大的引水工程是需要时间的,原来的预计和现实施工有了时间上的冲突,海拔高的地方,工程施工区别于低海拔的地方,冰冻下雨大风都会影响工程进度。返回途中,汽车在蜿蜒曲折的小山道滑行,看见了路边正在建设中水厂基地,也看见引水工程指挥部挂在土家人古老木屋上的一块牌子。

　　到七里沟水库短暂一刻,看到大美谋道处处是风景,古老的村庄村舍隐藏在茫茫林海中,大自然赐予人类和谐的画面在这里显现,绿色的山、绿色的林、绿色的水,唇齿相依,紧紧地拥抱在一起。多美的地方啊,不用点缀,不用打磨,不用修饰,大山这春姑娘亭亭玉立,俏丽如花。山居苏马荡的"候鸟"们可以抽空到七里沟水库看看,满目翠色让人心醉,你可能会激动兴奋,我们山居如此仙境的地方,喝着大自然奉献的绿色生态圣水,还有哪儿比这里好呢?凉爽的大山,富硒的水质,安全栖息地,一个幸福来敲门的地方,我们不是在过着神仙般的日子吗?一方风水宝地,尽情地在此享受吧,心宽包容,视野开阔,豁达大度,心存美好,我们的生活就会阳光灿烂。

2018 年 8 月 18 日　写于谋道古镇

谋道古镇的旅游业值得期待

恢复整治还原谋道百年古镇面貌，促进拉动谋道区域旅游业的发展，为此，我近几年写过不少文章，谈了自己的看法。记得谋道有个很大的微信群，在讨论古镇恢复的问题上，当地文化人就提过郑国华正在不断呼吁打造谋道古镇，恢复古镇面貌。我还问过谋道镇的领导，给古镇大街穿衣戴帽让谋道镇古香古色起来，得到的消息是有想法有规划，行动要调研商议论证过后来分步实施。

谋道苏马荡近几年旅游地产建设如火如荼，一条老318国道与谋道大街绞在一起，没修苏马荡大道时，它承载的交通运输功能是超负荷的。公路不仅破烂还烟尘弥漫，漫天飞舞的灰呀，当地人苦不堪言。偶尔我到谋道大街买东西，脚下分不出来人行道，一层泥灰将原本铺设的青石板人行道盖住了。说谋道是古镇，没有古镇的形象，问当地人，以前古镇是这样吗？当地人说：哪儿是这样子哟，以前还是干干净净的，再以前到处都是杉树，路都是石板路。现在搞建设，车多人多，就变成这样子了。

我知道谋道古镇整治变脸需要时间，至少要苏马荡新城初具规模和旅游地产建设渐近尾声才能启动。毕竟它是一条主要的交通要道，每天不断有载货工程车碾压。而今谋道古镇大街正在整治当中，全线公路铺了沥青，污水管道已完成，弱线也要下地，街道两侧正在铺设吸水砖人行道，工程施工量大，整治时间已有两年了。我想，这些基础设施工程应该都在为恢复古镇面貌打前站，不把公路修好，不把管网修好，怎么对古镇实施穿衣戴帽呢？

前天利川"候鸟"人才微信群一老师发出一条链接，题目直指谋道古镇的恢复重建。即刻陈书记作了回应，将抽时间与老师见面，听取其建议。没想到这么快，谋道明天将召开"候鸟"人才方面的会议，专题研讨古镇恢复建设事宜，听取与会人员的真知灼见。这是一个被纳入议事日程的关于古镇发展的积极措施，打造古镇，让谋道古镇这个大本营崭新亮相，借此带动整个区域性的旅游发展，起到辐射的功能，将整个谋道苏马荡的景区景点射线连接，形成一张旅游网，古镇大本营的领袖作用彰显突出，四方游客不请自来，谋道古镇一下就会火起来，古镇旅游经济发展自然就落到了实处。

怎么来科学化地打造古镇呢？这是个大课题。我想还是脚踏实地，路一步一步地走。以土家民族特色导向，分段实施和点面结合。已建和在建的南浦古镇和派出所旁边的仿古特色街突出亮点，结和古镇文化，打造精品。重点将杉树王公园区域规划打造成土家民族特色的文化走廊，凤凰街（哈儿街）是重点，形成旅游文化一条街。谋道政府搬走，原建筑保留下来经过穿戴局部改造，形成土家古镇历史博物馆，条件具备就可以对游客开放。总之，以千年杉树王为核心，围绕在它身边做文章，形成谋道古镇的亮点区域。谋道古镇大街就可以寻中心点，向两端延伸分段整治铺面的打造，形成复古的商业氛围。

原来我担心，谋道古镇大街怎么来变脸哟？现实的情况是没有丁点儿土家民族建筑风情，各自为阵，不伦不类，说现代风格也牵强，而且楼房都有五六层高了。这样一条街怎样给它穿新衣服呢？前年我到峨眉山七里坪国际度假小区，途径洪雅县柳江古镇，车行国道上，一眼看见公路两旁的房子全在穿衣服。停下车，拿着手机拍照片，边拍边想，这么宽阔的国道，房子已有几层高，跟谋道古镇大街的房子面貌差不多，人家照样把它整得古香古色的，谋道古镇大街房子复古打造就这样子整完全是可以的。我把照片发给"谋道在线"小王，第二天写了篇文章，小王及时配图发布了。洪雅柳江古镇全是仿古打造，一条小河是古镇的亮点，柳江的鸭子带动了整个古镇的餐饮业，一进古镇就是浓浓的商业氛围，吃的几条街几乎覆盖了古镇。饭馆的东西好吃啊，门前的黄色吊旗飞舞，古风习习，众多游客把几条街塞得满满的。游客络绎不绝，柳江古镇扩容了，把古镇旅游文化伸延到国道上了，整个国道的房子都穿衣戴帽了。

明天我想邀请博云小区的张立忠老师参加会议，认识张老师是因为我们是邻居，他说经常看我的文章，在聊天中，我才知道张老师是重庆建筑设计院的国家级专家。张老师对我说，其实，建筑与文学是相通的，尤其表现在设计规划实施方面。张老师搞的国家级风景区都江堰复古还原设计有厚厚的七本书。啊呀！有幸碰到张老师了，利川正需要这样的"候鸟"人才，到时推荐到当地政府，希望张老师为谋道苏马荡的发展尽点力。谋道苏马荡的"候鸟"人才实在太多，只是不知道而已。我注意到，大家都留心发现"候鸟"人才，调动发挥他们的积极性，显然，这对正在发展中的谋道古镇是有利的。恢复重建谋道古镇，拉动旅游业发展更是重要的举措。

2018 年 8 月 22 日　写于谋道古镇

秋日话语：贪一口凉有那么重要吗

时下秋老虎逞威，太阳当空照，重庆等地的温度逼近40℃，酷暑卷土重来。连成都昨天也差不多在36℃的边上，热浪滚滚，市民齐呼受不了，纷纷涌进凉爽的地方——彭州白水河，离成都市70公里，这里的海拔1300米，有熊猫出入，森林植被好，也凉爽。由于距离成都近，白水河避暑区可热闹了，周末民宿更是迎来了爆棚的现象。贪一口凉，在凉爽有森林的地方有一处房，是火炉城市人时尚的标配。你有了城市的房子，或者有了小汽车，这生活质量真要达到高要求，那还缺吸氧避暑的森林房子一套，没有这样标配对经济条件好的家庭还是有遗憾的。他们说，如今的中国人不缺钱，这话只能这样说，缺钱的中国人很多，但不缺钱的中国人确实有。应该看到中国的经济发展很快，近些年更有一些新变化，人们追求高品质的生活在提速，尤其是对选择旅游地产避暑房和阳光房有着高昂积极的热情。

为乘凉避暑，为贪一口凉，这个旅游地产市场有多大呢？面临着今天的高温酷暑，想想长江边的几大火炉特大城市，如重庆、武汉和南京，加起来几千万人口，这市场多大呀！火炉城市的人说，热起来，那烤烧饼的滋味难受啊，恨不得有个洞钻进去。别说火炉特大城市，湖北和四川的一些中小城市热起来毫不逊色于特大城市，火炉般灼热感同身受。广东和广西热起来同样具有高水平，去年九月下旬到桂林市，一下车热浪滚滚，就好像回到了重庆。桂林市大街上女穿衫、男光胴比比皆是。不要以为几大火炉城市的人是买避暑房的主力部队，后续的广东和广西人到贵州等地买有森林避暑房的也很多。冬天暖和，夏天凉快，是具备康养的硬性条件，有森林的地方更是香饽饽。

中国人经济条件好了，自然会选择享受，但不能忽视一个现象——中国人喜跟风喜攀比的现象也突出，不断变换房子和地方，追求更好的居住条件和房子永远在践行。所以，近一年苏马荡优质小区的房子在不断完善条件且提档升级中吸引了不少的购房者。人啊，就是奇怪，房价低得可怜时，人不去可怜它；房价高贵时，人反去追捧拥抱它。这是为什么呢？其实，就是人这个高级动物在搅动市场，让货币不断翻滚起来，多少专家学者在研究它，但多少人都搞不懂它。谁都搞懂了市场经济，那就不叫市场经济了。

  人们追求美好生活的向往是强烈的。中国是世界人口大国，人均拥有森林资源比例相比世界其他国家相差甚远。日益发展中的中国，其公民的富裕程度在逐年提升，国家富强了，老百姓兜里的票子也在增加，经济条件好了，谁又不愿意去享受大自然赐予人类最舒服的空气和凉爽呢？谁又不想到瓜果飘香、椰风阵阵的宝岛海南去暖和一段时间呢？所以，凉爽资源和阳光资源今后就是中国人想要买的东西。可这些森林和海滩资源不多啊！今后更是高攀不起的奢侈的东西。

2018 年 8 月 30 日　写于谋道古镇

苏马荡的水和暖

以前到北京出差，住在离天安门不远的部队招待所，洗澡是规定了时间的。洗一次澡的热水是有限的，得抓紧时间洗，否则由热变凉，水由大变小。因为北方城市都缺水，水对北方人来说尤其珍贵。有一年忽然有个想法，看青岛的房价与成都差不多，就想在青岛买套房子，待退休了夏天去海边住上一段时间，还可以回山东日照老家看看，青岛和日照隔得很近。话一说出来，表妹就跟我说，青岛这些地方缺水严重，生活不太方便哟！哦，这可是个大问题，水对我来说似乎没有太大的概念，因为打小生活在长江边城市，没有因水荒紧张过。后又到成都工作生活，川西平原河流纵横，岷江水系还是长江的上游段，似乎对缺水的问题没有认识。只是山居谋道苏马荡了，每年在此乘凉避暑，水这个问题似乎就是必须的话题。

我每篇文章由"谋道在线"发布出来，甭管我写的内容是什么，或者与水的问题八竿子打不到一块，看后面的留言总是有水的说法。有的留言温和些，希望我能关注水的问题；有的人不客气哟，借我的文章发一通牢骚；更有愤青，干脆说你一通。当然我知道，水这个问题对在苏马荡乘凉避暑的"候鸟"显得多么重要，缺水影响生活，更影响情绪，心情不好，苏马荡大美风光也不好了。并非我不写水的文章，我照样关注水，虽然我现在住的小区从来没有因水烦恼过，最初几年在苏马荡居住，也因短暂的水荒烦恼过。苏马荡的水资源是不丰富的，一座新城的快速崛起，"候鸟"人数骤增，峰值期难以估计的人数，让一次二次引水工程捉襟见肘，水荒在峰值期凸显，风平浪静的苏马荡又掀起了波涛，人们怨声载道，抱怨情绪高涨。

随着旅游地产的热度不减，贪一口凉的森林房须有一套成为城市人的时尚标配，近两年避暑康养房尤为走俏。远的不说，近的苏马荡，"候鸟群"栖息的地方，大家看到的森林避暑房由冷变热，都往凉爽的地方涌，僧多粥少的事就出来了。大垭口风景度假区，因缺水好多"候鸟"回万州城里与空调黏在一起，靠空调来给予凉爽；从来没有因水的问题引发众怒的峨眉山七里坪国际度假区也舆论哗然，原因只有一个，爆发式的"候鸟"队伍和进山乘凉避暑的突发人群，使得供水正常秩序被打乱了。没有水，大山怎能安静呢？前些日子到夏都生态园，走进一家"候鸟"的房子，看见客厅一排矿泉水桶，我问他："你们家有几个人呀？"主人家说："至少有八人居住在此乘凉，我们不算多的，有的家住上了十几个人。"哎呀，蹭凉的人如此多，峰值期的人口实在难以估计，苏马荡短暂性水荒不出现才怪？我脑子一片空白，明年又有一批房子交付，如果每家都住这么多人，弄不好在人口峰值期又会出现水缺的问题。有否更好的办法和措施？我想到了小区要尽社会责任，未雨绸缪，主动修建储水池和购买储水罐。即便苏马荡三次引水工程完毕，可以满足用水量，但人多了，抽水泵系统怕出故障啊，一个闪失，几十万人的供水怎么办？只有小区储水，到时才可解燃眉之急。

　　我到小区与负责人谈储水问题，可有的人错误理解了储水的问题。储的水有可能不能饮用，但需水且用量最大的是冲洗厕所和洗澡洗衣啊，人吃得了多少水？煮饭烧菜能用多少水？水缺就吃瓜果菜，缺水是一阵子，大批"候鸟"飞走了，水荒自然缓解了。我不止一次写过储水的文章，谈过自己的观点：一个优质小区，尤其是旅游地产，在苏马荡修避暑康养房子，第一件事考虑水的供给，这是考验开发商智慧的试金石。在峰值期或突发缺水，你能让小区业主不恐慌，感觉不到什么叫缺水，那么，你就赢得了价值和口碑。今后你的房子不愁卖，甚至在价格上高人家许多，自然拥趸不少。我还告诉你，一个地方的房地产建设不是终身制，拥有了口碑的企业，换一个地方修姐妹篇的旅游地产房子，这个时候效果就来了，业主会回报你，自然又有一批跟随者，你的房子根本就不愁销不出去。苏马荡有没有这样的优质小区，市场在培育，消费者也可以用一双慧眼去发现，一旦发现值得的小区，甭管今后你是居住还是投资，它都会给你无形的价值回报。

　　一个在市场不断成长的优质旅游地产企业，既要有智慧，更要有社会责任。谋道苏马荡的发展不会只是房地产，全域经济发展的龙头是旅游康养产业，房地产怎么融入到康养产业之中，怎么来创造条件为当地的旅游业服务？我想，这个问题是苏马荡品质小区要考虑的重要事情。苏马荡的自然环境不错，凉爽和空气是最大的卖点。可这个地方并不暖和呀！怎么来让乘凉康养的人在此过冬，把居住时间延长？而今在房子畅销的情况下，就应该提档升级配置暖气，房子不愁卖，羊毛出在羊身上，现修的房子全部安装暖气。有了供暖的房子，"候鸟"生活有了多项选择，满满的获得感溢于言表，冬季齐岳山雪花飘飘，"候鸟群"就会飞过来，住在暖暖的房子里，遥望窗前齐岳雪。"候鸟群"在冬季飞来了，住上一阵子，谋道苏马荡的经济在冬季燃烧起来，这不是皆大欢喜的事？苏马荡还在强力发展中，级别上为副县级旅游区，政策上升到省级战略，这两点就是市场机遇。国家把一个地方旅游的事上升到副县级来管理，决不是开玩笑闹着玩的。我见过全国副县级旅游小地方，那发展的水平盖过一些老县市，可以说就是一个特区水平的发展模式。感兴趣的苏马荡品质小区负责人在金秋时节出去走走瞧瞧，或许对你们启发不少。苏马荡的土地资源是有限的，如何运用好最后一点资源，让它凤凰涅槃，高端行走，收益最大化……水和暖是重中之重，这样的机会和挑战都掌握在你们手中，看你们的智慧和实际行动了。

2018 年 9 月 3 日　写于谋道古镇

漠道古镇 /远方的家
MOUDAO GUZHEN

第三章　如诗如画 ▶▶▶

说说苏马荡的文化品质

"成都用文化来提升城市的品质",这句话是成都电视台文化栏目主持人周东说的。昨天早晨我在电视上看到波兰驻成都总领事侃侃而谈,对成都的文化倍加赞赏。美女外交官说:"最喜欢乘坐成都地铁,漂亮快捷,有浓浓的文化味。每天上班都会捎上一本书,在地铁上或站或坐静静地看书。成都是个迷人的城市,尤其是文化迷人,有杜甫草堂和武侯祠、金沙遗址、熊猫基地等都很好。特别喜欢千年古刹大慈寺,与之相邻的太古里是个闹中取静的地方,也是个静中有闹的地方。成都公园的茶馆,那氛围真好,礼拜天就会去感受成都的茶文化。成都真好,太喜欢这座流淌着古文化血液的城市了。我的任期四年,在成都还有两年时间,会抓紧时间学习成都的文化,走到哪里都会告诉他人,成都有大熊猫,有三国文化,有美食,有漂亮的姑娘。"

成都确实是座有魅力的城市,至今世界上有二十多个国家在成都设立了总领事馆。来自各个国家的总领事都对成都留下了美好难忘的印象,尤其在历史文化方面。家住成都,也切身体会到浓浓的文化不时在影响着自己气质的提升。有天到人民公园喝茶,路过四川省图书馆,看到早已等候进馆的读者排成长龙,年轻人居多,也有不少老年人,更有年轻父母带着自己小孩的。这个场面使我感动,心里顿时荡漾着一丝幸福。真好,这么多喜欢读书的,尽管是互联网时代,传统的图书馆仍然是人们纷纷前往的地方。成都的书城书店书吧很多,市中心不出一里路就会看到读书阅书喝茶的地方。春熙路和太古里的咖啡馆和旅栈都有一块地方藏书数册,提供读者方便。这些文化教育资源滋养着成都人,在地铁和公交上,你会看到成都人与其他地方人的差别。一座文化迷人的城市,造就了一批批素质好的市民。

每每碰到朋友圈的成都人,他们总会问我谋道苏马荡的一些事,还会问我好久又去苏马荡。真与苏马荡连在一起了,我还没有开口,谋道苏马荡就在话题中了。成都人说：地铁站口设立了阅读窗口，成都本地作家都把自己写的书放在那里供乘客翻阅。郑老师，可以把你写的苏马荡的书放在地铁阅读窗口，让乘客看看，有更多的成都人会知道苏马荡。这是个好建议，可行的话，真还可以把《苏马荡的那片云天》《苏马荡夜空》《天下第一杉》《遥望窗前齐岳雪》四本书放在那里，宣传苏马荡，让成都人知道鄂西有这么美丽的地方，一个真实迷人的谋道古镇和苏马荡新城。其实，朋友圈的成都人看我连篇累牍写的苏马荡文章，他们都很向往苏马荡这个神秘的地方啦！谋道苏马荡是桃花源吗？是伊甸园吗？不太大的地方，怎么可以让郑老师写出几本书？而且是散文随笔，这要多少值得的东西让写作者一往情深，专注执着？他们一连串的问号抛给我。谋道是古镇，年轻的苏马荡正在发展中，土家人为改变落后的乡村面貌在努力，苏马荡确实是一个有故事的地方，也是一个有争议的地方，值得书写。我对他们说：今天的苏马荡新城屹立在鄂西，已是苏马荡精神的作品，而且是谋道重行，美美与共——奋斗、拼搏、创新、包容的示范窗口，引领土家人在扶贫攻坚道路上，取得了一个又一个项目的完成。

  谋道苏马荡的发展取得了阶段性的成就。六年时间造就了一座苏马荡阳光新城，苏马荡的村民从贫穷走向了富裕。但一路走来，风风雨雨，还是颇不容易的。今天的苏马荡比以前更美，更迷人，更惹人喜欢。苏马荡如此风姿绰约，有的人还是要说它的不是，乱嚼舌根子的人，你是拿他没办法的。很多人不了解苏马荡，认为苏马荡全是茂密的原始森林，建一座新城，这原始森林不就毁了吗？我告诉过许多人，苏马荡是个年轻的地方，过去就是一个村，叫药材村，属于谋道镇管辖。药材村海拔1500米，夏天凉爽，空气怡人。历史上，这个地方并非有什么特别的历史文化记载。也不是大面积的原始森林，苏马荡有森林，它的历史并不长，不过就是几十年的时间。20世纪50年代末，当地政府在此建了一个药材厂，职工大多都是谋道镇的村民，靠挖黄连和种植药材为生，药厂人多的时候达到一百多人。由于办了药材厂，原来苏马凼山丘就变成了药材村。当地人和曾经的药材厂职工说，当时苏马荡就是个不毛之地，由于有人了，就撒树种让风吹播撒，慢慢树就长起来了，形成了现在绿油油的一片一片的森林。开发一个地方对树木是有影响的，它带有破坏性，但荒山阴山不长树的多，尽可保护森林和生态开发，当地政府一直是态度鲜明的。建一座新城有一个过程，逐渐完善后，通过补栽绿化美化，最后的结果绿化率会更高。看一个地方的发展变化得实事求是。一把年纪的人都知道中国的历史，不改革开放，不退耕还林，不实施强化保护生态的措施，哪会有现在的森林？今后的苏马荡更会在生态环境上做得比现在还要好。

　　发展文旅产业已被世界经济认可，多少国家把文旅产业列为经济发展的重要部分。一些贫困的山区，不利用家乡的风景资源和空气资源输出改变贫穷，那拿什么呢？重庆脱离四川后，为改变大巴山城口县和巫溪县贫穷面貌，投巨资修了一条旅游观景大道，这条大道穿山越岭，不是隧道就是桥梁，大多数地方都是原始无人待的地方，现在的亢谷风景区一路风光如画，沿途的民宿村落都是文旅扶贫项目，脱贫路上，一个都不能落下呀！万源八台山海拔高至2500米，这山我去过呀，去大巴山修铁路才20岁，我登上顶，山下团团白云缠绕，风景很美。今天的八台山作为旅游风景区美化打造，不仅修建了索道，最近还修了玻璃廊桥，当地政府投巨资打造八台山是为哪般？也是为了改变大巴山贫穷的面貌。大巴山是红区啊，红区的村民没有脱贫，不想办法怎么行呢？都是大山，都有森林，人家搞一些旅游项目，并没有毁了大山。我相信，苏马荡在发展上不会停步，只要条件成熟，没准一条大索道照样建成，扬名全国！不用担心，苏马荡非但不会被毁坏，而且会更加绿色，更加漂亮！

　　成都靠文化来提高城市的品质，谋道苏马荡同样要靠文化来提高自己的品质。谋道古镇文化底蕴很厚，就要发挥土家人的文化优势，打文化牌，文化兴镇，让文旅产业在谋道区域健康发展。只要重视文化，通过文化开路，提高谋道品质，谋道苏马荡是大有希望的。谋道在管理机构方面已升级了，应该有文化发展的规划，应该有一个文化类的图书馆，既要在经济上扶贫，更要加大投入在文化上扶贫，思想观念转变了，谋道的发展更会有质量。苏马荡"候鸟"峰值达到二十多万，这特别需要文化阵地，待上几个月，"候鸟"既要享受好空气，更要享受文化的滋润。苏马荡的大型优质小区都要向林海云天学习，设立文化阅读室和图书馆，给"候鸟"一块文化园地。博云广场小区正在规划建立文化阅读室，正在储藏书籍，届时开放，丰富"候鸟"的文化生活。这是对的。希望苏马荡优质小区像夏都、罗马假日、皇家一号、依云国际、植被逸品等小区都建立文化阅读室，方便"候鸟"，促进精神文明发展。这些软件文化是重要的，一个不重视文化的企业是有缺憾的，一个大型小区不重视文化同样是缺东西的。一个连文化都不重视的企业，他能给"候鸟"带来什么美好的希望？今后买苏马荡的房子，"候鸟"应睁大眼睛，把文化发展作为一个条件，没有文化建设的小区最好不要选择，选择注重细节，有文化氛围的小区将终身受益。没有文化的地方，可想而知，它会有好的发展前景吗？所以，靠文化来提高谋道苏马荡品质显然是重要的。

2018 年 3 月 16 日　写于成都

到谋道古镇去赏花

春回大地，万物复苏，百花盛开，正是赏花季节，到哪里去踏青赏花呢？成都人去龙泉驿看桃花，万州人可到谋道古镇去赏花。万利高速通了，到谋道磁洞沟附近的村落就是一溜烟的工夫。谋道区域不但有闻名遐迩的杜鹃花，也有满山遍野的山樱花，还有一片金黄的油菜花。春风送暖，抢先绽放的是山樱花和油菜花，杜鹃怒放显得姗姗来迟。

山樱花、野樱花、樱花都属于蔷薇科，各个地方叫法不一。世界上有一百多种樱花，遍布在长江流域的大山樱花尤其多，谋道区域靠近长江边，自然樱花生长茂盛，春暖花开，樱花怒放，山涧峡谷一片银白，远看似雪，近看如蛾，一团团，一簇簇，缀满山野。大山火树银花，异常绚烂。只知道谋道苏马荡的杜鹃花艳丽耀眼，完全不知道谋道区域的山樱花也抢眼球，那天见"谋道在线"发出的照片，惊叹山樱花也是大山的一道风景线。利川杨霞上班路过大山顺拍几张山樱花照片发到朋友圈，感觉山樱花很美。当地人称呼山樱花为野樱花。野樱花多为长江边的人习惯了的称呼，其他地方的人多称樱花，并带上地名，比如福建樱花等。野樱花，意思就是无人管野生的，任其在山崖峭壁沟沟壑壑里生长的。就野樱花的名字大家一阵热议，干脆去掉野字，就叫施南樱花或鄂西樱花。届时把去日本赏樱花的中国游客牵到谋道古镇来赏中国的樱花。野樱花的名字仿佛不很雅致含蓄，还是以地名配称为好。如果谋道的万里村能重视这道旅游风景，多栽补栽山樱花，颜色品种多样化，让它满山遍野连成一片，形成花的海洋、花的世界，那就大张旗鼓地宣传定名为谋道樱花，独树一帜樱花风景的谋道古镇，不知会飞来多少游客，万里村的民宿和餐饮就有了用武之地。

油菜花金黄绽放，引彩蝶飞舞，一道田园风景，引不少游客慕名而来。近些年，各地的油菜花田成了一道吸引游客观光的重要内容。欣喜谋道区域的磁洞沟也有一片金色闪光的地方。阳光灿烂下的油菜花，黄色为主基调，那鲜那艳那亮让多少女人情不自禁，依偎在油菜花中，留下了一张张倩影。美女都喜黄色，黄色好搭配，随便红衫巾、绿衫巾，赤橙黄绿青蓝紫……戴着蛤蟆镜，情思涌来，舞姿优美，一组嘚瑟的照片就出炉了。现在的人会生生活哟，有品味哟，油菜花田照妖精，老少皆宜，那个美啊，自己都陶醉了。与其说是去欣赏油菜花美景，不如说是自己买醉徜徉在幸福中。

谋道区域的山山水水，一年四季，繁花似锦。有些野花小草同样点缀着大山的美丽。我尤其喜欢那些健硕昂扬的野菊花。一朵朵白的、黄的小菊花绽放在山间的小道上，风吹频频点头，雨打不泄气，阳光下娇艳，见人笑嘻嘻。小小山菊花，虽不显大气富贵，却悄悄绽放出淡雅之美。拾一把山菊花带回家，搁在花瓶里，屋内顿时散发出阵阵清香。

山樱花好看，油菜花艳丽，山菊花争俏，但真正最出彩的还是苏马荡的杜鹃花。苏马荡的杜鹃花品种多，颜色各异，有红杜鹃花、白杜鹃花、紫色杜鹃花……据说有的杜鹃花是稀有的，只有在这个很美的小地方苏马荡才能看到。苏马荡的杜鹃花分布在悬崖峭壁边，像一个个花篮垂钓在崖壁上，散发出独有的气质：那崖边燃烧起一团火焰，是一簇簇红杜鹃绽放开来；那崖壁白色一片泛起亮光，是杜鹃仙女在挥袖翩翩起舞；那悬崖峭壁上几团紫色的云雾弥漫空中、若隐若现，是紫色杜鹃王子腾云驾雾正在寻找他的心中人。将军岩周围的杜鹃花最多，全都身着五彩缤纷的花衣裳，她们簇拥着巴蔓子将军，忠实着心仪的大男神。一条杜鹃长廊蜿蜒着山崖峭壁，为游客提供了观赏杜鹃花的方便，漫步在长廊上，可以伸手抚摸杜鹃花娇嫩的脸蛋，与之邂逅可以说悄悄话，杜鹃花很温柔，娇小可人的粉红杜鹃说话最好听，甜蜜的话儿，会让你陶醉其中。桃花、梨花、山樱花、油菜花竞相绽放，春天的节奏在加快，不久的时间，杜鹃花也要完美亮相了。最美的时刻，是杜鹃花盛开的时候，届时谋道苏马荡欢迎贵宾盈门，欣赏那一簇簇、一拨拨、一团团，芳香四溢、灿烂阳光、绚丽多姿的杜鹃花。

谋道古镇的旅游资源丰富，有山寨古道，有绿色森林，有峡谷沟壑，有千年巨杉，还有千变万化的云彩，有蓝天白云的谋道蓝，更有鲜花四季，迷人的山樱花、油菜花和风情万种的杜鹃花。彝族人有迷人的索玛花，土家族苏马荡人也有娇艳的索玛花。通过几年的大发展，谋道苏马荡有了巨大的变化，相信今后的大山更会绿化美化，在全域旅游产业的大道上飞越突破，成为长江边上一颗冉冉升起的新星——著名旅游胜地和风水宝地。我想，谋道土家人有这个信心来建设好自己的家乡，谋道苏马荡一定会变得更好！

2018 年 3 月 19 日　写于成都

第三章　如诗如画

充满诗意的谋道苏马荡

　　我们说苏马荡是新城，或是一座森林阳光小城，是在它的形态上。海拔1500米的大山，到处葱葱绿绿，忽然矗立着片片高楼、幢幢洋房，一个个的小区紧靠依偎着，风格迥异，颜色艳丽；名字偏洋味，什么皇家一号、伊顿庄园、罗马假日、挪威森林和佛罗伦萨小镇，等等。乍一听，这不是遥远万里欧洲那边地方的称呼吗？一阵风怎么把这些洋玩意儿刮到苏马荡来了？这可不是大风刮来的，我告诉你，这是苏马荡实现产城融合，土家人努力奋斗，通过近八年的艰苦奋斗，不断创新，硬是靠一种拼搏精神得来的，这种精神就是苏马荡精神。如今，这美丽的小地方——苏马荡就是一座韵味独特的小城市，弥漫着异域风情、浪漫多情之风；它森林密布，生机盎然，风景如画，一条迎宾大道伸延至天际，天空碧蓝，阳光明媚，充满着诗情画意。苏马荡的美不仅仅是穿上了一件华丽的外衣，这里的空气，这里的凉爽是其他地方没法比的，夏季烈日炎炎四十度，苏马荡却在二十五度以下。七八月苏马荡飞来栖息的"候鸟"二十万以上，这座森林阳光小城瞬间喧嚣起来，那闹热的场景，形成了一道中国式的特色风景线。

　　苏马荡在哪里？我这微信群不断涌进新朋友，那就告诉你：苏马荡地处鄂西，是湖北省利川市管辖的副县级区域副中心，正在申请打造的国家级AAAA风景区。上网查查，苏马荡的信息全在里面，或许带给你更大的惊喜！

　　苏马荡这块区域大致在二十多平方公里的土地上，其概念外延到本地八个村落，主要的核心地段为药材村，是土家族人员集中的地方。苏马荡变化了，昔日的小水凼掀起了波浪，形成了浩浩荡荡之势，由此演变为苏马荡。历史是会记住人的，当年的本地土家后生杨正龙是垦荒人，率先开发药材村为风景区，宣传美丽的苏马荡，其凼也就变成了荡。这一荡不得了，苏马荡名气果真荡飞千里扬。

苏马荡几年的大发展造就了一座城市，城镇化可以说在药材村等八个村落实现了，可地方的名字仍是这个村那个村，从组织管理的结构上还是沿袭走的老路、穿的旧鞋。今年初，利川市把谋道苏马荡确立为区域副中心，在发展上进一步提档升级，借利万高速贯通的有利交通优势，主动争取融入到长江万州经济圈，加快苏马荡旅游产业和康养民宿及农业生态观光发展登高一步，为进一步形成重庆的后花园创造更好的条件。苏马荡真是好事不断啊！紧接着又被湖北批准为副县级城市管理，谋道苏马荡一夜之间暖风吹来，帽子一下变大了。这一变就落到了实处，昨天一则好消息飞来，哈哈，药材村等全部改名了，由村民变成了市民，村委会变成了社区居委会，苏马荡由此全部更换新装，成为一座资格的小城市了。村落管理为城市化社区管理，这个变化不是闹着玩的，换汤不换药。那可是又换汤又换药，实实在在的城市化管理逐步深入，赋予社区管理的社会职能，不仅仅是本地人发生蜕变，融入城市化管理的实在变化，而且对"候鸟群"也会产生影响，当然要融入到当地的社区管理之中，一些无人管的小产权房居住地"候鸟"，在社区的管辖范围中，与在精神文明建设创建中同步发展，相当于找到了组织，有了社会组织管理的保障，可能有些疑难问题相应可以得到解决。

谋道苏马荡在提档升级中不断发展，古镇和苏马荡将会越变越好，越变越美！为什么呢？一个地方大规模建设完了，更好朝着科学化有序地创新发展，这是一条必走的路。海南三亚是座美丽的海滨城市，谁去看了都会发出赞叹声。今天的三亚更没有止步于发展、陶醉其中，而在科学化地布局且大胆行动，目标是世界名城。我注意到三亚继续在治理，今年到三亚旅游，眼目中的三亚更美了，在美丽的画板中再修饰点缀，三亚不是更添千姿百态了吗，更美轮美奂了吗？谋道苏马荡也一样，发展到高峰段更会美化打造续更上一层楼。在城市化管理组织上有了保障，苏马荡就会发生质的变化，充满诗意的谋道苏马荡，定会绽放万紫千红，风景这方独好！让我们充满期待吧！

2018年4月5日　写于成都

情迷苏马荡……有诗与远方

情迷苏马荡，流连的不仅仅是杜鹃花，而是这里凉透的空气，满目醉人的绿色和植被。当然，还有那蓝蓝的天空，翻滚的白云，夕阳的血霞，披衫的薄雾，以及沟壑峡谷呈现出诡异变幻的云海……

痴迷苏马荡，流连的不仅仅是它是一座森林阳光小城，到处都是花园小区，而是这里流淌着土家人善良的血液，热情待人的胸怀，民风淳朴弥漫山间的情致。

醉迷苏马荡，流连的不仅仅是大山绿色的蔬果，也不是烟火熏燎的长块腊肉和那醇香浓郁的苞谷酒，而是这里宁静悠闲的环境，特别适合人宜居吸氧，特别适合养生修身。

喜迷苏马荡，流连的不仅仅是飞来栖息的大批"候鸟"，也不仅仅是这道浩荡的人气风景，而是这里聚集散发出的人性亲情友情，凝聚在苏马荡的朋友情、同学情、邻居情……皆因苏马荡的独特魅力而结缘。

苏马荡——这美丽的小地方，灿烂千阳，杜鹃花开，名扬千里，需要一句能突出当地特色的宣传语，"谋道在线"刊发征集，这是苏马荡提档升级的需要，有当地的文化雅士和庞大的苏马荡"候鸟群"，"候鸟"队伍中不乏专家学者，想必这件事能办好。简洁通俗能概括苏马荡的人文、发展、风情风貌予以推介外部世界，还是要煞费脑筋，集众人之长，花中选花，优中选优，力争达到好的效果。

成都，一座来了就不愿意离开的城市。就这么一句普通的话语，作为了成都对外宣传的口语。你来了，就不想离开了，还有什么可说的呢？你不想离开成都了，那成都的好都融入扎根到你的心里了，这不就体现出这个城市的魅力了吗？

我注意到中外名流和普通人群对成都的看法，就是喜欢成都悠久的文化和休闲的生活方式，认同城市社会的包容性。当然看到的是这个城市的日新月异，巨大潜力，似锦前程。不言而喻，我想，苏马荡也要立足在文化自信发展自信的基础上，寻觅特点米找到一句适合自己的宣传语。

法国诗人罗曼·罗兰的名言：法国人之所以浪漫，是因为它有普罗旺斯，普罗旺斯的天空通透明澈，空气像新鲜的冰镇柠檬水、沁入肺里，七八月薰衣草迎风绽放，浓艳色彩装饰翠绿的山谷，仿佛穿上了紫色的外套……

罗曼·罗兰对普罗旺斯以诗一般极高评价，一段话主要的关键词是：普罗旺斯，碧云蓝天，空气和水以及薰衣草。苏马荡能否借鉴启示，展现特点和有自己的关键词：苏马荡，谋道蓝、苏马荡蓝，新鲜的空气和含硒的水，以及漫山的杜鹃花。

情迷苏马荡，痴迷苏马荡，醉迷苏马荡，喜迷苏马荡，一句话，就是赞美这美丽的小地方，使之健康地发展，成为中国鄂西的一颗明珠，争取发展成为中国版的普罗旺斯。幸福来自于奋斗，土家人通过奋斗，定会实现自己伟大的梦想，我们充满着期待！

情迷苏马荡，痴迷苏马荡，醉迷苏马荡，喜迷苏马荡……有诗与远方……

2018 年 4 月 14 日 写于成都

杜鹃花开四月春

杜鹃花开四月春，苏马荡迎来了杜鹃花烂漫山间的万紫千红。今年春来早，阳光灿烂，杜鹃花也灿烂开花，提前与大家见面了。我的印象里，苏马荡的杜鹃花总是姗姗来迟，即便花开时亦显羞羞答答。去年的五月初，人们都期待杜鹃花盛开，可天气不好，杜鹃花却待嫁闺中，不肯亮相，迟迟不绽放花儿的那张笑脸。

苏马荡的杜鹃花品种不少，而且还有许多珍贵的品种，像银杜鹃花和紫色杜鹃花等。杜鹃花多为红色，灿烂时，满山遍野一片红。那红得火烈，红得燃烧，红得鲜艳似铺天盖天飞来的一群火烈鸟。这样的红，这样如血殷红的景观我亲眼所见：那是年轻时奋战大巴山铁路建设时候，春之歌的浪漫就是那火红一片的映山红（杜鹃花）献给那火红年代的礼物，当然，也是献给我们这批建设者的礼物。眼目中那些嶙峋卵石缝中生长出了红杜鹃，花开漫山遍野，多美啊！映山红带给我们的憧憬太多，让我们的青春更加绚丽多彩。

苏马荡的杜鹃花不但有红色的，还有白色和粉红色的。它盛开时，远目沟壑悬崖峭壁边呈现出五彩缤纷的画面。杜鹃花仙子身着各色彩衣，犹如蝴蝶一群一群地飞舞，飞来飞去尽显七彩斑斓。青青大山被这些艳丽花儿点缀，大山变得俏丽起来，自然勾勒出一幅丰富多彩的油画。苏马荡的杜鹃花集中于桂花园（小区名），再往植被逸品方向延伸，真正最佳观赏段就在鹏程山庄至森林公园这一带。山居苏马荡，写了不少杜鹃花的赞美文章，可亲眼所见花儿灿烂时几乎没有。我住在苏马荡最佳观景地悬崖边，左靠鹏程山庄，右偎森林公园，绝佳的观景地，居然没有看到杜鹃花盛开的情景？这不怪谁，只怪我姗姗来迟于苏马荡。有一年，就是2013年5月3日，我第一次山居体验苏马荡的生活，还是看到了巴蔓子将军崖下那一片多彩鲜艳的杜鹃花。我还看到早期到苏马荡的"候鸟"抱着一束红杜鹃，笑盈盈逢人就说：在桂花园那边采摘的，拿回家放在瓶子里，管十天半月的没问题。我当时很想说她，这杜鹃花怎么能随便采摘呢？长在大山，大家欣赏多好啊！碍于脸面，人似乎还有点面熟，由此打住，这话只能对自己说啦！

幸运的是，苏马荡的五彩杜鹃花长在悬崖峭壁边，像一只一只花篮悬挂在杂草丛中露出俏皮的脸蛋，使得摘花者不敢贸然铤而走险。这些杜鹃花得以安全生长，给游客留下了美的姿色，春的妩媚。一条杜鹃长廊盘旋山间，给众多游客提供了观赏杜鹃花的方便。游荡在杜鹃长廊上，远见齐岳山，低头瞧磁洞沟大峡谷，雾漫漫，云飘飘，奇特变幻的风景，给人以遐想，有时候真可以做梦！置身在云雾山中，风景这方独好，还是迷醉人的。苏马荡有了一条杜鹃长廊，让人饱赏风景的同时，还可以近距离邂逅杜鹃花。多漂亮的杜鹃花向你微笑，你可以伸手抚摸她的花瓣，还可以亲吻花儿粉嘟嘟的脸，也可以与花仙子谈情说爱。当然，喜欢这些小精灵花仙子，千万别去伤害她，不要因杜鹃长廊的方便，跨出栏杆，摘一抱杜鹃花回家，这是不允许的。眼下正值杜鹃花盛开的季节，苏马荡迎来不少游客，成千上万的人到大山欣赏杜鹃花，人气爆棚拉开了谋道春季旅游的序幕，这实在是件可喜可贺的大事。大事之中，更应想到安全第一，杜鹃长廊人满为患时要及时疏散，并告诫游客和"候鸟"不要伤害杜鹃花，要爱护这些杜鹃花。杜鹃花给人类带来美的享受，人类的朋友就更应该善待珍惜她。

四月苏马荡，杜鹃花儿开，俏也不争春，只把春来报。让我们拥抱春天，乘着风的翅膀，到大山去，到苏马荡去欣赏那火红艳丽的杜鹃花，怀抱一份对大自然的热爱，送给自己一份好心情！苏马荡，欢迎您的到来！

2018 年 4 月 20 日　写于成都

谋道苏马荡，一个幸福来敲门的地方

谷雨过后，我们就有些蠢蠢欲动，在捯饬准备一些东西，待天气炎热，就奔赴谋道苏马荡的家，由此启动新一年的山居生活。掐指一算，不知不觉去苏马荡是第六年了，时间过得好快呀！这好快的时间，苏马荡却变得楚楚动人，是一座阳光森林康养小城市了。他们问我：郑老师去苏马荡，又会把夏天过完吗？我答：是的，择时间到大山谋道古镇，反正说走就走，一张动车票，四小时就到凉城利川了。到了大山一般就会住上几个月，九月份回成都。对话中会引发他人兴趣：喂，苏马荡在哪里啊，远不远，我们一点都不知道呢？遇到这样的情况，我会耐心地告知：谋道古镇和苏马荡新城地处鄂西，是湖北利川市的区域副中心，一条高铁由成都拉到武汉，中途在利川市下车换乘巴士就到大山苏马荡了。谋道苏马荡海拔适中，夏天就是春天，每年夏季高峰，"候鸟"集中栖息可达二十多万，是个非常热闹的风景集散地。哇，旁人听到几十万"候鸟"在苏马荡，顿时惊得一脸夸张。他们似乎在自言自语，湖北利川，我们一点不知道，几十万"候鸟"……这地方好神奇啊！

在成都，不知道利川市的人很多，我问过很多人，说起利川就抓脑壳，想半天也不知道利川是何地方。当然，这跟宣传有关系，如今重庆和武汉人都比较熟悉利川市，因为，谋道苏马荡在强力发展，房地产和康养避暑养生需要宣传，需要吸引"候鸟"纷至沓来，采取走出去请进来，这样子，武汉和重庆的人都知道利川市了。由于苏马荡的房地产宣传重点没有选择成都，成都人不知道利川凉城和这美丽的小地方——苏马荡，那就一点不奇怪了。成都人知道和熟悉乃攀西高原的西昌、会理、米易和攀枝花，因为这些温暖的地方，冬季会飞去不少成都"候鸟"在此越冬。另外，成都人还知道贵州不少地方，像森林城市赤水呀、茶乡都匀呀、苗侗风情小城荔波呀……更知道山水城市贵阳。贵州夏季凉爽，少数民族风情突出，风景如诗如画，这些都得益于他们在成都的大力宣传，使成都人熟悉了贵州。我告诉成都人，其实，鄂西是个山清水秀的地方，很耐看，距离比贵州一些地方近，交通很方便。尤其是利川市，空气好，夏天凉快，不但宜居适合，这里的旅游资源相当丰富，有著名的风景区腾龙洞，有龙船水乡，知道"妹儿要过河，哪个来推我嘛……"这首脍炙人口的歌曲，宋祖英唱的湖北山歌《龙船调》，恐怕中国人都知道。知道了这首山歌，今后就知道《龙船调》的故乡是利川。

　　我把这些给成都人一讲，他们脸上都放光了，流露出羡慕的表情。二十多万的"候鸟"集居在副县级谋道古镇，还是让很多成都人大吃一惊的。整个攀枝花市，还包括米易，"候鸟"峰值才十万人，苏马荡新城高峰值至少二十万人，这是一道少有的人气风景，我估计是地球上最大的古镇"候鸟"村。我书写的《苏马荡的那片云天》一书，成都人看了，由衷发出了赞叹：好美的地方，人间天堂，真想去看看。昨天听到苏马荡太阳城小区准备出发挺进成都宣传销售避暑房，这是个智慧的举措。让成都人熟悉苏马荡是有好处的，不仅仅是推销房子，而是把整个谋道苏马荡宣传出去，大山的旅游资源多丰富呀！成都人知道了利川这么多好看好玩的地方，驱车前来，那队伍十分庞大。特大城市成都而今地盘和人口均超过武汉市。能把成都人吸引到鄂西游山玩水，利川不发财都不行。实话说，贵州和云南的旅游收入，成都人是奉献不少的。利川土家人，咋不把手伸长点呢？与成都人交交朋友，兴许会给你一份惊喜！成都周边的南充和遂宁等地，夏天都叫火城，那热起来堪比武汉和重庆。不要小看这些地方人的生活质量和经济实力，他们可厉害了。春节我到三亚，就知道遂宁人在海南购房不少，他们多为组团买房，就苏马荡而言遂宁人也不少。这些"候鸟"既喊口号又行动，真是冬飞海南，夏到苏马荡，生活过得有滋有味，浪漫多情。

　　风景如画的苏马荡正在严控土地，有序控制房地产的发展。几年快速地发展崛起成一座阳光森林小城，可以说住宅商品房将弱化接近尾声，这些资源相对减少，今后恐怕是没有了。与之相反的是，谋道古镇和苏马荡将大力推进旅游产业和康养小镇的发展，创造和完善条件，让中国最美小地方变得更美，变得更迷人和吸引人来此享受。以前，多少人不承认苏马荡的资源价值，或者对苏马荡的发展信心不足，今天看苏马荡的房价，它是资源且有价值就没法否定了。实话实说,一个地方的发展就是一个渐进过程,只要努力奋斗,幸福就会敲门而来,谋道苏马荡就是这样发展起来的。我相信,新的一年,谋道古镇和苏马荡新城会有新气象,会有让人惊喜的变化!谋道苏马荡,一个幸福来敲门的地方,对此,我充满着信心。

2018 年 4 月 21 日　写于成都

利川红，红透一片天

其实，知道利川的茶叶好已有多年的历史了。我的记忆，那还是年轻的时候，邻居那些茶瘾君子就托驾驶员到利川捎带茶叶回来。邻居朱大哥喜欢喝茶，天天不离茶叶，夏日晚上，一杯浓茶冒着仙气，他仰躺在竹椅上，端起茶碗猛吹表皮上浮起的那点小泡泡，然后轻轻地抿上几口，惬意极了！满满的茶叶馨香弥漫空中，飘香一条街。朱大哥喝的茶通常是城口的茶叶和利川的毛峰。我谈不上是茶客，男人嘛，还是喜欢喝茶，也经常喝到利川的毛尖茶。利川与老万县市互为邻居，但过去万县市到利川也要开车半天时间，百来公里的路全是山路，途中须经谋道古镇翻越齐岳山，当天要来回一趟基本上是件不容易的事。利川的茶叶和小木椅，在我们记忆中是深刻的。

如今的旅游热，驱动了茶叶产业的发展，茶叶似乎热了起来。游客们到一地方或一茶乡，或一旅游名茶胜地，品味一杯清香的茶，怎么也要买点带走。即便不喝茶的女同志也会解囊买上一些带回家馈赠亲朋好友。其实，我也是一样。到杭州西湖，龙井茶现炒现制，一杯龙井清香怡人，还没入嘴似乎就茶醉了。龙井茶香氤氲，一片片绿叶漂浮碗中，淡淡馨香，耳边伴来琵琶声，声声悠悠，西湖的意境仿佛油然而生。这一刻不会犹豫，自己动手，把新鲜的龙井茶叶塞满一小袋，怎么用力，一小袋茶叶就半斤多一点，人民币一百元。不仅是我在装塞茶叶，一看游客们都在忙碌着，感叹西湖龙井茶叶的生意好呀！卖茶叶的人百元大钞不停地数，把手都数软了。

到云南旅游，知道普洱茶闻名遐迩，一度被炒上了天。所到之处，遍是茶庄茶店，一坨一饼圆圆的普洱茶堆积如山。普洱茶分生茶和熟茶。生茶泡出来的颜色呈淡淡的黄，熟茶泡出来的颜色血红血红的。普洱茶的价格由低往高，根据时间来确定，几十年的老茶价格自然昂贵。到了昆明一茶城，琳琳满目的茶叶让我们没有拒绝诱惑，花了几大千人民币，拎着一大坨普洱茶回来，至今柜子里还有不少普洱茶。到贵州都匀市，看见到处也是茶叶店。都匀的茶叶是有名的，都匀毛尖享誉世界，过去还是贡茶。都匀市民把茶叶捎到北京，毛主席喝了都匀茶，赞扬了都匀毛尖。这下子，都匀毛尖茶叶更是蜚声海内外。大凡到这些知名的产茶地方旅游，我们都会买一点茶叶，即便自己不喝，也会作为礼物送给朋友。

　　前些年山居苏马荡，偶尔去利川市，看到茶叶店就会买点特级绿茶自己喝，有时会多买点带回成都。利川毛坝的茶叶在当地很有知名度。他们说喝茶就买毛坝产的茶叶。毛坝的绿茶确实不错，一般的茶叶价格不贵，特级毛峰半斤装就几十元钱。我喜欢喝绿茶。当地人说，毛坝的茶要数红茶好。这次习主席在武汉接待印度总理，招待贵宾的就是利川的红茶。我从图片上看，这红茶有点奇怪，泡出来微红带有浑沌的色彩，就是这点奇特的浑，构成了利川红的品质。据说这茶口感极佳，韵味独特，醒脑养心，尤其是有胃病的人可以放心喝，它还养胃。我是没有喝过，不知其味，我想，大家都说好，应该是不错的。

　　毛坝的茶叶利川红，登上了大雅之堂，招待国宾，陡然提档升级，让小小的利川市一夜之间被世界熟悉，铺天盖地的宣传报道似火上加油，利川红，红透了一片天。宣传的效果是明显的，引来了各地的茶商生意人，一个小小的毛坝镇沸腾起来了，那点茶叶怎么能应付整个地球村？生意超好，订单已到三年以后，这是个什么情况？毛坝镇的领导恐怕到现在都还没有回过神来幸福忽然来了！其实，这是一次对利川发展旅游业的绝好机会，扩大规模种植茶叶，借此机会，发现和推出更多的优秀品种，让利川茶叶走向世界。茶叶的文章可以做啊！做好了，就像风靡一时的云南普洱和都匀毛尖一样，畅销世界，其科技含量和附加值极高，为当地脱贫致富贡献力量，可造福一方经济。

　　鄂西利川山清水秀，云雾熏蒸，阳光充足，雨水充沛，含硒的水质，适合培养优良品种茶叶的生长，有些镇、有些村寨不一定比毛坝的条件差，像平均海拔1400米的谋道古镇，一些村寨更适合茶叶的种植，没准还能培养出更好的茶叶品种。四川雅安蒙山，常年雨雾茫茫，这里的蒙山茶质量非常好，成都人最喜欢的茶就是峨眉茶和蒙山茶。谋道苏马荡能否借利川红，红透一片的东风,在种植茶叶上搭上毛坝的顺风车,牵手毛坝的利川红一起来发展呢?能否实现这个愿望呢?我们甚是期盼!祝福利川红,红透一片天!祝福利川市有了自己的拳头产品,发展更上一层楼!

2018 年 5 月 14 日　写于成都

第三章　如诗如画

谋道苏马荡没有夏天的酷热，只有春天的拥抱

　　仲夏的成都，天气渐渐热了起来。昨天气温达34℃，从家里出门，炽热的阳光火辣辣的，行走在马路上，感到热乎乎的气浪扑面而来。34℃对成都来说，算是酷暑天了，大家都在喊，这天好热哟！热起来怎么办？赶紧走吧，坐动车到凉爽之城利川转乘巴士回大山谋道古镇。凉爽之城利川，这个离长江边不远的小城市，平均海拔上千米，由于凉快，被中国气象协会授予国家级凉爽之城称号。利川人民是幸福的，利川红成了招待国宾的茶，顿时红遍了神州大地，媒体争相报道，利川红茶一夜之间成了明星。好事不断，茶叶未退温，利川又获凉爽城市殊荣，一下又把利川推向了舆论的高峰。利川近几年确实有些火，就因苏马荡这张名片让多少人知道了鄂西有个利川市。

　　利川市区是个凉快的地方，它比较火炉城市武汉和重庆夏季的40℃高温，是凉爽的。但在炎热的那两个月，利川市区的温度也会达到30℃以上，大白天太阳还是挺有温度的，走在路上会冒汗，但是家里还是凉快，尤其是晚上会退凉的。说利川是凉城是泛指概念，利川区域的大山都很凉快，因为海拔较高。其实，真正凉爽之城的精华部分是谋道苏马荡。犹如说桂林山水甲天下，漓江风景如画。去过桂林的人才知道，桂林山水最精华的一段是阳朔的遇龙河，亦称小漓江。小漓江风光赛桂林。引这段比喻，就是说谋道苏马荡才是名副其实的凉爽地方，平均海拔1400米，这里拒绝酷暑，没有夏天的概念，只有春天的拥抱。谋道苏马荡是天然的大空调，"候鸟"飞来，一不小心就掉在了冰窖里。在苏马荡享受阳光森林，天天呼吸鲜氧，出门溜达不会冒麻麻汗，晚上睡觉得盖被子。对谋道苏马荡的凉爽赞美，我不知写了多少文章。

　　为贪一口凉，谋道苏马荡引来二十万"候鸟"栖息。其实，谋道苏马荡凉爽是一方面，大山更具特色的是鲜美的空气和含硒的水质，这两样同样重

要，它是康养的基础条件。对人体健康有益是会受到关注的，它的价值显而易见。大山的房市为啥子忽然火了起来，多少人问是啥子原因。其实，这事明摆着，凉爽、空气、森林和水是主要的原因。

　　凉爽的气候、空气和水给谋道苏马荡带来了空前的发展。这个美丽的小地方苏马荡令人刮目相看，不起眼的谋道苏马荡如今登高一步，成了副县级区域，成了利川的一匹黑马，引领着土家人继续朝小康富裕的道路上奔跑。发展是硬道理，朝前走不止步就会有收获。山居几年，我知道好多人不看好苏马荡的发展前景，可它就出现了让人意想不到的变化，本不想去触及那高度，无形中苏马荡就站上了高巅。苏马荡发展了，有了知名度，有的提法要复制苏马荡。苏马荡就是苏马荡，那是不可复制的。有的人会说，那有什么呢，我照葫芦画瓢不行吗？很多东西是这样的，你刻意创造一件好作品，结果往往事与愿违。我精心打造一块地方，高起点，把什么都考虑进去，结果和效果并不好，这是为什么呢？这样的旅游地产我见得多。三亚和厦门是海边城市，它们的发展决定了价值。可海边城市多啊，有些风光不输三亚和厦门，它们也在仿三亚，房子修得漂亮啊！但是，不会有三亚那效果，就人气一项就没办法超越，更不能谈房价。谋道苏马荡这道人气风景无形中形成了一定的高度。这其中奥秘你能知道？土家人奋斗的精神，一步一步地攀登，你能不费功夫就学到了？舍不得羊子套不住狼，不付出、不努力、不动智慧，怎么可能有今天的苏马荡！谋道苏马荡尽管取得了突破，有了些成就，但离发展的目标还差很远，仍需努力，仍需全域旅游产业化，科学智慧地前行，实实在在地打造谋道古镇和苏马荡新城，使之大山成为知名度颇高的旅游胜地和综合条件一流的康养小镇。我相信，未来的谋道苏马荡是办得到的。

2018 年 6 月 7 日　写于成都

千年古镇的睡美人——谋道南浦森林大道

谋道古镇博云广场背后的环线森林大道是我关注的地方之一。这条绿茵茵的乡间道路，我蹚过若干次了。前年，我惊喜地发现了这片丘陵绿洲，像发现了新大陆，海拔1400米的高山顶上竟然有如此风光无限的画面：一条平缓的山丘森林道路，两边山峰叠翠，绿色葱郁，蓝天白云映在山间，阳光泼洒在山谷，那番美妙姿色真像千年古镇的睡美人。沿途有土家人的民宅，一串串金黄的苞谷挂在房壁，被风吹雨打，太阳照射；门口有池塘滩涂，一群群鸭子欢畅啄食。大路上空旷少人，偶见一两个妇女背筐快步行走；如果天气好，会看见几个年岁已高的婆婆，坐在自家门口晒太阳，她们刻满皱纹的脸上充满笑容。看见婆婆，我会与她们打个招呼，问候问候。山里人非常善良，总是以礼相待，还招呼你坐坐，为你倒茶送水。

今年到谋道古镇几天了，总惦记这条绿色森林大道，多次蹚过，也写了多篇文章，而且还装在我写的《苏马荡的那片云天》一书中。快一年了，绿色森林大道怎么样，会有变化吗？只有自己去瞄瞄才知道。瞄瞄是武汉话，武汉人会说：瞄瞄这几天的形势，我心里是甜滋滋的。可谋道古镇离万州近，历史上的新湖北人原来就是老万县市的人，话音跟万州人差不多。而今谋道苏马荡栖息了大批的武汉"候鸟"，浓浓的武汉话让大山充满了情趣。

昨天谋道的天空没有出现灿烂千阳，而是轻风微吹凉嗖嗖的。我跨出小区的门朝农贸集市奔去，走捷径穿出农贸市场几步路就到了新建的南浦古镇。南浦古镇住了不少还房村民，房子外观进行了复古装修，另外一片地方还在建设中。越过南浦古镇和谋道污水处理厂，一溜烟就到了拐弯处，这拐弯处是进入森林大道的入口。这里有一块苞谷地，由于是六月份，苞谷秧苗才冒出头，吃大山的新鲜苞谷那还要等两个月哟。这拐弯处最显眼的是修了几幢房子，有一棵百年皂角树，满树悬吊的皂角像刀刀豆，百年老树旁边开了一家农家乐。农家乐的房子没有丁点儿土家特色，完全现代了。今年这里似乎有些变化，多增加了些房子，房子半裸并未完全修好。说起这些房子的式样，不伦不类的，只好叹口气，一声叹息……

　　虽然没有太阳，天空仍然明亮，两边的山峰翠绿一片，这好像是春天，万物生长，谋道的大山充满着春的气息。绿色的世界真美！我一人行走在大道上，满目绿色陪伴着我，虽没看见人，却一点儿不感寂寞。老远处一幢黄色的房子吸引了我的注意，去年好像没有吧，今年忽然在青山下冒出了一农庄，农庄还挂满了彩旗。彩旗飘飘上面亮出了几个大字，叫大自然农庄。这是一家农家乐，大门已敞开，但没有几个人。我走到农家乐门口，老板迎了出来，叫我进屋坐坐。他告诉我，房子是才修完落成的，楼底是餐厅酒家，楼上是民宿客栈，欢迎游客长住和短住。这里的风景非常好，前后夹山，左看右看全是森林，在此地避暑养生赛过活神仙。我与农家乐老板聊了起来，问他们夫妇：关注"谋道在线"吗？老板娘突然反应过来，一脸惊愕："你是那个郑老师，经常看到你写的谋道苏马荡的事……哎呀，是您啊！"

　　交谈中得知他们夫妇是当地南浦村人，过去在马蜂坳开铺子做生意，去年看到了谋道苏马荡的发展趋势，就转行开农家乐民宿了。"这条路是对的，谋道苏马荡全域旅游产业发展，你们顺势而为，紧跟潮流，搞民宿餐饮是不错的选择。"我对他们夫妇说，做生意要动智慧，首先就是诚信，自己的房子有竞争优势，学会让利，把游客吸引来，赢得信誉，今后生意就好做了。如今是互联网时代，口碑是重要的。现在什么生意都不好做，对生意人提出了很高的要求。过去认为开个馆子和旅店，只要勤快就能忙活好生意，而今这个世道反转了，需要知识加智慧和科学，不断创新开创局面。成都生意好的餐饮几乎都是高学历的人和海归派在运作，他们的经营独到彰显智慧的结晶，传统的那一套几乎站不稳市场了。用创新的思维开拓谋道苏马荡的旅游市场，今后是必须的。开农家乐也是如此。

　　与大自然农家乐老板交谈中，来了一对重庆老年夫妇，他们说，这条环线森林大道太生态了，生态朴实的东西才是最宝贵的。告别了农家乐老板，我与重庆夫妇结伴而行，继续森林大道之行。边走边聊，畅谈甚欢。他们说，今年环线大道更好看了，那些黑色的大棚被移走了，这下子风景好多了。是啊，我对他们说，前年我第一次游走这条森林大道，回去写了一篇文章，受到了很多人关注。几天后在"谋道在线"看见有人提出异议,认为这条大道并非我说的那样,在他眼里不美的原因是看到了黑色的大棚和挂满小河沟荆棘上的白色垃圾,对此,我和他交换了意见,美归美,问题归问题,要客观看待这条难得的南浦生态森林大道。对垃圾的事,我两次去找南浦村的书记,不凑巧,都没有碰到。

  沐浴着清风,欣赏着自然风景,一路愉快。重庆夫妇对我说:"郑老师,谋道这块地方好啊,又风光如画,又生态养人,我们老两口每年来差不多要住半年,住在古镇上舒服啊!"杉王明珠有一老年人在重庆病恹恹的,到谋道古镇精气神就来了,空气好,就少生病,他都不愿意回重庆了。

2018年6月12日　写于谋道古镇

多雨的六月，苏马荡洋溢着浪漫情调

苏马荡的六月凉嗖嗖，连下几天雨就冷嗖嗖。六月是春、是秋、是冬，三季在苏马荡交替着。由于大山六月的雨水多，苏马荡的云雾仙景时常出现，这一个月的仙景仙雾就是一道独特的风景线。我敢说这样的话，在于我亲身的体验。今年山居谋道苏马荡是第六年了，前三年就在苏马荡的核心区域磁洞沟大峡谷中端居住。我的家处在悬崖峭壁边，直线20米就是万丈深渊。说起来挺害怕的，怎么可以在如此危险的地方居住呢？有的人真还说过这个话：住在崖边太恐怖了！谋道送家具的老板对我说：这地方风景是好，可我们谋道人是不选这山顶悬崖边住的。我对他们说，知道"无限风光在险峰"这句诗吗？一览众山小，一览无遗的风景就在险峰上，不在险峰，哪里来的风景？哈哈，我就住在险峰，时不时就看见云雾缭绕、云海翻腾；真乃坐看云起云涌……

多雨的六月，苏马荡洋溢着浪漫情调，浪漫来自于多雨，雨水多，云雾就多，苏马荡的六月就是云雾的世界，犹如仙境，让人心旷神怡。

苏马荡的六月不会是娃娃脸，像七八月天气说变就变，忽然一片乌云飘来，顿时雷声闪电，大雨磅礴，豆大的雨伴着风吼，那阵仗来得突然，挺吓人的。六月的雨下得温柔温情，无风无雷，它轻轻地下，好像跟大山在诉说悄悄话。山被细雨湿透，水灵灵的；植被被小雨抚摸，更显青翠欲滴。大山青青连绵，细雨纷飞，这一刻的大山，真是清新脱俗，宛如一条绿色的长廊。

雨住了，山下雾升起来了。你看磁洞沟下面那团雾，话没有说完，山雾就到了身边。怎么回事？大山忽然被罩住了，我什么也看不见了，眼前的杉树也看不见了？我在雾中挣扎，拼命地挣扎……忽然一丝光线露了出来，看见了杉树的影子，我揉揉眼睛，山雾瞬间褪下了山顶，朝着大峡谷的那端跑去。一片雾锁住了大峡谷，顿时雾蒙蒙的。瞬间，大面积的雾分开了，各自团团移走了，雾分开了，山峰显现了，连对面的大风车也能看见了。大面积山雾是灰色的，一团一团分离后，它们飘呀，飘呀，越飘越白。白白的山雾飘到峡谷那几个小山峰，即刻给它们披上了一层衫衣，依偎在绿色的山峰，小山峰就白一块、绿一块了，远望就是一幅自然生态的山水画。雨后的雾是动态的，在大峡谷跑来跑去，一会儿东，一会儿西；一会儿俯卧下去，一会儿飘飞向上。这不，那团白雾又跑到齐岳山去了，它们紧紧缠住大风车，晃荡的大风车只露出几匹扇叶在旋转，旋转中还冒出烟来，不，那不是烟，那是一团山雾。

　　苏马荡大峡谷的山雾变化无穷，诡异的变化会呈现一片片多姿的云海。云海漂亮啊！身临其境，犹如置身在仙境中。那几年山居崖边，每每见到云雾的变化，我不无感叹，由衷地赞美苏马荡大峡谷这片随时变幻的云海，无病呻吟写了不少篇文章。云海衍生出奇妙的风景，真是迷醉了不少人。多少"候鸟"站在崖边观赏那白花花的云海，赞美不说，还久久不愿离去。昨天，看见他们在崖边发来的苏马荡云海照片，勾起了我的兴趣，情不自禁写了一通。好久都没有写过苏马荡那如痴如醉的风景了，或许是住在了谋道古镇，没有身临其境地感受了；或许是过去写得太多了，现在不好意思染笔了……或许、或许……还是挡不住美色的诱惑，苏马荡那片云海的美，还是把我醉倒在笔下。

2018 年 6 月 22 日　写于谋道古镇

战友来，南坪行，感慨万千

昨天中午到了南坪，一下车即刻感觉身上挺暖和的，这与谋道古镇的气温差别还是蛮大的，山上凉悠悠，脚下南坪就没有了那丝丝凉意。利川南坪乡海拔千米左右，是闻名的鱼米之乡，这里的大米很好吃，利川除了支罗贡米外，就当数南坪大米了。南坪誉称为山谷盆地，适合稻谷生长，全乡约70%以上的土地可以栽种稻谷。稻米丰收喜洋洋，田园风光无限好，鱼欢蛙叫鳝鱼肥，南坪美食大名扬。稻田宽广肥沃，正值黄鳝盛产季节，到南坪去品尝锅烧鳝鱼，恐怕此刻是最合适恰当的。

南坪与谋道古镇是邻居，距离不远，到利川或从利川回谋道苏马荡须经过南坪。万利高速通了，南坪有下匡进出口，这更让我们熟悉了南坪。他们说，南坪这块地方有许多农家乐似的餐馆，环境普通，但菜品颇具特色。我虽对南坪这地方不陌生，但也不太熟悉此地的小吃，只有亲临其境，品尝其味道方能作出判断。一家鳝鱼馆很有名，郭字当头，飘着鳝鱼香，真有那么神奇吗？一阵工夫，一盆凸起冒着热气的大锅被端上了桌，鳝鱼段微卷，辅以辣椒花椒葱段，颜色图画，香味四溢，一下就把眼睛勾直了。迫不及待，一筷子夹了一片鳝鱼，这鳝鱼有点大哟，送入嘴中，味道麻辣鲜香，口感细腻，真是美醉了舌尖，确实名不虚传。据说，这家饭店的特色菜就是焖烧鳝鱼，慕名而来的食客很多，人多进餐须预订。麻辣味和家常味的焖烧鳝鱼均有，两种味的鳝鱼我都品尝了一下，还是麻辣味更具特色，尽管肠胃不好，还是挡不住美食的诱惑，海吃了一顿。这顿餐吃得我大汗淋漓，对同行者说，要是在谋道古镇吃这顿餐，就不会冒出这一身汗，也好，可以排毒防感冒。

他们说，对，正如郑老师你文章讲的，海拔就几百米的高度，区分出财富分界线，实质上就是房价的分界线。谋道苏马荡才是凉爽的地方，差几百米，凉爽度一下就呈现出来了。近段时间待在谋道古镇，凉爽至极，身上穿的厚衣服，如遇下雨还有些凉，一身厚衣服下山到南坪就感到穿多了。凉爽的谋道苏马荡真是一方福地，谁来体验都感同身受。前天，我年轻时在大巴山一起奋战铁路的战友小刘专程从宜昌来看我。当年我20岁，他17岁，我一直叫他小刘。他是我的跟屁虫，十分黏我这个排长，那张白白稚气的脸始终在我脑子里飞。铁路修建完毕，我们就分开了，后他到宜昌，从此就没有见过面了。这次小刘来了，一掐时间是四十多年了，好感叹，我们都是花甲之人了。小刘依然没变，戴着近视眼镜显年轻，那脸庞仍是我脑子里的那张稚气的脸。小刘对我说："排长，我不来看看你，怕万一今后哪一天走不动了，就留下遗憾了！"听了这话，一丝伤感涌入心中，时间流逝，竟然把人打磨得发出了这样的声音。"实在抱歉，近期身体欠佳，不然我要留你好好聊几天。"我对小刘说。

　　小刘来了，甚是亲热，战友情不会因岁月流逝而抹去，反倒是老酒醇香。回忆是重逢，我们彼此聊着当年在大巴山青春岁月的事。一些战友的归处他能记得，十分清楚。我边听边想，有些战友的名字真还记不住了。我对小刘说，幸运的是，我们都还活着。前年我到大巴山，站在铁路线上，那山岗立着的碑，让我心酸难受，埋在里面的战友多年轻啊，他们长眠此地四十多年了，如今，大巴山依然寂寞，连火车声音也听不到了。

　　我和小刘一起看了看正在整治的谋道大街，在小汽车上看到了苏马荡大道，在杜鹃长廊伫立了一阵子。小刘不无感慨："青春年代，在大巴山修铁路，大巴山的风景也不错，可我们没有感觉。"是啊，当年大巴山春天满山遍野的映山红如火燃烧，可我们也没有觉得这道风景迷人，革命的浪漫主义因如火如荼的铁路建设而淡化了。我指着对面的齐岳山，那草场，那风车，青翠欲滴的大山："小刘，你看，遥望过去，这风景还是很美的。"一丝凉风吹来，苏马荡的凉爽尽享其中。小刘说："看了谋道苏马荡，这里最值钱就是空气和凉爽，这是人类最需要的。""你说得对，苏马荡上天赐予的凉爽和鲜氧空气资源，引来了数十万'候鸟'，这同样是一道风景。"我告诉小刘，"近段时间'候鸟'在增加，如果是七月份，苏马荡的热闹会让你更加惊奇！"难得的战友一见，总是会以分别结束。昨天我从南坪回谋道的同时，小刘正在返回宜昌的动车上。

　　战友来，南坪行，交织一起，感慨万千。蓝天白云，阳光灿烂，大山青翠，绿色入眼，满满的幸福，荡漾在心中。祖国山河多壮美，生活在如此的好时代，我们遇上了，知足吧，好好享受生活吧，彼此祝福吧，愿战友之情长驻，大美谋道，越来越美好！

2018 年 6 月 27 日　写于谋道古镇

苏马荡不单单是避暑胜地，还是充满人文情怀的地方

　　天空飘着小雨，我们一行前往苏马荡。车从马峰坳出发，一下就拐弯进了环线公路。新完工的苏马荡环线公路黑油油的，路面铺上了白色和黄色的标识线，给人视觉格外醒目。不知道怎么回事，但凡高山森林中的沥青公路，它总透着迷人的色彩。主要是有森林陪衬，有海拔高度，有蓝天白云，这些背景效果图似乎就把公路装饰美化起来。真好的一条公路，汽车轻松地飞跑起来，犹如在田径场上奔跑一样。

　　进入苏马荡大道，熟悉的洋房映入眼帘。天空明亮，路边的杉树笔直挺拔，身上绿油油的。近段时间雨水频繁，把大树小树洗刷得干净透亮。同样，一幢幢风格独特房子经过雨水抚摸，仿佛穿上了一件新衣服。我望着窗外，欣赏着美色，不禁感慨，苏马荡真是有自己的特色和味道，多少人还未读懂它呀！由于小雨霏霏，正值中午，大道上人流稀少，一切都安然，静悄悄的。公路整洁无尘，井然有序，人行道上也很干净，除了商铺门前停着几辆小汽车，眼目中没有杂乱无章的东西。

　　不知不觉到了关东湾，这里是苏马荡大道的繁华商业地段，由于人多热闹，万州人给它取了个名字，叫苏马荡华尔街。"候鸟"峰值时，这条街可热闹了，去年我徒步在此感受了一下，川流不息，熙熙攘攘，人山人海，摩肩接踵，万人空巷……这些词都用得上。如此多的人，如此多的不同口音，构成了苏马荡独特的人气风景。经过打造六城同创示范街，关东湾区域更富有魅力了。因为这个区域集聚着不少优质小区，像依云国际、皇家壹号、东方云顶、佛罗伦萨和挪威森林等，走进这些小区就进入了风景区，森林拥抱着小洋房，阳光一片洒下，那景色就是一幅图画。苏马荡的风景很多就隐藏在小区中，特别出彩的有林海云天、罗马假日、夏都生态园、绿岛印象氧生谷等。

我眼盯着依云国际，那一片黄色的洋楼依然帅气，如果是太阳天，这黄色被阳光照耀熠熠生辉。我对同行的谭镇长说：你看苏马荡越变越美了，公路干干净净的，房子一幢幢、一团团，错落有致，既有国际化味道，也不失民族风情。这么顺眼的地方，堪比欧美小镇，甚至比欧美小镇好看，可有人就评价苏马荡大道一个乱字当头，似乎在他眼里是垃圾而不是风景。我去过欧洲，亲眼见过不少古镇和城堡，苏马荡与之比较毫不逊色，而且还有自己的特点。中国近些年的发展，连老外都说了不起，中国的小镇实在是太漂亮了。

　　苏马荡已经开了两间书吧，今后会冠名苏马荡书吧，而且还要增加若干书吧。正如陈书记说的：打造苏马荡，文化要跟上，要建立文化阵地，有文化就有思想，有思想就有行动，苏马荡人都应为本地的发展添砖加瓦行动起来，苏马荡就会更加美丽。苏马荡不单单是乘凉避暑，更要营造人文情怀。陈书记的话是对的，其实，苏马荡就是一个充满人文情怀的地方。

　　其实，我知道森林书吧已经营业了，很想去看看。今天就与谭镇长和远山一道专程亲身体验一下。跨进苏马荡后河森林公园书吧，这里的环境让书香更浓烈了。好漂亮的书斋，或者说书馆，温馨醉人啊！沏一壶茶，捧一本书，闻着树叶香，这意境仿佛梦幻般。抬头望窗外，一片森林尽收眼底，那绿浪涟漪，心随大自然，陶醉其中。小杨为我们沏了一壶茶，端着茶杯抿上一口，香气扑鼻，我们几人都醉了！这真是个好地方，大自然与人文融合，静静地修身养性，岂不美哉！

　　告别了森林书吧，我们又到杜鹃长廊书吧。这里的朝向恰恰相反，面向太阳升起的地方，一眼望出，对面风车旋转。长廊书吧同样漂亮温馨，坐在书吧，可以听到峡谷风吼，透窗远见云海翻卷，聆听知了唱歌，还能听到游逛长廊大爷的咳嗽声。这样的风情风景书吧哪里去找，只有在苏马荡，才能看到这样一道人文风景。苏马荡这块风水宝地，人气越来越旺，周末节假日小汽车挤破门槛，有人说，这怎么得了？我说，好事啊，客走旺家门嘛，没人来的地方会是好地方吗？苏马荡的人流堪比峨眉山了，说明苏马荡的发展卓有成效，甚是迷人，最美小地方当之无愧！

　　天天住在仙居的地方，多少人被风景包裹，似乎有些疲态和麻木。可不少外地官员到苏马荡考察，由衷地感叹，伸出了大拇指。他们说苏马荡的发展是个奇迹，短短的几年，一座风光如画的森林阳光小城屹立在鄂西，可以说是创举。苏马荡还形成了谋道重行、美美与共的精神，就是以创新、和谐、包容、发展的姿态，吸引"候鸟"数十万，达到了美美与共的境界。

半夜三更醒了，聆听窗外雨打芭蕉，似乎受到了干扰，睡不着觉了，索性就写几句吧！落笔，雨还在下，古镇一片夜色，静悄悄的……

2018 年 7 月 4 日　写于谋道古镇

苏马荡新城处处都是花果园

昨天再次踏上苏马荡,强烈的阳光照得我眼睛睁不开,身上颇感热意。大街上的"候鸟"三五成群,短裤短打,裙子飞舞,尽在眼皮下忽闪。每年这个时候,大山呈现出这样的画面,山下城市酷暑难耐,四十度的热浪滚滚而来。阳光炽热下的苏马荡忽然风少了许多,但在荫蔽处,享受的是透心的凉。

我顶着阳光三步并作两步到了罗马假日小区。好久未到这方来,这方的凉水长青苔……哈哈,青苔倒是没长,倒比去年青翠了。罗马假日广场好热闹,"候鸟"们都游弋在广场上。广场瞭望台上那一排座席没有空的,你想借坐休息小憩,几乎没有机会。在此坐着的老年人,他们望着那西边的青山在沉思,享受着假日的温馨。如果要他们起身离开,多为中午回家了。我走近瞭望台,眼皮下的翡翠湖依然微波荡漾,一团彩色动感火艳的画面依偎在翡翠亭。那是一群五彩缤纷的鱼儿正在抢食鱼饵,千条鱼儿的尾巴不时将水弹起了水花。罗马假日广场和翡翠湖是一道风景,上午背对太阳看对面青山那茂密的森林,飘进眼睛里全是绿色的金光,让人心旷神怡。夕阳西下,这里的画面精美绝伦,那一团团火烧云,忽黄忽红,忽深忽浅,犹如画家的笔不断调色飞舞,勾勒出一片彩色的世界。晚霞红透罗马假日,血霞映在罗马假日,这样的油画色彩,真是醉在山间,醉在了罗马人的心里。难怪罗马人喜欢自己的小区,喜欢这片迷人的色彩。

一年未到罗马假日,今日这块地方,风景依然如故,美丽是主题。罗马假日小区不大,仍在推出期房,价格较去年有了提升,多少外地人喜欢罗马假日的山山水水、湖波光影,是有理由的,因为这里充满着浪漫,给了你一个假日浪漫的世界。居住在罗马假日的"候鸟"是幸福的,毕竟像罗马假日这片风景的小区在苏马荡沿线还是不多的。独特的风景也是稀缺资源的组成部分，到这里买房子，最重要的还是买到了优质资源的含金量。每年选择到几个小区看看，还是有备而来，重点关注小区的文化建设和康养服务。苏马荡的小区，谁把文化建设和康养服务做到了极致，这个小区的含金量会更高，自然而然房子的价格就会不断攀上高峰。

离开罗马假日去参加远道而来朋友的聚会。车行在山水青城，一阵凉风吹来，舒服至极。这里与齐岳山直眼对视，是个风口，大峡谷的凉气直往上冒，对面风车卷起的风一扫过来，送给苏马荡一个凉悠悠的世界。客人张团长（曾是部队的团长）感慨万千，苏马荡真是个凉快的地方。晚上我和张团长漫步在苏马荡大道，这一段是最热闹的地方，小区名千姿百态，像东方云顶、依云国际、佛罗伦萨和皇家一号等。"候鸟"峰值期，这里的繁华闻名遐迩，被万州人冠名为苏马荡的华尔街。我一番介绍，张团长深有感触：这里哪儿是一个小地方、一个小山村，明明就是一个城市嘛？不但漂亮，还有特色，比一些小城市还有特点。我说，这里的发展不容易啊！这条路我走了七年，而今风采照人，浪漫风情，颇具特色，可有的人总说苏马荡规划不好，一条街乱糟糟，没有什么风景，是这样吗？事实恰恰相反，这里是个多彩的世界，风景如画，空气宜人，凉爽无比，苏马荡一年比一年变得更漂亮了。

我还对老张团长说，几年的建设发展，苏马荡山更青了，树木更加茂盛了，形状更漂亮了。生态保护在发展中来保护更具效果。试想，一个穷山村，农民温饱无法解决，饿着肚子，你那一片森林能保住吗？树到碗口粗都纷纷倒地了。曾经听到一位贫困县领导讲过，真正保护好生态，只有靠发展经济，通过发展才能保得住绿水青山，否则就是空谈。过去一些地方穷啊，很多树都被砍来烧了。退耕还林，国家实施发展战略，让贫穷山村变样，农民在多样化产业中寻找出路，来改变现状，过上了好日子，原来的地方会变得更加绿色和漂亮。苏马荡就是如此，越来越绿色生态，越来越漂亮喜人。因为，小区都要美化呀，把过去荒芜的地方都栽花栽草了，走进苏马荡的小区，个个都像花园，都是一片缤纷的花果园。

夕阳余晖洒落在苏马荡新城的大道上，阳光扑脸，我和同事朋友们健步在公路上，眼目中热闹即刻拥来。"候鸟群"都出门了，三三两两，结伴而行，餐馆的生意一派火红；做小生意的摊位满街飘红，广告宣传拉风飘扬，这里不只是万州人说的华尔街，它的闹热风景堪比重庆的洋人街、成都的春熙路、南京的夫子庙……四个字：热闹非凡。苏马荡的发展变化直至今天，可以说是创造了奇迹，换了人间，不断吸引着四方宾客前来观光，而且达到了空前绝后的场面，看见一辆一辆的大巴豪华旅游车驶在苏马荡大道上，我心里荡起一种幸福感，苏马荡真不错，土家人几年奋斗努力没有白费，换来了一座阳光森林小城，苏马荡多美啊！有朋自远方来，不亦乐乎。

2018 年 7 月 19 日　写于谋道古镇

借鉴学习，提升自我

去年清明节期间，我到峨眉半山七里坪国际康养小镇住了几天，就小镇的旅游地产、客栈宾馆、风情风貌等写了四篇文章，结合到谋道苏马荡的发展作了些思考，提供给苏马荡的相关人士看看，看能否启发一些思路，借鉴学习和实践。过后，苏马荡小区的个别人士还专程到峨眉山看了一下。

峨眉半山七里坪国际康养小镇是近两年才挂牌的，它原来的名字是峨眉山七里坪国际养生度假区，不过，现在两个名字都在用。七里坪国际度假区占地规模十多万平方公里，比苏马荡略小，但海拔平均高度与苏马荡相差无几，夏天凉爽，冬无严寒，偶尔下雪，风不大。峨眉山至金顶处是海拔最高的地方，有三千多米。从金顶下来到半山就是七里坪区域。一座峨眉山森林密布，山形陡峭，奇怪的是，上苍把七里坪这块小丘陵赐予了峨眉山，半山流水潺潺，鸟语花香，植被丰茂，风景如画。这片沃土确实是个好地方，在此地度假康养受到了好评，国家把七里坪康养小镇确定为休闲养生的示范地。

走进七里坪国际度假示范地，在视觉上就令人惊羡！园林式的联排小洋楼风格一致，全是四层小洋楼，它们被森林绿色拥抱，高矮错落有致，被规划成一个一个带英文字母的小区。蜿蜒的小区公路串联起各个小区。由于建筑风格相似，进入小区容易迷路，只有看路标来识别来去往返的路径。我去过多次了，感觉七里坪就像迷魂阵地图，老是让我辨别不了方向。七里坪的山间小溪、森林禅道和温泉水池等，足可让你玩几天新鲜，可待久了，我就会产生审美疲劳，天天看绿色固态的风景就觉得没劲了，这似乎缺少点什么？应该是缺人脉缺人气，硕大的小区不认识一个人，尽管可到七里坪仿古小镇吃西餐和中餐，晚上可以在小镇大戏台要上一杯茶看演出，可几天的新鲜劲一过，就待不住想走了。究其原因，实质上就是缺人脉，缺那一点城市化生活。反过来，七里坪欠缺的东西，谋道苏马荡能弥补，这里有城市化的生活，这里有人气风景，这里更有亲朋好友，真是各具特色和优势。可能苏马荡与大名鼎鼎的峨眉山相比影响力不够，可能在规划设计和硬件等建设方面有差距，但在凉爽空气和水方面可以打个平手，在人气方面显然要超过峨眉半山七里坪。

　　实话实说，年轻且正在发展中的苏马荡其综合条件与之相比是有差距的，就峨眉山这世界名山的无形价值也高多了。苏马荡和七里坪应该没有可比性，两个地方走的路径不一样，七里坪一开始就定位于国际概念，走的是中高端路线，服务康养的对象是有经济实力的人。苏马荡则是走的大众化路线，从低端起步服务于大部分工薪阶层，而今才萌芽走中高端小区方向。但发展的目标是相同的，都是在创造条件走旅游产业道路。可以说，峨眉半山七里坪已是成熟的旅游景区，苏马荡则正在走向成熟，逐渐演变为鄂西的一颗明珠。

　　走康养产业这条道路，老年人在哪里康养，不一定是因为气候的原因或门前有个大医院。像七里坪的气候温度，不管夏天还是冬天都与苏马荡差不多，但这里的老年人一年四季居住的多。春节期间，后辈把老年人接回成都过年，几天后他们催着要返回峨眉山。七里坪打造的是国际度假小区，这里的山居"候鸟"来自地球村，但主流还是中国人。广东和武汉的老年人在此越冬长住的不少。七里坪最成功的地方，就是康养产业和旅游产业结合得很好。旅馆温泉生意稳定，国际会议中心经济运营正常，其他观光旅游项目正在挖掘中。所以，一个地方打造旅游地产，核心的部分还是旅游康养产业，以卖房子为契机，借此发展和推动旅游产业的发展。我曾经写过文章，谈到了旅游地产建房子，房子修完了做什么呢？智慧的地产商知道挣家本，整长久的旅游项目，做千秋万代的事。如果没有超远的视野，一锤子买卖，耗尽了资源，这样的地产商终究会被市场淘汰出局。人还是要变聪明点，遇事掂量一下，从长作计，方能百战不殆。峨眉半山七里坪康养小镇的一些做法还是值得苏马荡借鉴学习的。

2018 年 7 月 26 日　写于谋道古镇

谋道苏马荡，真是个有缘分的地方

我曾经一起工作过的国企同事，昨天在谋道古镇更新农庄聚会，预先登记为五十人左右，结果来了八桌人，超出了我们的预计。一个企业居然有这么多"候鸟"栖息在苏马荡，我有些吃惊！大家把没来聚会的老厂职工一算，差不多有百人团在大山乘凉避暑，成了谋道苏马荡的新市民，这一支"候鸟"队伍不小呢，相当于一个加强连。老同事见面，甚是亲热，感慨万分啊！曾经生龙活虎，战斗在机械行业领域，为国家建设奉献青春的同行们，而今都白发苍苍、满脸皱纹，神采依旧，但有些滑稽……你怎么牙齿都飞了？没办法，哈哈……岁月不饶人啊！都一把年纪了，不然怎么会到苏马荡大团圆嘛？谋道苏马荡啊，真是个有缘分的地方。

曾经的国企老厂颇有名气，中华人民共和国成立前是兵工厂，从武汉汉阳兵工厂剥离出来，抗日战争时期移迁到老万县市长江边，生产枪榴弹，源源不断输送到抗日前线，狠狠打击了日本鬼子。中华人民共和国成立后隶属于四川省机械厅，转为民用成母机企业。生产车床、铣床、万能磨床等机械类工具产品。应该很骄傲啊，作为一名国企职工。前几年，我在成都东郊老企业博物馆看到老厂生产的 C618 车床摆在那里展示，陈旧沧桑，非常感叹，这是我们厂的产品，全国多少机器厂都用我们江东厂的产品。这些母机工具类产品出炉，得于企业培养和造就了一批工厂的能工巧匠，现在所说的大国工匠，都是由他们精心雕琢完成的。当时的江东厂挺牛气的，作为四川的知名企业，老万县的龙头机械企业，声名在外。后老厂不断适应于国家建设和市场变化，产品由工具类机床转型农业机械，后又转型为液压机械大型设备至今，幸运的是老厂还存在，继续在市场上拼搏。老万县的机械行业一度在四川规模化且影响力不小，有不少机械类工厂，几十年风雨飘摇中，多为闪了腰伤了筋骨，倒在了残酷的市场竞争中，实在有些可惜了。

曾经的老厂几十年日子过得并不轻松，从名字变换就可以看出一些端倪。中华人民共和国成立时叫万县铁工厂，后更名为四川农业机械厂，企业甩到市场自我生存时又更名为四川江东机械厂，重庆直辖后又叫重庆江东机械厂，现在把后面那一串字改为有限责任公司了。江东厂（简称）在长江的南岸，未搬迁前占地面积很大，工厂环境幽幽，树木茂盛，风景如画，既是公园又是花园，眼前一条长江波涛滚滚。由于企业在郊外，属城乡结合部，企业鼎盛时，职工和家属几千人。厂里的管理承担了社会化功能，一度设有庞大的机构群。企业有汽车队，各种车辆十多台。还设有独立的卫生所，医务人员通常保持在7人左右。昨天聚会我一看就有3名卫生所的医务人员。江东厂的内设机构可以说是按正县级匹配的。曾经科室车间达30多个，中层以上干部达到了近70人，几乎为一个基本连的人数。管理干部和后勤服务人员一度超过300多人，这管理队伍够庞大的。我曾经负责过组织宣传人事和职称等多项工作，还兼任企业六自主改革办主任，这些情况我是清楚的。江东厂作为万州地方上的知名国企，算是老厂加大厂了，它始终在风雨中前行，一路上走得跟跟跄跄，面对市场竞争，现在的日子过得咋样？我想，可能老厂过得并不轻松。

作为曾经国企的管理人员，三十个年头与江东厂有千丝万缕的联系，'感情是很深的，我的今天，或者说人生道路上有点小成就，还是得益于老厂的培养和锤炼。这个厂的历届领导班子队伍都是一支勤于奉献的团队，职工队伍都是一支吃苦奉献善于打硬仗的主力军，多少老工人师傅为国家建设献了青春献子孙，一辈子就窝在山沟里，思想上始终忠于党、忠于国家，为社会贡献力量，展现了中国工人阶级豪迈的精神风采。现在想起来了，一些老师傅挺受人怀念和尊敬的。一次聚会，导出了一段回忆老厂的话，见到曾经一起工作过的同事，聊的说的全是江东厂的事。人生有几十年？一辈子工作四十年退休，有三十年在江东厂，你能忘记它吗？不，肯定不可能忘记，每每在外看到江东厂的老产品，一台车床、一台铣床、一台榨油机……伫立在此，反复观看，就像看到了久别的孩子，那个心情啊，真是有些难以形容，这滋味呀，就是怀念，就是乡愁的表现。人生暮年，似乎这些东西就尤为看得重了。

2018年8月1日　写于谋道古镇

苏马荡"候鸟"文化艺术节，新市民心中的春节晚会

　　苏马荡"候鸟"文化艺术节正在有条不紊地彩排中，与其说是彩排，倒不如说已经拉开了艺术节的大幕。去年苏马荡第一次搞了大型的"候鸟"度夏文艺晚会，效果很好，反响强烈，尽管在秋雨中谢幕，但仍然赢得了掌声。有人说，"候鸟"文艺晚会堪比春节晚会。"候鸟"大型晚会演出，既丰富了苏马荡新市民的文化生活，又激发了大山进一步发展的活力，影响甚广，大大提振了苏马荡这个美丽的小地方的知名度。这样的活动一旦形成惯例，次年就循序自然而来了，苏马荡"候鸟"文化艺术节，也就成了新市民心中的春节晚会。

　　今年的"候鸟"文化艺术节不论在时间还是场地等方面规模都扩大了。原来彩排两天，演出两晚，今年彩排却在四天以上，演出自8月6日开始止步于8月9日，而且在艺术节期间还赋予了新内容，以文化带动经济，举办大山农副产品土特产展销会。这应该是一次升级的尝试。如果明年谋道苏马荡发展的条件进一步成熟，就会将旅游产业结合起来，举办苏马荡大型旅游暨"候鸟"文化艺术节，活动从彩排开始到演出结束至少可安排十天以上，那大山就沸腾了，源源不断、络绎不绝的四海宾客齐涌苏马荡，那阵仗、那规模，其浩浩荡荡的声势定会扬名中国。

　　著名的旅游城市西昌市，每年会在国庆大假期间举办《邛海之夜，海上升明月》大型文化艺术节活动。全是免费赠票，送到游客手中。每天的演出内容不断变化，歌舞类、地方剧等推陈出新、百花齐放，还邀请国内外明星助阵，将文化艺术节活动推上高潮。文化促进旅游业的发展，西昌年年打这张牌，收到了意外的成效。每年这段时间，各地游客蜂拥而至，邛海边的所有问海、听海、看海客栈齐刷刷爆棚，住宿一晚的价格至少也要五百元以上。旅游业兴旺又带动了餐饮业生意的空前绝后，一碗米线至少要十多元钱，水

果生意兴隆，到处的果皮箱都是满满的。西昌举办的中秋国庆文化艺术节，广告词几乎都是定位的：邛海之夜，海上生明月。后面可以再加内容。

苏马荡"候鸟"文化艺术节举办今年是第二届，盛夏季节，到凉爽之都苏马荡举办文化活动，可不可以用凉爽二字来做文章呢？可否取名为苏马荡凉爽之都暨"候鸟"旅游文化艺术节，来突出苏马荡大冰窖的特点。山下酷暑40℃，山上凉爽如春如秋，游客到大山享受清凉世界，吃腊肉嘎嘎，看文艺演出，这生活充满情趣，浪漫无比。这样子，可以促进谋道古镇旅游业的发展，民宿和宾馆，餐饮和当地特色小吃，不知道生意有多好！影响大了，谋道苏马荡还可以在其他季节举办大山特色的文化旅游活动，让大山一年四季都律动起来，淡季不淡，旺季更旺。苏马荡盛夏"候鸟"文化艺术节是个良好的开端，通过实践打造总结出一张品牌，形成一句固定的广告词，年年开展文化艺术节活动，以不变应万变，有效促进大山文化建设和经济发展。

今年苏马荡"候鸟"文化艺术节场地从去年的博云广场移师到马峰坳区域的临时场地。随着谋道苏马荡旅游条件的成熟，没有一个超大型文化多功能广场显然是不行的。年年大发展，连广场这个活动场地都成问题，不能适应苏马荡发展的步伐。谋道苏马荡应该规划实施建设一个有土家民族风情的大广场，利用广场资源，周边修建高档宾馆、国际会展中心、商业城配套及温泉度假村，这样子才能匹配苏马荡副县级区域副中心功能。不久苏马荡副县级管委会班子和机构将正式亮相工作，升级了，责任更大了，任务更重了，可不可以加快点速度，让苏马荡的发展飞起来，实现跨越式的腾飞！几年的奋斗，苏马荡已奠定了基础，相信新的班子成员，新的机构部门，心系大山发展，改变大山面貌，定会不负众望，砥砺前行，将苏马荡新城建设得更加迷人，更加绚丽多彩！

2018年8月5日　写于谋道古镇

苏马荡"候鸟"文化艺术节,开创了文化经济联动的新局面

一场气势恢宏的大型晚会演出堪比中央电视台心连心艺术团赴基层演出的规模,这一情景就发生在苏马荡这个美丽的小地方。凉爽的大山,绿色森林幽幽,暮色余晖映衬,让晚会演出现场熠熠生辉。亲临现场,见彩灯交叉飞舞,万人空巷,热闹欢腾,人气鼎盛,那挥舞炫彩的荧光棒,那手机齐刷刷的小亮点如点点繁星,一下就让大山活跃起来,沸腾起来,这一刻能不激动吗?这一刻多幸福啊!苏马荡,真是个幸福来敲门的地方,实话说,我真的有些激动。这激动来自内心,来自于几年大山发展奋斗的铺垫,今天的苏马荡取得了阶段性的成就,令人刮目相看。作为"候鸟"、半个谋道人,苏马荡的新市民与土家人一起分享大山发展的成果,心里的甜不言而喻,我想,栖息生活在苏马荡的新市民应该有同样的感受。

一场声势浩大的文艺演出,立足于丰富"候鸟"新市民精神文化生活,是苏马荡度夏"候鸟"文化艺术节成功举办的目的。文化兴镇,文化促进苏马荡经济发展,由政府斥资搭台,"候鸟"尽情欢唱,体现了和谐社会,共创文明建设,弘扬社会主义核心价值观,苏马荡走向成熟,继续迈向新时代大发展的有力表现。几年后的谋道苏马荡会是啥样?通过一场文化盛宴,大家心里都会为苏马荡勾勒出一幅多彩的图画,这幅画不是童话,胜似童话,是一个美丽的梦,一个中国梦!这个幸福的梦一定会实现!

昨天上午,阳光灿烂,绿茵茵的大山森林金色弥漫。我信步于苏马荡大道的湖滨小镇,到达了苏马荡"候鸟"文化艺术节的演出场地。今天已经结束了彩排,大戏台很显眼,仿佛比去年的大戏台气派多了,主台中央一块超大电视幕墙,左右还各设有一块副电视幕墙,悉闻利川电视台超大转播团队现场直播文艺晚会演出,让苏马荡晚会走进千家万户,不用到现场也可以分享看到演出。观众场地排列了大片大片的座椅,而且分类划分区域,一切都

显得有序而不紊乱。演出场地周围全是绿色的小店铺，这里人潮人海，广播声、吆喝声此起彼伏，土家妇女跳起了摆手舞。一看，大山的环保特色食品都在此展销，丰富的大山腊肉制品和菌类食品受到了"候鸟"们的欢迎。白天展销会，晚上演出会，连接紧扣，经济与文化牵手互动，开创了大山文化经济联动的新局面。

　　阳光下温度有点灼热，我身上都有点冒麻麻汗了，到庇荫处，山风轻拂，顿时又凉爽无比。苏马荡就是这样的气候，让人舒服。我望着庞大的演出场地，感叹这台晚会需要多少人的努力付出才能让其正常进行啊。我在寻找谋道文体办的宋主任，去年晚会的总操盘是他，而且很成功，今年仍是他领衔掌舵。没有看到宋主任，倒是碰到了陈建平书记。他亲临现场查看，考虑到晚上的交通和安全，不时在根据情况布置工作来确保晚会的顺利进行。一场大活动，最重要的是安全，不能掉以轻心，领导的担当和责任就在此一举。陈书记对我说，只有三千座位，其余是站位，尽管这样，还是不能满足需要啊！在这里你可以看到一个地方官的责任和情怀，从他黝黑的脸上看到了他对地方发展的自信，有这样的地方父母官，苏马荡没有理由搞不好！

2018年8月7日　写于谋道古镇

有感于利川市2018"候鸟"人才座谈会

第一次到利川市参加2018年"候鸟"人才座谈会。利川市委、市政府非常重视这次会议,组织部人才办做了精心安排,市委书记和人大主任等五位领导亲自与会,听取"候鸟"人才的发言,并记录在册。发挥"候鸟"人才的智慧,服务于当地经济文化建设,这项举措率先在海南三亚开始。今年春节我到海南旅游待了几天。冬天的海南瓜果飘香,所到之处看到的都是一群一片的"候鸟",说海南的特点,"候鸟群"就是特点中的一道风景线。上午你在三亚漫长的海边线上,不管是三亚湾还是天涯海角等地方,眼目中都是"候鸟"的身影,他们聚集在一起,或吹拉弹唱、或翩翩起舞、或玩沙戏水、或遥望大海,那个热闹的场景足以说明,三亚是"候鸟群"生活幸福的地方,可以说是人间天堂。其实,整个海南,如琼海的博鳌及文昌等地都是"候鸟"的栖息地。"候鸟"现象成为中国近些年经济发展中不可忽视的消费力量,影响着一个地方的市场经济,被称为"候鸟"经济。"候鸟"经济对促进旅游业有着积极的推动作用,通过实践,一些地方对"候鸟"经济予以了反思,一味的敞放,人多了,当地的基础设施和服务功能项目投入巨大,投入大、产出少,对当地的经济发展反形成了隐形的压力,严重的话还会钳制当地的经济发展,所以,多少吸收"候鸟"的旅游胜地,都采取多种措施控制人口,严控土地和增加购房面积,提高进入门槛限制,收到了效果。

"候鸟群"集中的地方,不乏专家学者和多种社会类型的经济管理人才,能够把他们的专长和本事挖掘出来服务于当地,就是一件天大的好事。春节期间在三亚等地,我都注意到了这方面的报道。利川市为鄂西的一块正在被世人熟悉的凉爽之城,度夏避暑成为"候鸟群"的一种生活选择,年年"候鸟"人数在增加,峰值时"候鸟"数量可达四十万以上,仅谋道苏马荡就有二十多万的"候鸟"数量。我一直在注意搜集"候鸟"部落的人口拥有量,可以说，利川市的"候鸟"人口在全国甚至在世界的旅游地方算是名列前茅的，单指苏马荡"候鸟"部落规模，一定是世界之最。如此多的"候鸟群"栖息在苏马荡，想必也是藏龙卧虎，人才济济，是专家人才的集聚地。因此，利川市用发展智慧的眼光，组织召开了当地首届2018"候鸟"人才座谈会。座谈会上专家积极发言，有的打了腹稿，想把自己要说的话溢于言表，由于人多时间不够，没有让与会人员都来表明一番。我被沙玉山书记点名发言，五分钟的时间确实说不了什么，算是表明一种态度吧！对利川市委的这项举措，发挥"候鸟"专长服务于利川经济发展叫好。

沙书记的态度是真诚的，总结性的讲话中多次向与会代表并通过大家向旅居在利川的新市民道歉。他说，利川市是国家的贫困县，经济欠发达的情况，虽通过努力，依然没有改变这一状况，精准扶贫和脱贫攻坚的任务很重，我们在积极努力，尽量想把事情做好，无奈实在有些条件不具备，一些困难短时间不能克服，对此，自己很内疚，深表歉意！沙书记说，"候鸟"们都来自武汉、重庆等大城市，相比差距，利川是没法比的，这个差距不仅仅表现在经济上，更表现在文化等多方面的差异上。这需要时间来改变。沙书记满怀深情地说，利川市一年的财政收入有限，苏马荡一条环线公路投资十个亿，几乎耗完了一年的收入。利川在发展建设中，方方面面都需要钱，每年当地资金缺口上五十个亿，均由财政转移支付。如此困难局面，仍在积极努力，全力以赴，重点解决苏马荡"候鸟"们生活等方面的具体问题，总之一年比一年好……

听了沙书记一首话，我内心一阵发紧，有点哽咽的感觉。我知道利川市在经济上不宽裕，但没有想到如此困难。我常写文章谈到了利川，认为利川在发展中突破不大，论指标确实很低。利川山清水秀，旅游资源丰富，但这里底子太薄，没有大的工业和科技企业来支撑当地的经济发展。谋道苏马荡的避暑经济，近几年当地政府投入巨大，至今可以说没有收到相应的回报，资源价值回归仍没有达到理想的状态。建一个地方不容易啊，苏马荡的发展一直在风雨中行走，伴随着负面声音前行。多少人会知道利川市实在的经济情况？一些人不满，至今还有人侮辱苏马荡这个嗷嗷待哺的婴儿，尽管这样，父母官沙书记还要一次又一次地道歉，向"候鸟"们说一声对不起。我想说，人啊，要将心比心，人家土家人几十年就这样清贫生活过来了，可我们

"候鸟"只在此生活几个月，何必如此苛刻要求这么高呢？能不能替土家人想想，体谅一下人家的难处呢？谋道苏马荡不是大重庆和大武汉，这个差距永远存在，但这个地方一定充满着阳光和希望，因为，这里有大批善良的"候鸟"队伍，并与此风雨同舟，与土家人一起努力奋斗，苏马荡的明天就会更加美好！

　　参加利川市"候鸟"人才座谈会，聆听沙书记吐露心扉的肺腑之言，很震撼，受到了一次极其深刻的教育，可以说是参会中最大的收获！中午席间，同桌"候鸟"不无感慨：听沙书记一席话，过去我们对苏马荡提些意见，真不该说啊！一个地方发展多不容易啊，何况苏马荡！一次"候鸟"人才座谈会，倒不如说是一次沟通会，更是一次深度了解利川发展实情的见面会，远远大于来提几条建议，发点自己的见解。了解知道利川的实际情况，会帮助我们更加客观地看问题，理智地看待利川的发展，或许我们更应该参与其中，助把力，尽一滴水的力量，大家都奉献一滴水，定会形成涌泉，大美利川就会在梦想中实现，就会实实在在地变化，更加绚丽多彩！

2018 年 8 月 12 日　写于谋道古镇

古镇的家,"候鸟"情思

古镇的夜晚很静,无一丝杂音。只有下雨,雨滴叮叮当当掉在雨棚上,发出了没有节奏的声音。半夜醒了,望着窗外,一片漆黑,没有月光,也没有星星,耳边听到的就是雨打芭蕉的声音。倚靠在床上,拿着手机浏览了一遍,发现已是8月23日了,不知不觉山居谋道快三个月了,这时间晃荡得好快。盘点一下,今年做了些什么呢?乘凉避暑不用说了,四年一度的俄罗斯世界杯足球赛也欣赏了,闹中取静看了一些书,写了十几万字的文章,相比去年差远了。去年三个月我写了一本二十多万字的书,有一百多篇文章,今年懒惰了,一本书居然没有完成。人啊,一旦激情消退,笔耕不辍就大打折扣了。

与亲朋好友打堆喝酒聊天是少不了的,老同事、老邻居、老战友相聚是每年的固定节目,连时间地点都固定下来了。人脉的缘分一旦扎根在某个地方,你想离开放弃那是不容易的。其实回过头想,它也是一种乡愁的表现。8月8日的发小邻居相聚,发小会专程从重庆、黄水、万州恒合等地方赶来谋道苏马荡,为的就是这一天难得的相聚。前天几个曾经在大巴山修铁路的战友相聚,感叹苏马荡的凝聚力,其他地方再好也不是可选择的地方,似乎苏马荡才是乘凉避暑的归属地。因为这里有亲情、同学情、朋友情、战友情和邻居情交织在一起。我儿子到谋道古镇休假,对人家说,他终于明白了父母为何衷情于这方沃土。谋道苏马荡根植于人脉,几十万人聚集起的人气,有着特别的意义。这道人气风景将是支撑苏马荡发展永不止步的风景,有理由可说,苏马荡的明天肯定是美好的,一年会比一年更好。

近些年大山的知名度越来越高,良好的自然环境条件吸引了不少的外地人。武汉人异军突起,成了乘凉避暑"候鸟"队伍的主力军。一个武汉人在谋道苏马荡扎下根,就会串出不少根须,引来亲朋好友一大串买房,人脉关系网一下就铺好了。每年武汉人结伴而来，队伍不断扩大，栖息在古镇和苏马荡新城，过着惬意的生活，凉爽让他们心花怒放，心里舒服得像灌了蜜。山居多年，认识了不少"候鸟"朋友，他们与我聊天有着不同的话语。万州人与我交谈说生活方面的事多，有些抱怨情绪。武汉人和大重庆人大都关注苏马荡的发展，谈前景和未来的事多，有更多的建议，尤其是武汉人建言古镇的打造重建显得积极。他们对当地的发展抱有信心，希望苏马荡搞好，知道发展两个字的重要性，只有发展和不断发展，苏马荡才会发生更大的变化，造福于新市民。

  对待新事物，有人说好，也会有人说不好。现在的生活多好，社会安定，国家富强，每月退休工资足额发放，咋不好好地享受生活呢？忧国忧民的事说了一遍，就交给下一代去办嘛！年轻的一代有知识、有文化、有责任、有担当，他们会办好事，会把苏马荡发展的事办好！

  说了一通话，古镇的天还是黑的，静得只听到几点雨滴撞击的声响。立秋后，大山就会是一场秋雨渐渐凉，山下酷暑热浪，这里似乎就进入了秋天。其实，我很不情愿在大山古镇过秋天，因为，山居的日子越来越短了，到时就得离开谋道古镇博云小区这个家了，虽有些依依不舍，但没办法，谁叫我们是"候鸟"呢？是"候鸟"就得飞，飞到这里，飞到那里，甭管到哪里，都是我们的家。古镇的家，"候鸟"情思，始终伴随着我们的未来。

2018 年 8 月 23 日　写于谋道古镇

写在改造修复谋道古镇座谈会之后

昨天参加了谋道古镇改造座谈会。与会代表畅所欲言,谈了自己的看法,总的来讲是以积极的态度支持政府打造改造谋道古镇现有的几条街道,让其富有土家特色风貌,提高档次,提高知名度。

谋道古镇过去是热闹的地方,历史追溯到民国有名人提字楹联佐证,当地有关庙和文峰塔等;有老街石板路,有参天杉树与蓝天接壤;商业氛围很浓,逢场赶集,人来熙攘,面馆酒店,吆喝不断,刻章理发,围满人群,大小棺材铺占有一席之地。可以想象,谋道古镇过去就是由一条石板老街,两旁不高的木质板房,一些店铺和一条小溪河,以及周围的庙宇峰塔和一棵巨杉组成的。古镇的面积应该不是很大,有驿站的功能,因为它是川鄂的交通咽喉,齐岳山是道屏障,湖北利川等地出山到长江,原四川万县市进山到利川恩施必经谋道翻齐岳山。谋道古镇其交通要塞凸显其地理位置的重要性,因为交通便达,消息并不封闭,古镇周围的村落后生到长江边城市万县抗家湾师范读书的不少,土家人有兴师重教的传统,皆因有了这一条入川的通道,说盐大道可以,说茶马古道也可以。

谋道古镇有着千年的历史渊源,亦属巴国文化渊源。这里的原住民多为土家族,土家族又是最接近汉族的民族,可以说在文化方面几乎没有太大的差别。就土家人住的木质结构楼房 20 世纪五六十年代在老万县市比比皆是,童年我家在老万县市牛滚凼的住房就跟土家人木楼一样。这个记忆非常深,天天早上我趴在木楼阳台栏杆上,望着小街的石板路,看行人走路,下雨天有人脚踩跷石板,一股泥巴水溢出祸及他人,如果是小孩所为,听到的就是:砍脑壳的,好生走路嘛!所以,在谋道古镇旁边的南浦村,看到一些土家人住的木房子我甚是亲切和熟悉。

时过境迁,谋道古镇变化很大,可以说是物是人非。谋道老街的模样只留在了当地文化人赵明启和覃太祥的脑海中了。座谈会上赵明启就他心中的老谋道和新谋道以及谋道古镇的历史作了阐述，更加深了我对过去谋道古镇的印象。过去的谋道古镇在与会人员的脑子中，怎么来改造和恢复呢？要全面还原那是不可能的。改造谋道古镇，我们要把历史上的谋道和现实中的谋道结合起来，既要尊重历史上的谋道古镇，又要从现实情况出发来变化谋道古镇。任何一个地方的古镇古街历尽沧桑巨变，都扩大了范围，我们不可以回到过去的那一点古镇小镇的面积，也不可能回到过去那些木楼板房，布满青苔的石板路，只有吸取其古文化内涵，把土家人建筑人文元素加以运用，为了推动旅游产业，可以复制原来的庙宇峰塔，像谋道的关帝庙和文峰塔就可以选址立在杉树王公园附近，丰富植物公园的景观，不要让杉树王爷爷太孤独了。

　　恢复和改造古镇最大的目的非常明确，那就是要发展旅游业，把游客吸引到古镇来，拉动一方经济的发展，否则，没有必要搞。不可能花一笔巨资给一些人来享受，别说利川是个经济欠发达的地方，就是发达的城市和一些地方也不会做这些毫无收益的傻事。中国在快速经济发展，走市场化道路，每做一件事要算账，文化人要有市场化认识，不能偏颇性看问题，要客观多角度审视文化，让文化派上用场促进经济发展，这才是我们改造修复古镇的目的。我想，谋道古镇的改造修建就要立足以上观点，借打造改造谋道古镇，带动谋道全域旅游产业的发展，搞活当地经济，造福于土家人。说谋道古镇的事，有些人留言，说我老喜欢加个古字。我为什么要加古字，你看了这篇文章应该就明白了。说古论古，借古促今，一句话，就是发展旅游业的需要，也是传承古文化的需要。

2018 年 8 月 24 日　写于谋道古镇

享受静静的时光，山居苏马荡惬意的生活

昨天星期五，下午我到苏马荡去走了一圈。按说周末苏马荡大道马峰垇往陈家湾这一段交通是拥挤的，车多人多，可昨天这一条道上车少人少，交通顺畅，看来"候鸟"飞走了不少。飞走的"候鸟"是不心甘情愿离开苏马荡的，因为山下城市还是酷暑时段，无奈要送孙子上学，舍凉爽，回城市受火炉煎熬。有些"候鸟"说，如果不是带着管着孙子，至少要住到十月份才离开大山。我知道，苏马荡十月有金秋季节的味道，秋天会早早来到大山，八月十五在苏马荡看月亮，你得穿上夹衣，天气渐凉了。天上那一轮大月亮光映磁洞沟大峡谷，月光下的森林泛着青色，几处村舍炊烟袅袅，寂静的山夜洒下一片月光。天空上的月亮又大又圆，有筛盘那么大，月亮里面的山形似乎都能看得到，只差一只兔子跑了出来。留在山上的"候鸟"在中秋节总会聚在一起，喝着酒，聊着天，笑看苏马荡那一轮特别的大月亮。

太阳当空照，站在阳光下还有灼热感，苏马荡就少风了，可想而知，邻近的万州肯定是闷热酷暑，人一动就挥汗如雨。我下了车，三步并作两步到了苏马荡红色书吧，一进屋顿感凉爽不少。"候鸟"走了不少，看书的人也较以前少了许多。但书吧很静，少了小孩的喧闹。这个时候看书多好，书香伴着茶香，抿一口茶，翻一页书，享受着静静的时光，山居苏马荡惬意的生活，这味道就出来了。红色书吧的条件不错，厅堂宽敞，多项服务功能具备，喜欢吃小零食，超市就在眼前。只是感觉书架上的藏书还是少了点，世界名著和历史方面的书籍显得更少。知识的海洋还需灌溉蓄水，可以采取受理"候鸟"新市民赠书，让红色书吧丰富起来。

好久未到这方来，这方的杉树依然挺拔，像一排卫士保护着大峡谷。杜鹃长廊伴随着杉树，依然像一串项链盘绕蜿蜒于崖壁山间。阳光辉映着峡谷，

杉树尖摇头晃脑，轻风习习吹来，对面齐岳山风车涌入眼帘，此刻此时，就是苏马荡随意笔下的风景画。不到崖边，不知道苏马荡有多美；到了崖边，你便知道这里有诡异的云彩，如薄衫如翼的仙女轻歌曼舞于山间，一幅幅山水画泼墨于峡谷中，云霞映空，云雾缠绵，彩虹横跨，一片银海铺满峡谷……这确实有些诗情画意，引无数文人骚客陶醉在苏马荡。

　　我远望磁洞沟大峡谷的景致，浮想联翩，这里毕竟是我到苏马荡最开始居住的地方。六年前的五月初，大山阳光灿烂，夕阳落日，我早早地躺在床上，恍恍惚惚，无法入睡。怎么也没有想到在风景如画的苏马荡有了一间房，与森林邂逅，听山风呼啸，听知了大合唱。一片月色从窗户挤进了房间，眼目繁星，忽然一颗流星划过，这一切就让我有一种恍若隔世的感觉。就是这种感觉让我喜欢上了苏马荡，结缘于苏马荡，我便爱上它了。

　　我拿起了笔，开始写苏马荡，写啊、写啊，这一写就没有停下来；写了数百万字，写了几本书；写得大山喜极而泣，写得山姑娘羞羞答答，山姑娘说：郑老师，别写我了，怪不好意思的。哈哈，姑娘，你这样美，像一朵娇艳的山菊花，不写你怎么可以呢？苏马荡的美是朴素的，是灵动的，彰显出一种独特的魅力，磁铁般吸引了二十多万"候鸟"来此栖息。这是一支浩浩荡荡的队伍，犹如红嘴鸥从西伯利亚飞来，在天空中呈现出罕见的景观。在昆明滇池，我看见海鸥纵情飞舞，那密密麻麻的阵仗，顿时就想起了苏马荡的"候鸟"，如果给大山的新市民装上一双翅膀，在苏马荡天空上飞翔，这道风景简直举世无双。

　　近几年我住在古镇上，偶尔去一次苏马荡，每次去都心怀敬意，尤其留恋那个地方，曾经在此度过三个夏天的崖边小屋。小屋视线宽阔，一眼洞穿齐岳山，清晨阳光从树缝中穿过挤进你的床上，与我打招呼：别睡了，懒虫，起床了！外面的空气多好！晚上月色袭来，一抹月光微微笑：你该洗洗睡了。赶紧拉紧窗帘，躺在床上，耳畔仿佛听到了月光曲，一阵子就安然入睡做梦了。我梦到了满山崖的杜鹃花，杜鹃姑娘穿得多美啊！红的、紫的、白的、黄的……尽显五彩缤纷。我来到了杜鹃花之间，与她们耳语悄悄，那边的山菊花有意见了，叔叔、叔叔，到我们这里来玩玩。好，菊花小姑娘——其实，我喜欢这些野丫头山菊花小姑娘，是她们长时间无私奉献，点缀装饰着大山的美！苏马荡的美，有着她们特别的奉献——山菊花，你真美！苏马荡，你总是让我写不够，这可怎么办呢？

2018 年 8 月 25 日　写于谋道古镇

第三章　如诗如画

文化建设遍及苏马荡小区

昨天下午与利川电视台工作人员一行走进苏马荡夏都生态园，尽管头顶着炽热的大太阳，一到小区庇荫处，就感觉凉爽舒服。夏都生态园确实不假，到处都是绿茵茵的，房子在树林中，树林紧靠着房子，风一吹，树枝偏倒在房子阳台上，与人类亲密接触，人与自然和谐的面画在大山回放，这一幕使人心醉。

我站在一家"候鸟"的阳台上，举目远眺，对面齐岳山的风车一排排立正稍息，茫茫林海，绿色葱茏；放眼过去，绿色的山峰波浪起伏，仿佛就是一片绿色的海洋。眼目绿色，青山遮不住，风景这方好，真是美不胜收，赏心悦目，苏马荡真美啊！我对毕主任说，在这里居住，一眼洞穿森林，听百鸟欢唱，呼吸着鲜氧，这日子美得不得了。难怪重庆的"候鸟"到夏都森林里居住，情不自禁，喜笑颜开，打着酒嗝儿，心里甜得灌了蜜。我问他们："怎么样，这房子买赚了吗？"重庆人说："那是、那是，住在夏都舒服啊！我们要住到十月份，凉快了才回去。"苏马荡这个地方一年比一年好，喜欢这个地方就要包容这个地方，还要保护好苏马荡这绿色森林。

来过夏都生态园几次，每次都是来去匆匆。我知道夏都生态园与林海云天小区是邻居，两个生态小区是苏马荡最大面积的"候鸟"栖息地。可以说，你到夏都和林海云天转一圈，犹如在逛森林城市中的童话世界，置身于森林绿色中，恍若到了仙境。脆生生、绿油油的环境，知了大合唱，阳光射线交叉，斑斓的光影，都给你带来丰富的想象力，大自然的魅力，真是奇妙无穷。苏马荡美在大自然与人类和谐相处，几十万"候鸟"拥进森林的怀抱里，森林更富有生机了，更灵动跳跃了，更加妩媚动人了！

夏都生态园近些年变化很大，也在对小区建设提档升级，由于有得天独厚的森林条件，不断引进了不少高端人士到此购房入住。小区的文化建设也在创建发展中。我走进夏都的业主活动室，一些"候鸟"在打麻将，一些"候鸟"在打乒乓球，一些"候鸟"在看书；最为显眼的是，大厅到处挂满了书法作品，一卷几米长的《谋道赋》铺在地上，好像是刚裱好的。秀美的文字足见作者的书法功力。这些作品都是小区业主郭老师写的。郭老师八十高寿了，是万州区农业局退休干部，一生喜爱写字，是全国老年书法协会的会员，举办过三次个人书法展，作品被重庆档案馆收藏。夏都小区为郭老师开辟了一块书法园地，提供了纸墨，郭老每天下午在此上班，免费为小区业主赐字。老人家有了精神寄托，山居夏都，生活充实，满脸阳光。

走到郭老师身边，握着他粗大有力的手，郭老师身体好康健啊！郭老师指着墙上的挂幅题字对我说："我这人生活简单，喜欢做点公益事，就按上面两句话做人做事，只问一二，不问八九。"看得出来，老人家心态很好，喜做善事，乐在其中。"老人家，能否赐我几个字？""可以啊！你说什么字？""就'西山湖'三个大字。"郭老师铺好宣纸，挥毫舞笔，片刻，三个有力度的大字'西山湖'就写好了，然后在纸上分别盖上了大印。"非常感谢郭老，你是老万县市人，到时我会带上一本书《老万县市碎记》送给您。"我再次握着他的手告辞了。

走进夏都生态园，看到了这些小区今年在文化建设方面都有突破，这些件好事。我写过不少文章，希望苏马荡各个小区都向林海云天学习，抓细节服务，特别是要给"候鸟"创造提供文化环境，山居几个月的"候鸟"需要精神生活，不仅仅是到大山乘凉避暑，还要享受到文化生活的滋润。一个没有文化意识的小区是有缺陷的，重视到精神文明的重要性，这个小区就会健康发展，经济发展就会更上一层楼。文化建设遍及于苏马荡小区，更要抓而有实。

2018 年 8 月 26 日　写于谋道古镇

我眼中的苏马荡

　　人上一百，形形色色，每个人眼中的苏马荡是不一样的。有的人眼中的苏马荡很美，有的人眼中的苏马荡不美，甚至有的人说苏马荡丑得哭，其实，这些看法都是因人而异，自己站在不同角度的认识罢了。

　　每年到苏马荡乘凉避暑，山居的"候鸟"一年比一年多，大山很热闹，对苏马荡说法也多，建言献策也多，说苏马荡应该怎样怎样……有的人说苏马荡新城，走进小区赏心悦目，跨出小区走到外面的公路就不好看了，一条苏马荡大道逼仄拥挤，与小区的风景相差甚远，甚至有个别人说乱糟糟的。也有的人说苏马荡小区不伦不类的，需要规范一些园林设计标准，修了如此多的房子，不晓得消失了多少树，既然消失了就得补栽，到处都栽树，还我一片树林。林子大了，鸟多了，自然各种声音就出来了。这很正常，无可厚非，每一个人眼中的苏马荡标准也就出来了。

　　我是一只老"候鸟"，我眼中的苏马荡，无论内外，都很美。一条新城大道经过打磨，越来越好看了。前两天到红色书吧，公路两边，这边是停车场，那边是休闲的小园林，"候鸟"们躺在吊床上，边摇边看长廊峡谷，那味道啊，就是人们向往的山居生活。公路人行道还在铺整，继续延至陈家湾。大山风景区的公路都不宽敞，我到过黄水、峨眉山，上景区的公路都弯弯曲曲，窄窄的，有的地方错个车还困难，相比之下，苏马荡新城的公路算合适了。如果把苏马荡大道整成双向四车道，这算是在森林里山居吗？还有风景区的味道吗？苏马荡就是苏马荡，她不是大重庆和大武汉那样的大城市。

　　我走进皇家一号、依云国际、佛罗伦萨、林海云天、夏都生态园、罗马假日、香山别院等小区，觉得小区的景观景致各有特色，非常养眼。该绿化的，该美化的，该栽树的地方，该点缀的地方，都已经做得很好了。小区既是公园，又是花园，而且有独创的表现，令人眼目一新。因地制宜，创新设计，打破常规，特色突出，不照搬照套，苏马荡的本色，我看不比一些书本上的设计差。每年我都要到峨眉半山七里坪国际度假区待上几天，尽管是请英国著名园林公司设计的小区，有着自己的特色，房子都整齐划一，确实养眼舒服，但我觉得有些洋化，人造痕迹太重，整个小区很平坦，立体感不够，平视超远视野差。可咱们的苏马荡，你站在依云国际、林海云天、夏都生态园看齐岳山，那茫茫林海，波浪翻滚，一片绿色，心里即刻拥有了一个大世界。苏马荡呈峡谷坡状型，小区房子都掩隐在森林里，不娇贵，凸显出自然美，与大自然浑然天成。苏马荡非常独特，景观景致区别于各个地方的风景区，山姑娘，素打扮，越看越好看！

实话说，哪儿有这苏马荡景区这样的条件哟？超大的小区仰卧在森林里，大山峡谷拥抱着森林，森林里展现出梦幻般的童话世界，住在大山森林中，伸手可触白云，伸手抚摸树叶，小雨丝丝如柳琴弹拨，小松鼠向你问好，小鸟为你歌唱，这样的诗情画意，你感觉不到有些微醉了吗？苏马荡自然生态，一幅灵动的图画，你站在崖壁边，就能体验到苏马荡动静相宜的画面，动起来的画面很美，静悄悄时更有羞涩含蓄的美。不管怎么看，我眼中的苏马荡与其他地方不同，站在高巅俯瞰苏马荡，那磅礴大气，气贯长虹，伟岸傲雄，彰显出一种非凡气质，这气质展现出一种精神——苏马荡精神——美美与共，诗与远方……

苏马荡在发展中，需要借鉴和取长补短，更需要彰显自己的个性，走自己的路，突显自己的特点。没有必要束缚自己，坚定走自己的路，在发展上自信，在道路上自信，在文化上自信，靠自己努力奋斗，打造出与众不同的苏马荡，着眼于未来，向世界著名风景区看齐甚至超越，苏马荡走向世界，耀眼于世界，这个日子不会远。总之，我眼中的苏马荡，她内外兼修，朴素大方，越看越好看！

2018年8月27日　写于谋道古镇

敬畏法律，警醒自己，做合格的新市民

敬畏法律，警醒自己，遵纪守法，做一个合格的新市民，阳光般地生活，对山居在苏马荡的"候鸟"显然是重要的。

每年到苏马荡乘凉避暑，这里的空气和凉爽令人舒服至极！这里的蓝天白云自然风光令人陶醉！但这里总伴随着不和谐的声音，有的人把简单的事复杂化，遇到不顺心不满意的事，散发渲染负面情绪。有的人因停水停电，堵路闹事，又歪又恶；有的集聚一帮人在地方政府门前拉起横幅示威请愿，还有的人利用网络散发不满情绪，指桑骂槐，攻击他人，还以提示告诫人家的手段，抱团多人诋毁正能量。有的人不知道，自己的行为很危险，已经滑向了违法的边缘，脚已经踩在了违法的边界上，如果一意孤行，哪天自己掉进法律制裁的圈子里去了，到时追悔莫及。

这篇《扫黑除恶》法律知识盘点文章，我都逐条看完了，感触很深呀。作为一个中国公民和苏马荡的新市民，理应学习这些法律知识。人老了，退休了，才有机会到美丽的苏马荡修身养性、乘凉避暑，享受生活。在山居中，要多学习，多看书看报，活到老，学到老，人退休了，咱们思想上不能退休，不能让后辈耻笑我们。有时候，也要问问自己，我们对国家和社会尽责任没有，或者说，我们做得好不好？是共产党员的，我们发挥先锋模范作用没有？与党中央在政治上保持一致没有？我们管住自己的嘴巴没有？与一些普通老百姓一起发牢骚说怪话，应该吗？苏马荡在发展中，一步一步在努力，一年比一年好，尽管还有好多事未让人满意，但"候鸟"生活方面的问题正在逐步解决。

应该说，山居苏马荡的"候鸟"绝大多数是客观看待大山发展的，支持和包容苏马荡这个美丽小地方——发展之路走得踏实而坚定。因为这个地方是"候鸟群"栖息的窝，是新市民的第二故乡。苏马荡，连着你我他，大家

当然希望她变得更美丽，因为，苏马荡是我们的家呀。

　　前段时间，记者采访我，问苏马荡几年来的发展，最大的变化是什么？我脱口而出，人的思想变化，是泛指，而不是单指。第一是当地的公务员队伍，第二是当地的土家人，第三是山居的"候鸟"。大家都深刻认识到发展是硬道理，认准发展二字不动摇，一起努力拼搏，风雨同舟，朝前走，不退却。只有发展才能改变土家人的命运，只有发展好苏马荡，一切问题才能在发展中迎刃而解。今天看苏马荡阳光新城，生机勃勃，姹紫嫣红，就是思想进步、思想大解放而取得地成果。我们为苏马荡发展取得的成绩而高兴，庆幸自己在这块风水宝地舒服地养生，发展造福了土家人，同样也造福了我们这些新市民。我们有理由相信，未来的苏马荡前景看好，越变越生态，越变越绿色，越变越美丽！

2018年9月1日　写于谋道古镇

第四章　观山览水 ▶▶▶

西昌雅安行（一）

昨天中午与朋友一起小聚，喝了几盅酒。临时动议：到西昌走走。说起西昌，成都人对这个高原小城太熟悉不过了。一是属于四川，与成都直线连接不是遥远的距离；二是它属于少数民族地区，彝族同胞和康巴汉子大名在外……康定悠悠的城哟，一支流传广泛的民歌始终让人留恋向往；三是人民生活水平提高了，西昌这个阳光充足的城市吸引了大批的候鸟栖息。西昌卫星发射基地和邛海风光更是吸引四方游客纷至沓来。

儿子驾车载我们一行从成都市中心出发，小孙子高兴得手舞足蹈，一路上嘻嘻哈哈。好多年没有出门旅游了，也产生一丝新鲜感。汽车在高速公路飞驰，离成都越来越远，一阵工夫就上了雅西高速。特别要说说雅安至西昌这条天堑大道。雅安是座雨城，景色秀丽，其碧峰峡扬名千里，大熊猫和蒙山茶都在这里生长，让人们尤为熟悉。雅安可以说是四川的门户，它与西昌连接在地理上是最佳的方案。雅安至西昌大约两百公里，这可是高速公路的里程。整个线路崇山峻岭，风光无限，秀色可餐。一眼望去，到处绿色葱郁；大渡河波光粼粼，一汪湖水令人陶醉！这条高速公路在云端上飞行，几乎在平均海拔 1500 米以上，不是桥梁就是隧道，泥巴山隧洞长达十公里，着实让汽车跑了一阵子才露出了头，可见施工难度大、造价高，在中国乃至世界都是罕见的。

为了安全，汽车速度一直保持不超一百码，晚上八点到达西昌城。一踏上航天大道，哇，我有些惊讶！好漂亮的一条景观大道，又宽阔又笔直，华灯初放，星光闪烁，一下把我们带到了神秘的伊甸园，这里别有洞天，让我们甚是惊喜……齐叹：这城市真可以与成都媲美，难怪房子超贵，在四川的厅级城市相比，尽显王者风范。

入住酒店后，我们一行前往好吃一条街，岂止是一条街，整个西昌城灯火辉煌，到处都是云雾缭绕，怎么回事？这海拔1400米，四季如春的浪漫城市怎么会炊烟袅袅遍地烧烤？儿子告诉我：这里的地方特色，到西昌就得品尝彝族人正宗的烧烤。这烧烤环保，是用木炭作为燃料。选择了一家火焰山餐厅，是彝族人开的烧烤店。一到现场，那情景、那阵仗甚是吓人，一桌人挨着一桌人，一大炉靠着一大炉，炉盘上放满菜肴，小猪儿肉大坨大坨地串在棍上，放在炉子上煎烤，翻过去翻过来，油汁溢出，香味扑鼻。抱着试试的态度，尝尝鲜，还行，只是晚上不敢嚣张多吃。可年轻人却不一样，他们大块吃肉大碗喝酒，兴趣盎然，完全放松，情迷在西昌城，情醉在太阳城。

　　旅游就是一种生活的调整，好的心情会非常愉悦。今天我们游览西昌城，感受城市风情，当然要亲临邛海，目睹邛海风光，还要去吃醉虾鱼片，到时会发照片与大家分享，等着吧！

2015年10月5日　写于西昌天季酒店

西昌雅安行（二）

西昌邛海比猿人的历史还长，180万年了。邛海在泸沽湖之下，是四川省第二大淡水湖。有杭州西湖五个大的面积。邛海由于历史悠久，拥有很高的知名度，使很多游客十分向往。都说邛海颇具特色，风光优美，海水碧蓝，水质无味。虽然是高山上的平湖，却不称邛湖而称邛海，据说就跟水质有关。现在的滇池，地处云贵高原昆明市，海拔高度约1880米，硕大的滇池水黑且墨绿，局部水域散发出的异味，叫人捂鼻。而邛海与滇池相比，却是另外一回事，没有任何异味，水绿清澈。

一大早就起床，去餐厅用了早餐。稍作休息我们就赶赴邛海。西昌的天空，阳光劲射，头顶的白云似乎伸手可触。虽然阳光明媚，身上却有些凉意。高原气候早晚偏凉，温差较大，与云南、苏马荡如出一辙。

汽车一路驶往邛海大门，途经城市多条大道。感觉这个城市规划很好，房子高矮适当，漂亮整洁，很有成都的风味。尤其是街道卫生，环境保护都具一流水平。沿途我们看见了繁华的商业区域，因为是旅游城市，林林总总的商业店铺遍地皆是，四面开花。旅馆跟丽江一样，抬头随见，多得不能再多了，星级酒店的星星数也数不清，简直就是满城繁星。但整齐划一的招牌给人感觉清爽且舒服。这方面工作政府是花了力气的，而且做得非常好。

到了邛海边，宽阔的海面上到处都是彩云飘飘，细心一看，原来是大小船只在海上行驶漂浮，颜色艳丽、风格各异的旅游轮船承载着远来的客人在邛海上游览观景。一部分快艇飞驰而过，惊得游客大呼大叫。邛海确实美，"虽然看得到对面的山，对面的房子，但邛海毫不声张，默默静静，虚怀若谷，实实在在，天天尽职尽责，承受着成千上万的人到此观赏；一些不自觉的游客老是乱扔垃圾，让美丽邛海蒙羞，不堪重负。"今天，我看到了邛海的美中不足：海边漂浮着大量的白色垃圾，尽管每天有人花力气大量清除打

捞，但随着游客的大量涌入，真担心哪一天会再有一个滇池出现。如果是这样就太对不起老祖宗啦！

　　沿着邛海边缘的栈道，一路观赏美不胜收的风光，心里对西昌这块地方有了新的认识，甚至有些崇拜。西昌一个地级市能做到经济全面发展，各方面工作突飞猛进，尤其是把旅游经济打造得这样完美无缺，真是令人羡慕，令人惊喜！当然，希望西昌发展得更好，造福社会。

2015 年 10 月 5 日　写于邛海湿地公园

西昌雅安行（三）

20世纪60年代炙手可热的样板戏《芦苇荡》，曾是一部反映抗日战争题材的戏剧。北方游击队战士在芦苇荡与日本鬼子巧妙周旋，殊死搏斗彰显出机智神勇的英雄故事至今广为流传。芦苇荡里，青纱帐下……到处都是我们的游击战士……这些耳熟能详的歌曲现在仍有些记忆。所以，对芦苇这植物似乎脑子里熟悉，实际上真很少见过。昨天在邛海湿地公园东边部分待了半天，这公园名字亦称观鸟岛湿地公园。公园好大哟！邛海东边与陆地的结合处全是湿地，整个湿地一片片的芦苇在阳光下泛起银色，鹤立鸡群于杂草中。微风习习，芦苇不停地摆动，远处看去，看似一波一波的麦浪滚滚。没有芦苇处的地方，全是大面积的荷叶，青青的荷叶夹杂着大片的残枝败叶，呈现出青黄不接的画面。

当然，正当荷花盛开时，荷塘月色，情趣邛海，加上西昌的月亮又大又圆，那景色肯定是非常美丽的。荷塘满满的蛙叫，让邛海的夜晚热闹非凡，不会寂寞。湿地保护完整，植物未受到丁点儿损害，鸟类栖息在湿地，飞来飞去、自由自在。政府将湿地的边缘陆地全部打造为滨海景观游览大道，供市民和游客玩耍的同时，可全程一览无遗地观赏湿地景象。东边的观鸟岛湿地公园甚是美丽，那邛海西边的湿地公园又怎么样呢？

下午四点半，儿子驱车风驰电掣在邛海沿边的大道上，沿途的大树一掠而过，美丽的海边风景留在心中。西边的湿地面积更大，政府并未将其打造成公园，而全用铁丝网隔离，可以让人从外面观看，不能进入。这一大片湿地外围的陆地尽是蔬果大棚，种植了大量的蔬菜水果。西昌日照充足，水果长势良好，又大又甜的水果满街都是，看后馋嘴。碗大的石榴、丰满的芒果，价格才三至五元一斤，确实够便宜。西边湿地的终点在邛海尾端结束。好别致的邛海湾，水波涟涟，海边倚着大山，山上植被青青，山下大片新房，炊烟四起。原来山上都住着彝族人，现在都下山居住，住的都是新房子。国家的好政策使彝族人过上了好日子，他们都在忙碌着小生意，开饭馆，卖饰品，依托旅游业发展而生存，成为西昌旅游服务产业大军的一支重要组成部分。

邛海的风光吸引着大量的游客到此一游。大面积的湿地也吸引人们对此产生环保兴趣。如今，游客在玩耍观景的同时，非常关注自然环境的保护，这方面的意识广泛增强。中国人过上了好日子，有钱周游世界，看到国外对大自然环境保护措施可行，利在千秋万代。中国的旅游区域亦要借鉴人类先进文明，保护好自己的家园，特别不能遭到人为的破坏。如果一个地方将自然环境重视并大力保护，像西昌邛海这样，那该多好，多么受人敬佩和赞扬。西昌邛海，真是个好地方。

2015年10月6日　写于西昌酒店

西昌雅安行（四）

我在西昌这座漂亮的城市待了三天，有些依依不舍且有流连忘返的感受。西昌给我的印象很好，但再好也要离开呀。早餐过后，收拾一番，即刻出发。一路阳光陪伴，一溜烟就驶出航天大道，进入高速公路。在高速路飞奔，起先还顺利，车行二十公里处，前面的小汽车在缓缓爬行。怎么个情况？是否因车多打拥堂放慢了步伐，还是其他原因？总之情况不妙。无奈只有跟着后面随大流，慢慢滑行。运气真不好：结果是前面的小汽车追尾擦刮，影响了交通。心想，今天可糟了，不知要在高速路滞留多久？车一点一点地移动，十几公里用了近两个小时，心里烦透了。国庆大假就是这般交通现状，我们真正领教了。总算云开雾散，缓慢的汽车队伍加快了速度，所有的汽车一下飞了起来，几个小时后，我们到了雅安市。

傍晚的雅安已夜雾蒙蒙，天空呈一片灰色。雅安是个雨城，一年四季雨水特别多，三天两天下雨，太阳日照偏少，这个城市没有水果蔬菜出产丰盛之说，只有雅安河的雅鱼四处扬名。一条大河是雅安的特征。河水滚滚穿越城市，两岸房屋沿途可见，几座大桥横跨南北。最漂亮而富有味道的廊桥，其古色浓郁、民族风格彰显，像成都的安顺廊桥，但桥的面积超大，这点安顺廊桥是没法比的。晚上，雅安市华灯齐放，沿河两岸星光璀璨、七彩斑斓，廊桥金光闪闪，熠熠生辉。雅安人齐聚这里，跳舞、唱歌好不热闹。孔明灯带着祝福，一盏一盏腾空而起，冲上天空，消失得无踪无影。夜晚的雅安尽显妩媚，像含羞的大姑娘，悄悄绽放光彩，甚是漂亮动人。

雅安对我来说，不是很陌生，十几年前与这里的厂矿有些交道。雅安的内迁企业不少，工业门类齐全，军工单位隐秘大山。这些军工企业转为民用，走向社会，于是就有了生意的接触，隔三岔五电话联系，偶尔还要上门催款。所以，我来过雅安，还算熟悉：一条大河，不时小雨霏霏，雨蒙蒙、雾蒙蒙，给我深刻的印象。昨天故地重游，一家人其乐融融，酒足饭饱，来到河边溜达观赏。小孙子高兴得蹦蹦跳跳，看见孔明灯就来了兴趣："爷爷，你的生日，我们把孔明灯燃烧起来，送上天空。祝爷爷生日快乐！"小孙子满脸稚嫩，俏皮可爱，与大家一起欢呼、一起欢喜，拍着手，看着燃烧的孔明灯升上夜空。几天的旅游将要结束，今天会在雅安城周游一下，已无时间去碧峰峡与熊猫邂逅，也不会到雅安的大山踏青游览，这些雅安的美景留在今后吧，雅安确实风景如画，让人期待！

2015 年 10 月 7 日　写于雅安酒店

西昌雅安行（五）

雅安有家兰师傅挞挞面很著名，是雅安家喻户晓的一家名店，每天吃面尝鲜的人络绎不绝，网上的关注度和点击率都高。兰师傅还为江泽民同志做过拉面，受到总书记的赞扬。

昨天一大早，我们招了辆雅安的出租车慕名而去。出租车师傅对此不屑一顾："你们要去吃兰师傅的挞挞面呀？吹出来的，一般都是外地人去吃，本地人不去吃。他的拉面又贵又没有本地其他店拉面味道好，东西还作假了，笋子老邦邦的。"遭到当头一棒，似乎有些晕，兴趣荡然无存。兰师傅店不远，我们下了车。眼前小店不大，倒也精致。跨进小店，引人瞩目的墙上贴满了被授予的名店牌和江泽民到雅安视察的照片和报道。吃面的人不少，生意兴隆。我看吃面多为本地人。挞挞面的品种多：牛肉、三鲜味等任其选择，十元一碗二两面。尝了尝两种味道的拉面，比兰州拉面好吃多了。出租车师傅说的一席话，我们无法去其他店尝鲜比较，但我还是第一次听到当地人贬损当地人的，在雅安我们刚巧遇上了，我想这样的人，应该还是属于少数。

雅安是个地级市，1955年之前是西康省的省会，后撤销西康省并入了四川省。雅安市地域较大，人口140多万，年国民生产总值不上五百亿，相比西昌市，雅安差距就大了。西昌人口70多万，年国民生产总值突破千亿，单从西昌城市面貌就把雅安甩得远远的。雅安是座老城，出租师傅说，雅安这些年变化不大，看人家西昌，雅安人挺没有面子的。果真也是这样，从发展速度上雅安已落伍了，较西昌有了距离。

其实，雅安并非止步于发展，我们看到了雅安新城的建设，一条笔直宽广的大道至少也是十几公里，大道两旁绿树成荫，电梯高层楼房一幢接着一幢，豪华气派，只能说还没有完全修建完毕，但已具相当规模啦！一座雅安新城崛起，着实让人感觉到雅安也在悄悄地变化。说实话，我还是喜欢雅安的老城；老街、老房、老树似乎很亲切，老百姓的生活自由而随意。漫步老街随心所欲，满街的小吃琳琅满目，风味小面冒出葱香味，包子花卷热气腾腾，油条油糕锅盔香气溢流。想吃吗？多简单，就此坐下，来两根油条，一碗豆浆不放糖。边吃边听龙门阵，喜欢在外吃早餐的本地人一阵牛屁话，让你新鲜且增长见识。

  沿着河边，呼吸着新鲜的空气，看流水潺潺，看鸟儿跳跃，看舞棍弄棒，感觉舒坦。这种老百姓的居家生活在新区是没有的，难怪一些老年人不愿意住高楼大厦，而愿住老街小院，由来以久的固定生活让他们很留恋，也依恋这种邻居相处的生活。洋派的大楼似鸟笼，城市的发展变化，改善老百姓居住条件，不得不撤迁实施旧城改造，一改造原来的东西就消失殆尽，一旦毁掉就不可能恢复原貌啦！现在的人越来越认识到旧的东西可爱，我也有同感，所到之处，就关注老城老街，像雅安老城是保存得最好的，真希望当地政府一定保护好老城，把老城老街老字号统统保护和维护好，兴许它会在今后给雅安带来无尽的财富，造福于雅安人民。

2015年10月8日 写于成都

金秋游第一站：巫山县

上午把车检查完毕，就开启了新的行程。汽车在高速公路飞驰起来，从万州到巫山似乎不知不觉就到了。巫山这个移民小城现在怎么样？燃起我们的兴趣，究竟如此多娇，很想目睹为快。"截断巫山云雨，高峡出平湖"的诗篇至今在耳边回荡，一下把我的记忆带到四十多年前。那时我很年轻，刚刚冒出来小胡子，我随下乡的女知青到了巫山小县城。乘着长江的大轮船，不知坐了多长时间终于在巫山小小的囤船停靠，下船后缓慢拾梯，登上了县城。

初春的早上乍暖还寒，江风吹过，身上感觉凉嗖嗖的。当时的巫山小城古朴而幽静，人不多也不少。虽街道不宽，却是绿树茵茵。尤其是一棵又一棵的黄桷树，像一把一把撑天的大伞，让太阳没法钻进来。大树底下好庇荫，做凉面小生意的、卖油条的小贩，卖豆花的挑郎，他们都选择在这里招揽顾客。油条的香味，豆花的葱香，随风飘来，香气溢人。走在县城的大街上，恬静中款款而来的长辫子姑娘颇有一些丰韵。这些喝长江水长大的姑娘个个貌美肤白宛如天仙，我忽然开了眼界，哇，这小县城既然能出入世珍品，让人眼睛一亮，多美呀！这些姑娘长得多水灵呀！那个年代都说巫山的姑娘漂亮，真是名不虚传。

今天故地重游，几十年的感觉荡然无存。新的移民小城全在山顶上。好房子在山上，这话或许有真有假。的确有些山顶房子令人赏心悦目！远远望去一片风景。但有些山顶的房子全是红砖修建，身上尽裸，远远望去实在败眼。走进县城一路往下，没有小块平地，越往江边走灰尘越一起涌来，如果下雨，那里一定是美丽的泥浆城。怎么会是这样子？我实在纳闷，同是移民小城，云阳就变化得如此漂亮，甚是亮眼！云阳的滨江大道给人耳目清新的感觉。云阳的街道整齐划一，干净清洁，绿色环境，让人陶醉。相比而言，巫山给人的感受就是从山下搬到山上，只是挪挪位置而已。有些方面还赶不上以前。既然感觉不好那就离开吧！当我们离开巫山县城时，抬头一见，一块到骡坪28公里的招牌引起了我的注意。四十多年前骡坪到县城有120里路，如今高速路近在眼前，一溜眼的工夫汽车就到了县城。可我那年头从骡坪区干奇山姐姐的家回万县市，走120里路到巫山县城买船票返回万县市，需马不停蹄走一天，下午五点才到县城的对岸，两只脚都磨穿了。时间真是跑得快呀，几十年光阴似箭，留下的就是一串串的回忆。

躺在舒适的宾馆休息，儿子如雷的鼾声把我惊醒，可能他开车太疲倦啦，躺下就呼拉起来。睡不着，索性起来写点感受。巫山一瞥，着实让我有些失望。当然，几十年的发展还是让巫山整体发生了变化，可能因地理位置的局限，县城没法变得更加漂亮。我想，这些并不是主要的，关键是让老百姓日子过得好，山里的农民脱贫致富，改变命运。从被儿子的鼾声吵醒开始写，落笔时他仍鼾声连连，今晚没辙了，白天只能车上睡觉啰！

2015年10月19日　写于宜昌国贸酒店

金秋游第二站：宜昌市

宜昌是我们出行的第二站。湖北省宜昌市位于长江中下游，是座历史上知名的都市。它的规模与名气与原来的万县市不差上下，与万县距离几百公里，中华人民共和国几十年的社会发展中，两个城市你追我赶，携手并进，创造辉煌，都取得了很大的成绩。尤其在建设三峡水电工程上，宜昌抢得先机，在发展上将万州甩得远远的，就城市的扩张人口已达四百多万，国民生产总值达到三千多亿，是名副其实的大城市。反之，如今万州虽为重庆第一大都市，城市人口不到一百万，国民生产总值才七百多个亿，与宜昌相比有了一定的差距。

宜昌市对万县人来说是熟悉的。都是长江边的水码头，万县在上，宜昌在下。万县人到宜昌打工的不少。20世纪70年代初，就有好多万县的老乡到宜昌打工挣钱。我曾经也动过心，苦于没有合适的机会到宜昌。所以，对宜昌记忆犹新，颇为关注它的发展变化，更想到此地游览。

今天我们一路骑尘快速驶进了宜昌市。沪蓉G42高速全长约2000公里，沿途全是崇山峻岭，一座座桥梁连着一座座隧道，一座座青山飞掠而过，峭壁怪石偶尔出现。当我们从宜昌北进入城市，沿途十五公里的公路破烂不堪，灰尘连天，顿时有些失望。继续往里走，城市的道路变得干净许多，尤其经过城市新区，眼前尽是绿色植物；到了市区中心，城市繁华热闹，灯火辉煌。一条笔直的大道，车水马龙，人来人往。特别是大道中间，间断距离设立的公交换乘封闭走廊，起到了城市公交快捷方便的功能。极大地将运力提升，输送了一批又一批的乘客。起先颇为新鲜，这些都是地铁站口吗？我在纳闷，宜昌的地铁站点这么密集呀？可我看错了，吃了眼睛的亏，这是宜昌大力改造提升公交运输的公交乘客站台。这些合理先进的公交运行系统，既安全、又快捷，我还是第一次看到。

宜昌市虽在长江边，但这个城市有着先天良好的地理条件，平坦宽阔，利于城市规划和建设。尽管是个老城，但我看到了城市到处都在有序整顿和修建，把城市进一步美化升级。相信未来几年宜昌的发展有惊人的表现，这座江上城市定会呈现不一样的风采，为湖北省的全面发展贡献重要力量，造福于当地人民。

2015 年 10 月 18 日　写于宜昌国贸宾馆

金秋游第三站：荆州

楚汉大地，汉江平原，有很多三国历史故事。荆州这个地方，诸葛亮妙算失灵，大意失荆州，关羽被杀掉，导致三国格局变化，以致刘备政权衰落。关羽骄傲自大是失去荆州主要的原因，没有审时度势，劝阻关羽盲动，给了关羽机会，导致关大将军对自己估计过高，对敌人估计过低，犯了重大战略错误。大意失荆州的古代故事让湖北荆州由此而出名，络绎不绝的游客前来探访，尤其是外国人很有兴致，来的不少，他们对三国文化似乎热度不减。男男女女的外国人在古城晃悠，不停地拍照，仔细聆听讲解，这一国际化现象凸显，使得荆州火爆起来，成就了湖北省的又一座旅游城市。

今天早上用过早膳，昨日的疲惫仿佛消除。于是就出发上了高速，继续朝武汉方向迈进。途经荆州就拐弯下去溜达溜达。运气真不好，刚出收费站就被警察拦下挨个检查身份。怎么这样让人郁闷呢？跨进大门就迎头遭一棒，像被浇了一盆凉水，心里拔凉拔凉的。儿子心情不悦：多少年都没有检查身份证的事啦！在荆州碰到，真是莫名其妙。一阵耽搁后，我们在荆州城逛了一圈。感觉这个古城的风格像北方的一些城市，面貌陈旧，房子普遍低矮，环境有些让人失望。现在的古城古镇名副其实的不多，搞不好就会败兴而归。

湖北荆州给我的感觉不好，糟糕的城市环境、破碎的公路是最让人难以接受的。三国的故事：大意失荆州，似乎有些凄凉，某种意义上讲是个不吉利的兆头。谁愿意这样不好的隐语让人思考呢？真不希望荆州如此表现，这将会给游客带来负面的印象。倒是希望荆州用真诚的态度改变城市面貌，尊重游客，借古人的英气发展自己的城市，打好旅游这张牌，做好旅游这些事。我想，荆州的未来还是有希望的。

2015年10月19日　写于武汉至长沙的路上

金秋游第四站：武汉

　　武汉是座重要的特大城市。武汉地处长江的中下游，扼汉口、汉阳、武昌三个辖区，人口破千万，国民生产总值破一万亿，人均GDP上了十万人民币。武汉历史悠久，既是工业重镇，也是文化名城，高等院校和学生数量位居全国第二。武汉的水资源丰富，倚靠长江，内有湖泊，往后依托江汉平原一片，农业和养殖业发达，为富庶的鱼米之乡。历史上武汉一度举足轻重，曾是国民政府的首都。历史上的武汉更是人才辈出、集聚了不少的文人骚客，出现过不少的历史人物。

　　武汉的知名度、武汉与万县共饮长江之水，基于这些原因：打小就渴望去武汉看看，长大后参加工作的单位，当时是国民政府汉阳兵工厂，20世纪30年代迁入到万县的沱口，当时生产枪榴弹，为抗日战争做出了重大贡献。中华人民共和国成立后转为民用企业，生产液压机械设备。历史的渊源有理由让我们关注武汉。一生走过不少地方，真没有机会到武汉落脚。尽管熟悉武汉的概况，但并没有亲临过此地游览。昨天中午我们就实现了这一愿望。

　　早上驱车上高速，剑指武汉，一路飞奔而来。到了武汉，才知道武汉有多大，特大城市名不虚传。儿子开车从武昌进入，沿着汉口转了一圈，往返武汉长江大桥，途经黄鹤楼公园，远处眺望黄鹤楼英姿，站在江边至高点的黄鹤楼显然鹤立鸡群，是武汉的城市标志。来武汉不去瞧瞧黄鹤楼、不去过一过中华人民共和国初期建造的第一长江大桥会遗憾的。武汉三镇距离虽远，但如今的发展让三镇紧密相连，自然形成了一条纽带。这条纽带一路过来全是一幢幢、一片片组团式的高层建筑，市区摩天大楼不少，城市现代而繁华，不愧为中国江汉平原的重量级城市，引领风骚，起到了长江中游城市发展带头的示范作用。武汉过去是国家的工业基地，经济上的支撑力量，今天仍是国家改革开放的高科技基地，继续为国家作出贡献的一支重要力量。

跑了一圈武汉耗时近两个小时，走马观花式游览了武汉市的一些地方。发现一些不足：城市建设似乎落后其他省市，尤其是城市环境改造不够，细节不够扎实，给人感觉城市街道脏，这种现象到过武汉的都有此评价。看来武汉市不能总吃老本，要给城市洗洗澡、舒舒筋骨，彻底改变城市面貌，努力进取，用实际行动来改变大家对武汉的看法。我相信不久的将来是会改变的，下次重返武汉会让我们眼睛一亮的。

2015 年 10 月 20 日　写于岳阳南湖边的酒店

金秋游第五站：岳阳

　　岳阳城太漂亮啦！首先给予高度评价，并且必须点赞。未写文章前如此吹捧岳阳生平还是第一次。祖国的大好河山一片壮丽，各个地方各个城市姹紫嫣红，风格超群，一个比一个美不胜收，不分上下，乃不甚惊讶！真是几十年的发展变化，数风流人物，还看今朝，岳阳美啊！

　　傍晚我们抵达岳阳收费站，气派的迎宾大门秉承民族风格。缴纳费用后，就冲进城里。眼前的岳阳大道宽敞亮丽，一直拉伸向前直抵洞庭湖的南湖以下，至少长达二十余公里。公路宽到什么程度呢？一些地段双向十车道，其他至少是双向八车道。公路两旁大树环绕，一些路段铺满鲜花，真是一条景观大道，令人称奇！到西昌见航天大道直下邛海边，大道宽而整洁，赏心悦目！可与成都的大道媲美。看见牛气的景观大道，真没有看见岳阳景观大道更牛。岳阳城的房子高矮错落有致，丝毫不显拥挤。一些细节尤为突出，连接大道的分支公路都干净整洁。城市的美丽，给人的感觉异常奇妙！见过无数地级城市，像岳阳这样给人绝伦美好的感觉仿佛没有见过。我们下榻于南湖边的阿波罗酒店，酒店的条件应该不错。南湖边的岳阳广场装饰一新，晚上湖边建筑灯光闪烁，与广场周围的群楼星光相互辉映，构成了一幅璀璨明亮的光彩图画。

　　美丽的夜景把岳阳城映衬得更加得体壮观！

　　原本今天到长沙消夜，一番考虑就直奔岳阳，夕阳西下的岳阳像被燃烧，泛着黄色，给城市大厦披上金色的彩衣，风景这边独好！岳阳不仅拥有南湖，还有闻名遐迩的岳阳楼。明天上午我们将与岳阳楼见面，领略它的风采，然后将离开岳阳市，奔赴长沙。岳阳给我们留下了深刻的印象，不仅城市美、南湖美、人美水美、姑娘美！还有好吃的湘菜，今晚就品尝到了臭桂鱼等菜肴，的确名不虚传。相信今后有机会再来岳阳，感受岳阳的风情、岳阳的美食。

        2015年10月19日 写于岳阳阿波罗酒店

金秋游第六站：长沙

　　马不停蹄奔向长沙，到了目的地，它却让我欲言又止，颇有些失望。湖南长沙市这个历史名城，人才辈出，像曾国藩、毛泽东等人都与长沙有着密不可分的关系。长沙的湘江、橘子洲头、岳麓书院十分享有知名度，中国人民对长沙太熟悉了。这得益于中华人民共和国的建立，一批有识之士顺应历史潮流，站在革命的前沿，功勋卓著，成就了一批元帅将领。这些将帅都因有传奇的人生故事而被广泛传颂，为全国人民所熟悉。正是这些熟悉的大人物，长沙就更引起了人们的强烈关注。

　　我多年就有愿望去长沙看看，看湘江的水流，去橘子洲头，是否能吃到更好的湘菜？一方水土养一方人。都说湘妹子又水灵又漂亮，宛如天仙。喝湘江水长大的姑娘，天生会唱歌。确实，如今活跃在歌坛中的军中白灵……宋祖英、雷佳、王丽娜等都是湖南妹儿。长沙是省会城市，文化繁荣，一些电视专栏节目，如《天天向上》等娱乐节目收视率屡创新高，领先于全国同级电视台。名人众多的长沙，也是人们愿意去关注的部分原因。

　　总是在想，长沙这个神奇且大有名望的城市，会非常有特点，非常有风度，非常温文尔雅，非常干净漂亮，非常具有内涵，魅力四射。抱着期望，我们风尘仆仆到了长沙。

　　从江汉平原一路驶来，沿途青青，秋高气爽，天高云淡，一片片金黄的麦穗迎风飘过，呈现一派秋收的景象。一进长沙大道，天空雾霾弥漫，灰蒙蒙、雾蒙蒙，感觉挺压抑的。火红的太阳被笼罩，散发的光芒落在大地已无光采，毫无生机，死气沉沉的。

　　"长沙怎么会是这样子？"我问正在开车的儿子？

　　儿子说："我来长沙几次，长沙就这个样，空气不好，好多方面赶不上岳阳这样的大城市。反正到长沙就感觉不好，办完事即刻离开。"

百闻不如一见！真是这种状况。当我们沿着长沙大道挺进市区，沿途的城市建设大张旗鼓，到处杂乱无章，很难想象这条长沙大道是省城大道，不但没有美化，而且沿途给人的感觉很不好。虽有一些高楼大厦，但夹杂中的平房，乱如网状的防护栏，比比皆是，实在难看，大煞风景。怎么都应该由政府出钱整理，给破旧房子穿衣戴帽，创建文明城市，城市建筑整齐划一是必须的。可长沙就是这样子，很是任性，随便你怎么着，我自岿然不动。真是奇啦、怪啦！让我们搞不懂了。

进长沙大道往前到了市中心，省会城市这副模样冰透了我们的心："出城！不看了，不去湘江，不吃中饭，不再逗留。"我对儿子说。我们慌忙出逃。儿子车盘一转，急速前进。忽然发现走错了路，上了机场高速。没有办法，没有退路，只能快速而行，去邂逅黄花机场，真是天意留人：你想尽快离开，那可不行！还好，走机场路沿途还看见了湘江和新修的房子，这边风景还好，弥补了我们的一些遗憾！

2015 年 10 月 21 日　写于北部万科城

金秋游第七站：郴州

无心插柳，柳成荫。没有想到为吃一餐饭，居然与郴州有了接触，并且让我大吃一惊且喜出望外。

湖南郴州是个地级市，与广东的韶关接壤，这里仿佛是山顶上的丘陵，绿树覆盖片片，一派生机盎然，蓝天和树木、房子融合，炽热强烈的阳光照射，亦像攀西高原邛海边的西昌一样，另外是种风格。从长沙出来，车行几百公里，已是下午时分，有些饥肠辘辘的感觉。本想是到衡阳短暂小憩，吃个饭游览一下，一查衡阳与高速路太远，进出大约百来公里，太耽误时间，就放弃了。车往前行看见郴州幢幢高楼矗立路边，就下匝到了郴州。

跨进郴州的大门，一条郴州大道映入眼帘，给我的感觉就有不同，两边的大树成林，右则是森林，左则小山洼，除了收费处一堆高房子，越深入前越看不见房子。城市哪里去了？房子哪里去了？车轮在突突地嘶叫，我脑子在思索。眼睛左右寻找。忽然发现森林闪出一道缝隙的瞬间，一些房子晃眼而过。哇，房子藏在里面？原来房子被不规则的森林包围着。城市坐落于森林中，真是太美妙啦！喂，右拐弯进去，汽车即拐弯进右边的公路跑了一阵子，郴州城被揭开了面纱，露出真面目。城市整洁、幽静，一条条道路满是绿树成荫，这城市似乎没有吵闹，几乎听不到刺耳的喇叭声，人们都静静地走路做事，一切的一切都是静悄悄的，城市多么安宁和漂亮，简直就像世外桃源。

早上从岳阳出来，路过岳阳楼，伫立观景，洞庭湖一片汪洋，微风轻拂湖面，泛起涟漪，船只款款漂过，顿时就有陶醉的味道。此景美呀！真有些依依不舍，意犹未尽。没想到下午到了郴州，又给我别有洞天的感受和心情，同样在离开时赞不绝口和依依不舍。当然，岳阳和郴州，我只是短暂停留感受一点皮毛而已，它的历史文化以及城市的综合情况，远远不是一阵工夫所能了解到的。不管怎样，我亲眼目睹了这两个城市的风采，特别是湖南城市重视保护生态，旅游建设卓有成效。尤其抓城市的细节非常到位，城市不但干净利落，生活物价相对稳定且实惠，市民善良、礼貌待客，注重公德，感觉这个城市的文化与人素质同步而行，确实给我留下了深刻的印象。

　　第一次踏上湘西土地，第一次吮吸湘西民族文化，第一次感受湘西人民好客的风情，第一次享受湘菜的独特风味……太多的第一次，都印在脑子中，留下了永远的回忆。这些漂亮实在的城市，什么功能都齐全，山好水好空气好，多么适合人居住，一些人有必要往那些空气污浊、满天雾霾的城市且房价昂贵的地方去居住生存吗？看来这些理念今后随着人们的认识和国家对社会保障的不断深入，尤其是医保全国联网的方便，恐怕大家今后都会接受到空气清新、山清水秀的地方居住，不但对自己身体健康有利，亦缓解了特大城市的压力，岂不是很好吗？

2015年10月21日　写于北部万科城

金秋游第八站：北部万科城

广州北部万科城位于广州与清远交界的地方，该区域属于清远的管辖范围。北部万科城是近年来万科房地产集团蓄意打造的绿色环保超大小区，开发完毕将达到六万人居住，其规模和条件都是一流的。如今到此居住的人不少，入住率达到了很高的水平。万科集团利用当地的自然条件，引进了颇有知名度的白天鹅温泉酒店落户于此。真正意义上的五星级酒店白天鹅是受人青睐的。酒好不怕巷子深！要想在白天鹅温泉酒店住上千元一晚的标间，享受一下温泉的惬意，不是那么容易的，一般要提前许久预订，否则就不可能及时住进酒店。生意如此火爆，令人咋舌！

几年前，儿子帮朋友看房子，就是这北部万科城……湖光山色的地方，谁看了都会有些冲动。可人家心动没有行动，他却怦然心动，想买这里的房子。打电话征求我的意见，我劝他放弃，买这么多房子干吗？当时处于房子的低潮期，房子价格具有吸引力，基于此，就同意买房了。房子去年就交房了，因为是精装房就少了装修的麻烦。于是，他就把家电、家具一股脑儿整进屋，好让我们冬天来度假暖和暖和。广州的冬天是好过的，北方冰雪封地，南方城市也干冷干冷的，广州却温暖如春。但房子怎样好？我全然不知。儿子一再约我来看看，这不，昨天晚上就到了北部万科城。坐了一天的车，实在有些疲惫，下车走路犹如太空行走。回到新家忙乎一阵子顿感不舒服，赶紧躺下啦！早上起床，大天白亮，火红的太阳钻了出来，抬头望天，空中几团白云，强烈的阳光直射下来，没有丁点儿凉意。平视花园小区，山青树绿，环境优美，十分养眼。回头看看自己的房子，万科的品质是明摆着的，质量不错，甚是满意。

北部万科城距离广州越秀公园约50公里，为了方便小区住户在城里上班，开通了小区巴士，每天定时发车接送，路途时间一小时，应该说是解决了住户上班的问题。小区内亦设有电瓶车在其中中转衔接。

  早饭后就出去溜达了一下，小区的自然环境实在太好，有天然湖泊，有大然温泉，自然的条件与人工美化融合为一，相得益彰，令人满意。说实话，这小区真是适合人居住的地方，满山绿茵茵，湖面水波粼粼，清晨空气醉人，傍晚夕阳喜人。如今有了一定的条件，这居住在哪里，还真是不好回答的问题，哪里都好，哪里都舒服，但也不一定是你想要的，真正想要的是自己的身体健康，安然祥和地生活和对精神世界孜孜不断地追求。

2015 年 10 月 21 日　写于北部万科城

金秋游第九站：清远

　　清远市对我来说是个陌生的城市。近些年才熟悉它一些。与广州市毗邻的清远，是个地级市，人口达400万。清远旅游资源丰富，有奇形怪状的山峰，当地称为坨坨山，一坨一坨的，高矮相间，起伏连绵。我路过并目睹这一景象，驼峰一串使我很惊讶！清远有这样的大小山峰，犹如骆驼行走在沙漠，凸起的那一片驼峰，一高一低、起伏波动，真是奇妙无穷。清远蕴藏着大量的稀有矿物，水资源丰富，有高山湖泊，特别是天然温泉居多。其实，清远原来是广州的儿子，属于广州的一个县，因成长出色给抱出去啦！已经升格为地级市，与广州分了家。虽不是一家人，但发展相互依托，唇齿相依的关系长期存在，清远就成了广州的后花园。

　　昨天上午去了清远。一条大江将清远分成两半。宽阔流淌的江水，船只行走一串一串；大江两边高楼林立，鳞次栉比，错落有致。一条大江的魅力足以凸显清远的战略位置：城市的形象太好，像个帅小伙。到了清远市，宽敞的公路，绿树林带，鲜花拼盘，不时进入眼帘。市区似乎不小，整洁干净，管理有序。

　　儿子带我们去品尝广东的早茶。这是广东人多年习惯的特点，条件好的广东人都会用早茶。找一个好的茶餐厅，一顿早茶颇花些消费。选择了一家茶餐厅，我们坐下休息，喝一杯普洱，呷着韵味；吃点点心，喝点小粥，过上了广东人的生活。早茶的品种很多，菜肴琳琅满目，什么东西都有，满足着人们的需要。广东人喝早茶聊天，悠闲悠然到了极致，叽里呱啦的广东腔，听他们说话犹如听天书。看得出来，广东人对早茶的嗜好是情有独钟！

　　品尝了早茶，我们游览了清远。去逛逛超市吧，去选择购买一些物品，既然多待一阵子，就自己做饭吃。到了本土的大润发超市。广东人有几招，外国的大型超市如家乐福等，几乎难以生存。与广东本地的超市一番血拼，终归败下阵来，逃之夭夭。大润发超市这名字蛮有寓意啊！大大的滋润、大大的发财！还好，超市的东西便宜，贴近百姓的生活，难怪外国人斗不赢广东人。广东沿海的人与内地不一样，做生意公道，不讲价的，不像内地有些人漫天要价，太离谱骗人。到一新地方，购物有兴趣，东挑西选，满满一车的物品拉回了家，真是跳了一场丰收舞。秋高气爽，秋天的收获，着实让我们在广东清远得了体验。

2015年10月22日　写于北部万科城

金秋游第十站：广州

广州是座历史文化名城，中外知晓。

前年我到过广州，游览过一些地方，感觉老城与新城都具有特色，既保持了原来羊城的风貌，又开辟了天河新区，使人眼睛一亮。你要对老城感兴趣，就去越秀区看看。那里的老街巷道与20世纪50年代相比没有变化，房子和街道倒显苍老，原汁原味的特色小吃仍在其中。漫步在熙来攘往的小街小巷，可以看到广东人过去的生活习惯与现在的保留。广东的吃文化丰富多彩，舌尖上的名吃小店在老城遍地皆是，早茶餐饮、叉烧、挂炉烤鸭香味扑鼻，吊人胃口。

老街的梧桐树枝叶茂盛，一些树枝高过小街的老房子，像一把大伞张开庇荫，强烈的阳光只能穿过缝隙，洒落一丝丝光束。广东天气炎热，夏季更是闷热，出门购物周身湿透，走到小巷，站在梧桐树下，顿感亲切与凉爽。走过一些地方，感觉广州是对梧桐树保护得最好的城市之一。因为它保护好了老街小巷，梧桐树就不会挪移搬家。我曾到越秀区一些小街小巷光顾过，既好奇广东的小吃，又特别喜欢这市井百姓生活，更青睐一排一排苍老脱皮的梧桐树。

越秀公园就是广州最老的公园之一。公园里茂密的树木有多年的历史啦！满目葱郁的树林花草很是赏心悦目。一些古朴的建筑廊亭尽显厚重文化。参观和玩耍的人络绎不绝，虽然公园有些古老陈旧，但人们都涌向这里，感受老城公园热闹的氛围。其实，我喜欢现代的建筑和人文风格，但不排斥古老陈旧的文化遗风。原来渴望改变去住高楼大厦，真正实现了愿望，又感觉它很冷漠。每天进出大厦，匆匆忙忙，人与人几乎不打招呼，回到家里关上门，就与世隔绝了。表面上风光的大厦似乎让人羡慕，真正住进去了，犹如笼中关鸟，缺少了许多生活的乐趣。

以前住在老院子，与十户人家生活在一个圈子，上班下班，出门买菜都要打招呼。晚上，大家聚会小院坝子，聊天下大事、摆闲龙门阵，欢声笑语，其乐融融。哪家有事，众人划桨，齐心帮忙，一点都不感觉寂寞难耐。现在真还留恋那种生活，可是它回不来了。如今土地这么贵，还能让你住几家人的小院？即便你有钱，在城市里也不会让你独占资源。人就是奇怪，拥有的时候想变化，一旦失去原来的东西倒是牵挂与留恋。所以，现在走到哪里，看见老街老巷老房子，特别是一小院子，那是亲切得不得了。因为，我们这个年代的人经历过、感受过，比较过后才懂得失去的珍贵呀！

2015 年 10 月 23 日　写于北部万科城

山水国际

　　山水国际傍靠山巅，近临长江，依山傍水，故名山水国际。山水国际花园是万州最大的小区，亦是重庆较大规模的小区。得天独厚的自然条件，造就了山水国际独特的魅力！

　　山水国际有山，有山则灵。小区到处绿色葱茏，鲜花绽放。跨进小区，鳞次栉比的高楼呈立体画面，山中有房，房子依山，怎么看都是一幅图画，自然和谐。

　　山水国际有树林，不，是森林。茂密的林带覆盖整个小区，到处绿油油、脆生生。阳光下的森林，像金色的彩带缠绕几十幢高耸入云的楼房，在蓝天白云的衬托下，小区别有一番景致！

　　山水国际是一座公园，蜿蜒的林间小道，纵横交错。爬上望江置顶，一路大树庇荫，一路鸟语花香，爬山虽累，却心情舒畅，陶醉在风景中，自然乐此不疲！

　　山水国际有一片海，是一片花海！面朝大海，春暖花开！春意盎然的季节，小区鲜花怒放，含苞欲放的玉兰花粉嘟嘟的，娇美粉艳，令人垂涎；三角梅怒放爆棚，像火焰燃红一片山；野菊花毫不逊色，争奇斗艳，在崖边悬挂拉起缕缕黄彩带，远看金色弥漫！其景美啊！

　　小区的空气超好！我漫步小区，闲游小径、登山小眺，吮吸着树林的气息，闻到了树叶与泥土混合的芬香，潮潮湿湿的味道，沁人肺腑，实乃舒服至极！这一刻，似乎有些微醉的感觉。

　　清晨，一抹阳光洒在树林，拉开窗帘，指缝中流沙似的阳光滑了进来，映照在床单上。望着斑驳的阳光，聆听小鸟在树上叽叽喳喳，一声嘀咕，布谷鸟先声夺人；微风习习，树枝儿在不停地摇晃。对着小鸟打声招呼：早上好，小鸟！

山水国际，居家养老肯定是好地方。身居城市犹如住在大山的森林，置身于森林中，好不惬意！其实，三峡移民前，这里本就是大山林带，只不过城市高走……高峡出平湖，这里就成为一座硕大的花园小区啦！

城市化的快速发展，让隐秘大山的世外桃源与人们邂逅，变成了城市人享福的圣地，山水国际就成了一个示范。

小区的老年人闲聊在花园中，晒晒太阳，增强体质，人还不少耶！

其实，很多人没有注意到山水国际……绿色概念、环保概念、大自然概念，给人们带来了健康养生的理念，这些好处是用金钱换不来的。生活在嘈杂污染的城市，一方静土是多么难得可贵！

山水国际，一个有价值的地方。今后必将被人们所认识。一个人口密度大的万州，200万人口聚集在一块窄幅狭长的地带，车水马龙，人声鼎沸，熙来攘往，空气污染……能栖身在城市的一块绿洲，今后会成为很多人的奢望。

阳光下的山水国际，生机勃勃，活力四射！

幸运的是，我们在山水国际有个家。这个家让我每次归来都兴奋不已，总是对它亲切而友好！因为，这里的山，这里的树，这里的花儿小草，这里的小鸟，太过于熟悉了。它们那么有味道，我不喜欢都不行！

山水国际，风景优美，气质浪漫，可真是长江边上的一颗明珠，璀璨夺目！

2016年3月10日　写于万州山水国际

安顺廊桥

　　一张安顺廊桥的美丽倩影，不妨来说几句！

　　安顺廊桥地处府南河交汇处，与合江亭隔水相望。白天的廊桥面目青灰，尽显普通。晚上的安顺廊桥身披金色彩衣，灯火辉煌，亮丽璀璨，像童话故事里的一座皇宫。廊桥的邻居合江亭傲立在府南河边耀眼夺目，与安顺廊桥相得益彰，构成了独特的美景，尤其在暮色中分外出彩，更像一幅夜景图画。我站在自家的书房，这一瑰丽的景观就在眼皮下，直线距离不到一百米，仿佛很近很近。可以说，随时能观察到廊桥和合江亭的英姿，还能看到天气变化中它们不同的身影。真正最耀眼最美的姿色，还是雨后晴天的晚上，天空碧蓝、明亮、清晰，这时的廊桥金壁辉煌，晶莹剔透，更显绝色且美丽端庄，十分养眼。这一刻，合江亭与廊桥相互辉映，魅力无限，景色超群。

　　安顺廊桥确有内在的气质，确实光彩照人，近些年已成为对外宣传的一张成都名片。在电视上、在报刊上、在广告上……屡屡呈现的光辉形象。它代表着成都这座城市的景观亮点，亦代表着成都上千万人民对来自四方宾客的热忱开放态度。安顺廊桥的外观绚丽多姿，赏心悦目！但它的内部构造，一些鲜为人知的故事，一些外地人不一定会知道。它不是一座纯粹过人的大桥，而是一座具备多功能条件的廊桥。廊桥既可以过人，又可以站在廊桥的屋檐过道上顺水前看九眼桥，还可以绕道转回逆水观望近在咫尺的合江亭。既然是桥上，那为什么要绕道到另外一侧去观景呢？这就是廊桥的与众不同之处。整个廊桥的主体部分是富丽堂皇的宫殿，是装修豪华的高级餐厅，面积不小，里面还有不少的小包间，风格情调，雍容华贵。晚上餐厅灯影辉煌、流光溢彩，食客们觥筹交错，品尝美食，欣赏水中的风景，仿佛置身在水中，与水邂逅，与水交融，心情格外舒展，表现出一种格外的惬意。"府南河的风景多迷人呀！隔窗而望见高楼林立，一片现代化的景象。低头一掠，那灯红酒绿的河边特色街区尽收眼底，多情的人儿制造出浪漫的情调，晃杯碰响的声音和美丽姑娘的尖叫声及婉转柔情的音乐旋律，不时飘进了耳朵。"一些人这样说着，不免受到了感染，意犹未尽，那就下桥吧，去那一条街，去享受那浪漫多情的夜生活。

安顺廊桥对一些人而言，确实是个迷人的地方，带着一丝丝神秘，给人有一层面纱之感。前两年晚上出来散步，偶尔到廊桥处伫立，发现这里异常热闹。这里停满了车，高大帅气的安保人员着装整齐，正忙碌着指挥停车。车一旦停下，即刻被穿上一件特别的黑衣服，是怕下雨吗？是怕人刮破车辆吗？我纳闷有些恍惚，天空晴朗，不会下雨呀！怎么把车遮得个严严实实？哦，知道了，是遮住牌照连同车一下遮住了。我似乎明白一些东西，这跑的四轮车也是珍品，要保密的。不过你要看好车名车，如悍马之类的猛将尽可到这里来欣赏寻觅。

时间飞得快哟！去年的时候，我偶尔晃荡过去，站在安顺廊桥边，忽然发觉视野开阔一片，没有什么遮挡物了。结果是这里的汽车少了，也没有看见给小汽车穿衣服了，年轻的充满精气神的保安人员不见踪影。这里有些空旷和冷寂，和以前判若两样。怎么一下就发生了变化？我想观名车豪车就无法寻觅一饱眼福，它们不知藏匿到哪里去了？我登上了廊桥中央，对着玻璃窥视，餐厅尽管灯光依旧，食客极少，几个人在吃饭，桌上摆着的菜肴十分普通，没有虾蜢海鲜之类的菜肴，这与昔日的辉煌形成了巨大的反差，日渐衰竭的高档餐饮还能否坚持下去？我似乎为他们捏了把汗。望着过去歌舞升平、满堂喧嚷的宫殿，不免有些伤感，这世道变化怎么这么快呢？说不在就不在了。景观景物可以保留，可有些东西想保留都保不住，这似乎矫枉过正！安顺廊桥近些年在变，从辉煌走下神坛，唯一不变是前面的九眼桥，桥上依然车水马龙，小汽车在飞驰；还有那始终不变的合江亭，依然屹立在府河边，笑看那瞬息万变潮涨潮落的千秋万代！

安顺廊桥依然绽放，它带给人们的美永远都不会变！

2016年10月5日（凌晨） 写于成都

昆明蓝，你让我馋说了一通

一组昆明蓝的照片让人看了好舒服。

阴沉沉、小雨霏霏的成都，真正进入了冬天。都说成都今年是暖冬，哪像个冬天啊，没有丁点儿冬天的那丝寒意。冬天姗姗来迟，昨天开始，成都似乎算是真正与冬天连接上了。看了昆明蓝，我想到了风景如画、温暖如春的米易。攀西高原的米易小城，成都"候鸟"身着薄纱舒服沐浴着阳光，在那里潇洒地躲过成都的严冬。米易没有冬天的概念，只有春天的概念，犹如大山苏马荡一样，没有夏天的概念，只有春天的万象气新。当我们缩着脖子，头上顶着飘飘的雨丝，手脚冰凉的时候，想想昆明蓝、想想米易暖，是多么羡慕呀！如今社会发展了，会生活的老年人要么在三亚，要么在五指山下，要么在西双版纳……享受那蓝天白云般惬意的生活。他们经常发来阳光、沙滩、蓝天、鲜花的照片，惊得我有去感受和享受那大自然奇美的冲动。今天这文章一发出，米易的姑娘小罗肯定会说：郑老师，你就过米易来呗！西昌的小王也会说：到西昌邛海来吧，这里有大海、阳光、沙滩。小罗和小王都是在成都念的大学且工作过一段时间，后选择到攀西高原小城工作。

前天去"言几又"书城听文化漫谈。宁远说：我是从米易走出来的，读完大学就留在了成都，不知不觉就在成都安家了。米易老家打来电话，说米易的房子都被成都人买疯了，我要不要去买一套呢？成都对我来说是不经意就喜欢上了。到过湖南、到过北京，当走到北京的长安街上，忽然感觉我的理想实现了！待了一段时间，归于平静，还是回到了成都的家，似乎就踏实了。其实，喜欢成都是没有理由的。我聆听几位老师漫谈成都，他们从不同的角度阐释了在成都生活的感受。女作家洁尘是成都人，她对成都的喜欢分两个阶段，年轻时感觉不到，欣赏外面的世界，上了年纪，才感觉到成都的文化真是适合自已。主持人周东讲述杜甫的诗，讲解杜甫到成都草堂的经历，杜甫落魄从甘肃到四川成都，从不熟悉到喜欢写了几百首诗，勾勒和诠释了古代成都那如诗如画的美。诗人何小竹用诗的韵意描绘了成都。看得出来，他们都喜欢成都，给出共同的理由，就是成都的独有文化，是一座有着历史文化底蕴的城市。

成都有两千多年的蜀国文化，无论走到哪里，都呈现出那清风雅静的古文化，宽窄巷子、武侯祠、杜甫草堂、薛涛塑像，似乎有一种文化的根扎在地下，像黄桷树的根盘错伸延好长好长。没有文化的城市，似乎都找不到根的感觉，心里就仿佛缺点什么。在深圳游走，它确实是一座现代化城市，高楼排排，如山峰林立。你在深圳待长了，冥冥中产生一点缺什么东西的惆怅，脑子忽闪，它缺什么呢？深圳就一现代化城市，就一小渔村演变成了打工者奋斗拼搏的特大城市。它缺历史文化的内涵，就缺根，有些漂浮不定的感觉。在杭州、苏州旅游，你会觉得心里踏实，这里的历史文化让你心醉，人们议的谈的总离不开文化的那些故事，不会像深圳这里，听到的全是房子与香港、澳门比较的那些事。要找钱去深圳，哪里可能有暴富的神话，也有让你一夜没落找不到北的感觉。

我在成都二十多年了，也是一名真正的成都人了，可以说适应成都的生活。究其原因，还是适应了成都的文化。每年出外待久了，会想着成都，有归心似箭的感觉。回到成都就踏实许多，似乎生活归到原点，一切都循着正常的轨迹在生活。生活总是充满想象力，热起来了到避暑的地方去，寒冷了到暖和的地方去。这一走，那一走，能待在成都多少时间呢？这一段时间，我老是琢磨这个问题。在大山苏马荡的家那是定了，每年夏季会去待上几个月，甚至更长一点。冬日寒冷会像成都的"候鸟"飞海南、飞西双版纳、到米易，我一直捉摸不定。我在犹豫中选择又难下决心，用更多时间离开成都，有些于心不忍。成都有太多的优质资源供我享用，尤其是文化资源丰富多彩，让我欲罢不能。四川图书馆、博物馆、各大书城比比皆是，近在咫尺，让我很难丢弃，真是很难取舍。我矛盾着，彷徨着……去年到米易，真是把我醉倒了，漫步在安宁河，遥望蓝蓝的天，就想居住下来。心里还在想，苏马荡吸引了我，写了两本书，会不会在米易待上几个月，也写出本书来？情不自禁的东西会产生灵感，这辈子到花甲的时候，怎么与笔这玩意儿扯上了关系。真是不可思议啊。年轻时，因父亲文化高舞文弄墨倒了霉，发誓不沾父亲那

样的爱好。但有些事真想不到，居然朝着上辈的影子飘过去了，甚至还过及了。米易实在让我有些向往，到哪里去住都想有个巢，住人家的房子没有巢的感觉，我又不愿意离开成都太多的时间，这实在让我纠结，不知该怎么办……

　　昆明蓝、昆明蓝，你又让我馋说一通！

2017 年 1 月 10 日　写于成都

清明节游记

几天阴雨雾锁峨眉半山七里坪，整片大山都是湿漉漉的。昨天早上七里坪忽然放晴，东方那天际线燃起一团黄色的云彩，西方天空已呈现鱼肚白。我推开窗户，一股清爽空气扑鼻而来，山味、雨味、树叶味、泥土味……瞬间一股脑儿钻进房间，大山的气息随风弥漫开来。远望，那山那峰那树林格外明晰，峨眉金顶看得清清楚楚，那一尊十方普贤菩萨也能看见影子。雨过天晴，能见度很高，金顶那方庙宇果真囊入我眼中。

我急忙奔下楼，去邂逅这难得的好天气。小区的公路半湿半白，太阳已经冒出了头，霞光映照七里坪，万束光线从森林穿射出来，洒落在公路、房子、樱花树丛，到处斑驳一片。空气清新，使人心旷神怡。我沐浴着清晨的阳光，没有丝丝温暖，漫步在山间的小道上，鸟儿清脆的叫声贯到耳朵，一只长尾巴鸟在我眼前飞过，白色的长尾巴足有身子两倍长，好漂亮的小鸟，像长裙舞女翩翩而至，停落在树丛中。我大口吸气，甜甜的空气，沁我肺腑，舒服极了！我上下往返巡回在小区的公路上，对着蓝天、对着树林、对着楼房、对着小溪，拍摄下了多张照片。这样的好天气真舍不得离开呀！

迎着太阳我们启程返回成都。来的时候走成雅高速下匝夹江途经峨眉山市上山到七里坪，离开时从后面下山到高庙古镇，然后经柳江古镇到洪雅县上遂资眉高速下匝双流回到成都。从七里坪出发下山到高庙古镇路程十公里，沿着七弯八拐的公路一直陡下，连绵青翠的大山，风景如画；可惜，再美的风景也留不住，从我的眼中随风消失。一阵工夫就滑落到了高庙古镇，停下车就去赶集。今天高庙逢场，平常冷寂的小镇顿时沸腾起来。人来人往，人流穿梭在古镇的那两条街上。他们一行人去买肉，我径直朝古镇的那条小街走去。高庙古镇在峨眉山的山脚下，是目前保留最好的一个原始小古镇，小街的房子均为百年以上，是原汁原味的原生态地方，我写过文章，不再详述。

高庙古镇的知名度得益于这里酿造的小灶白酒，这历史够长够悠久，被注册为国家非遗酒文化产品。多少人慕名而来到此就为买高庙白酒。据我所知，高庙白酒主要是取花溪源山泉水而闻名，酿成的酒甘甜纯冽，口味纯正，酒后不上头，余香绵延。一进古镇，眼前晃荡的全是白酒铺子，大大小小的酒缸摆满一屋，揭开盖子，酒香蹿升，弥漫在空气中。高庙古镇，一条老街、一街老酒，赢得了口碑，老成都人都知道高庙这个著名的地方。每次到七里坪，上山或下山都要在高庙作短暂停留，要么是买酒，要么是买肉。山里的食品好啊！几乎都是原生态的东西。

从高庙到柳江古镇就二十多公里。这一段公路很平坦少有弯道。沿途竹木成林，但最醒目的是竹子林带景观。蜀南竹海闻名于世，我虽然没有去过，却知道宜宾有个蜀南竹海。高庙至柳江段全是片片竹林，公路上随处可见堆积如山的竹子。这里难道不是竹海吗？我不知道这段竹海归属高庙还是柳江管辖，反正是洪雅的地盘，如果取个名的话，叫洪雅竹海或叫柳江竹海都行。太多的竹木，竹林深深，竹海茫茫。所以，好多人都在峨眉半山买新鲜竹笋吃。

到达了柳江古镇，古镇依旧繁华如初，一片片古老建筑吹着古老的风。我环视着古镇，去年那一条国道在哪里？穿衣戴帽后的国道一条街融入了古镇，我仿佛不认识了。这是柳江古镇扩容的一部分，去年路过正在施工，今年就变成了另外一副模样。柳江古镇具有千年历史，离成都160公里，这里的旅游产业发达，已经是非常成熟的旅游地方了。柳江和花溪河均属大渡河水系支流，从远古走来。我看到了柳江镇政府的牌子，也就找到这条街。柳江发展快呀！连国道都穿上了古装，为柳江的发展登台演戏了。我下车一路拍摄了不少照片。柳江古镇越来越美了。

出了柳江怎么又变样了？一条宽阔的高等级公路横在面前，嘿，去年没有这条公路呢？它是高速公路吗？完全与高速公路一模一样。看到了路牌：通往洪雅、成都。好宽敞的一条公路，汽车一溜烟就奔跑到了洪雅。结果知道，这条公路是专为到柳江古镇至高庙古镇上峨眉半山七里坪修建的旅游线路，有了这条快捷的专线上峨眉山金顶更为方便，缓解了从报国寺上峨眉山金顶的交通压力。去年从峨眉半山回来也是走的这条路，但是路况不好。今年一下都变了，仿佛给大家穿了一双新鞋子。洪雅县因瓦屋山而闻名，曾经的瓦屋山与峨眉山齐名，后因发展的步伐，瓦屋山似乎落后了。瓦屋山最高峰海拔三千多米，资源丰富，风光怡人，目前也是著名的旅游风景区。洪雅县是座美丽宁静的小城，一条青衣江把县城劈开两半，宽阔缓流的青衣江为洪雅增色不少。整个县城沿河而建，一到洪雅，就看见一幢一幢的电梯高楼耸立在河边，鳞次栉比，错落有致，蜿蜒至远方。这哪里像个小县城？完全就是一座现代化的小都市。沿着瓦屋山大道进城，小街小巷幽幽静静，给人素雅馨香的感觉。洪雅是四川黄牛肉生产基地，到这里一定要去尝鲜牛肉，当然也可以买点牛肉带回家。

在洪雅逗留完毕，直接出城上遂资眉高速返回成都。这是一条新修的快速通道，遂宁、资阳那方的游客到峨眉山实在是太快捷方便了。沿途经眉山到峨眉山一路全是风景区。你可以下匝到眉山市，苏东坡三兄弟在三苏祠喝茶等着你；你可以到洪雅吃顿雅鱼上瓦屋山，也可以直杀柳江古镇吃甜皮鸭然后去玩漂流；玩舒服了就到高庙古镇喝酒，小逛古镇小街；第二天乘着风的翅膀上山去峨眉山登高至金顶。站在金顶远眺千川大山，座座山峰尽在脚下，一览众山小的意境完全变成现实。大吼一声，你的声音撞起回响，连外星人都能听到。早上在金顶看日出，只要运气好，霞光万丈，火红的太阳喷薄而出，毫无视线遮挡，这一刻，多少会让人激动！遂资眉高速通道实质上就是国家打造的旅游通道。有了遂资眉高速回成都就方便了。如果高速路上不出意外，回成都就是眨眼工夫。

不知不觉到了双流文星镇，这里有一家夫妻肥肠粉总店生意火爆、长盛不衰，任何时候都是一样，座无虚席，去晚了就会没有位置。夫妻店的菜肴繁多，任意选择，但它最拿手的是拌肥肠和肥肠粉，肥肠粉不到十二点就卖完了。因为，夫妻店每天只现加工一定数量的红苕粉，错过了时间，犹如过了这个村就没有那个店了。去年来吃过一次，感觉味道棒极了，今天又慕名而来，尝鲜夫妻店。真是酒好不怕巷子深啊，再远的地方也要弯过去饱饱自己的口福。清明节旅游行程，随着一盘拌肥肠和一碗毛干饭在双流夫妻店而结束。

2017 年 4 月 5 日　写于成都

冬季旅游记（一）

狗年的春节在哪里过？要不要跟去年一样，在外面世界去旅游观光来度过？儿子说。

我说，可以呀！到温暖的地方去，到阳光、沙滩、椰林、仙人掌……的地方去。

今年冬天成都太冷了！天天温度很低，冰雪冷风和小雨交换着，即使阳光偶尔露脸，但川西平原的丝丝凉风还是让人缩脖抱胸。都说近些年成都暖冬，不知不觉冬就过去了，似乎没有感觉到有多冷，但今年真的尝到了极寒冰冷的味道。太冷了，就有了外出的冲动，脑子瞬间闪出攀西高原四季如春那阳光明媚、瓜果飘香、鲜花怒放的世界；那广西南国热带风情，海风阵阵，波涛汹涌、拍打海岸、浪漫闹腾的世界……

那究竟到哪儿去好呢？大家统一了意见，经贵州出海，沿途自由行，不定目的地，随意畅游，玩个无拘无束，耍个酣畅淋漓。

狗年2月2日，儿子驾车出发了。从成都到贵阳700多公里，全是大山沟壑，青山叠翠，如果是春夏两季，那会是绿色一片，生机勃勃。冬季的贵州大山，会冰雪覆盖，也会雾锁青山，时而云雾交加，老天多变，有时尽显难堪的色彩。记得前几年初冬与儿子奔跑在贵州的大山之间，忽然一段距离天色暗了下来，大雾弥漫，大白天犹如黑昼，能见度极低，所有汽车都开启了大灯，缓缓在高速路上爬行。我的心一下紧张起来，告诉儿子，一定谨慎前行，注意安全。车行驶几公里后，老天爷睁开了眼，又送出一片明亮的世界。

其实，这次出行，我有过担心，全国各地下雪冰冻的地方不少，贵州不在其外。如果从攀西高原经昆明拐弯出去是可以到达广西沿海等地的，只不过要多行一天，多行几百公里，但一路温暖如春。考虑到一些事，并想看看大山雪景，于是就决定贵州行。车行贵州境内，海拔升高，雪花飞舞，整个大山沟壑白茫茫，雾茫茫。青山已不在，冷风萧瑟，漫山遍野成了灰白的世界，像给大山表皮上洒了一层石灰粉。这雪景似乎有些另类，不洁白，不白雪皑皑，不银装素裹。其原因是雪没有下得太大，也就没有形成棉花朵朵般的北国风光，倒形成了霜冻冰凝的世界。G75高速公路的两边已见明晃晃的光影，已经结冰了，开车尤其要小心，不能太快，不能急刹车，否则怕出交通事故。到达服务站，我们即刻下车，脚踏在地皮下，身披雪花点点，感觉到了冰凉世界的冷酷，仿佛车内那点温暖一下消失殆尽。好冷啊！零下5度。服务站的工作人员全副武装，全身包裹，只留下两只眼睛在转悠。看见了飞雪的大山，看见了满山树枝被冰雪捆住，一派灰白的雪域风光。

一路战战兢兢，如履薄冰，晚上到达了贵州都匀市。都匀是地级市，又叫黔南州，是著名的茶乡，都匀毛尖茶闻名遐迩，过去还进贡朝廷。前年秋季旅游，下榻过都匀，这个城市给我留下了美好的印象。老城老街繁华闹热，城市风情颇有旧时光的那份浪漫，一座仿古特色街灯火辉煌，含有文化韵味。都匀的小吃爆炸一条街，烧烤和地方特色的冒菜香味扑鼻，感受一下发现非同凡响且价格便宜。当时，我跟同行说，这个地方好温馨，适合居住，贵州城市的风景不错啊！过后，我写了一篇都匀的游记装入我的书中。带着美好的印象再次来到都匀，这仿佛是一次重逢。一路风尘仆仆，天已黑尽，早已饥肠辘辘，儿子停好车，选择了一家酸汤火锅。酸汤火锅是贵州的特色，这汤酸而不腻，口感极好，有滋补养生之功效，是通过人工发酵处理的。近几年去过贵州几次，第一次喝酸溜溜的东西，没有感觉好特别。第二次，就是去年到贵阳，他们请我到苗寨酸汤餐馆喝酸汤肉头，这酸汤怎么就这样好喝呢？边问边喝了几大碗。就这样爱上了这道贵州名菜，一到都匀就自然要喝酸汤了。儿子告诉我，其实，酸汤的发源地就在都匀这一带，是资格的老字号地方。

一盆红彤彤的酸汤牛肉放在桌上，一会儿就翻江倒海鼓着气泡。小孙子目不转睛望着色彩斑斓氤氲缭绕的美食汤锅，饶有兴致地期待品尝，遗憾的是有些辣，他不断吐着舌头，还是坚持了一阵子。实话说，这家酸汤赶贵阳市苗岭酸汤火锅差远了，不正宗，看来吃酸汤火锅还是要找知名的餐馆。都匀的夜色很美，流光溢彩，我们下榻在文峰大酒店，这里离黔南州政府不远，远目那座富丽堂皇似酒店的迷人建筑就是政府的大楼,晚上的它绚丽多彩,给人视觉上美的享受!

次日清晨,天还未亮,儿子在微信中问我起床没有,我说,早起来了。他抱怨,这酒店空调太不给力了,一晚上冷得不行,赶紧起来把饭吃了,离开这个寒冷的地方。确实有点冷,空调似乎没有效果,我包裹着羽绒服,和衣睡了大半晚上。酒店免费供应早餐一顿,我进餐厅一看,就是一碗米粉,几盆肉臊子可以自己选择享用。我吃了一碗牛肉米粉,感觉太少,问可否再来一碗,回答是要另外付费,刚端出来热乎乎的鸡蛋也得要另外给钱。什么酒店哟,价格这么贵,早餐这么忽悠人,太小气了。都匀的酒店服务实在够呛,仿佛在我眼里蒙上了一层灰。儿子说:去外面看看,一会儿赶快逃离,这里太冷,贵州这地方就是这样,旅馆贵,服务又不好,与沿海城市差距太大了。他常年在外面跑,是比较有体会的。这些年,我也常外出旅游,而且到沿海发达地区去得多,这方面也是有体会的。但凡到一个地方住旅馆,第一就是搜索维也纳大酒店,四星的品质,三星来收费,尤其是暖心的服务让人满意。只要是会员就会享受免费早餐,而且早餐质量非常好,什么都有,相比一些酒店,维也纳是家诚信品质的企业,值得信赖。所以,我出走一趟,基本选择维也纳。

跨出都匀文峰大酒店的大门,外面的寒风席卷而来,大家直呼冷,一身厚厚的羽绒服似乎没有穿,一看是零下的温度。赶快把行李放到后备厢,钻进车里,一溜烟离开了都匀。都匀到广西境只有几百公里,几个小时后就到达了广西,天空蓝了,太阳暖暖的,阳光溢满大地,一座座山峰高矮相间,青色凸显,这些坨坨山见了很亲切,桂林山水的意境一下涌来,像刘三姐站在山头向我们打招呼,欢迎大家到广西来。车停了下来,都下了车,沐浴着阳光,身上温暖舒适。望一望蓝天白云,呼吸一下空气,都释然放松,太好了,阳光灿烂的日子,恐怕大家都很向往。

往哪里走?是到海边城市防城港去金滩,还是到海边城市北海的银滩?儿子说。

那就到北海,晚上去北部湾广场吃海鲜大排档。小孙子高兴得手舞足蹈,显示出极大的热情。他说他最喜欢吃海鲜,特别喜欢吃扇贝和生蚝。说起北海北部湾海鲜一条街,我现在仍记忆犹新。前年到了北海,就下榻在北部湾维也纳大酒店，安排好房间，我们几人就去海鲜一条街。到了此地，天空已显暮色，一条街那阵仗，吓得我直吐舌头。这里是海鲜产品大世界，一里路上的两边全是玻璃水缸，流水声和鱼腥味掺杂其中，叫喝声与人流熙攘互动着。不仅仅是海鲜，什么烧烤，什么冒菜，什么印度飞饼，什么肉夹馍……比比皆是，一条街烟雾腾腾，非常有特色，简直有上海城隍庙和成都的荷花池热闹，比南京的夫子庙和越南芒街跳蚤市场还要热闹。这是个什么样的场景？即刻我们被感染了，找到一家海鲜店，坐在路边的大棚里，迎着阵阵海风，惬意地吃了一顿海鲜。其实不是吃海鲜，是在吃气氛，凑热闹，找感觉。面对如此乱糟糟的海鲜世界，我很忧虑。如此美丽漂亮的北海市，这样的环境能给旅游城市添光增彩吗？应该不会。我问一些做生意的老板娘："你们这样乌糟糟的环境，政府同意吗？""同意，我们缴了清洁费的。今后政府是否治理，我们也晓不得。"老板娘经我一问变得谨慎起来，她可能想，这人是干什么的？

夕阳西下，我们到达了北海。看到了大海，看到了椰林，也看到了熟悉的北部湾维也纳。进了维也纳豪华大厅，似乎有了一丝归家的感觉。服务员登记上我的名字，笑容可掬，即刻为我这个会员升级，这样更能享受会员的优惠。她们还为我们办了增加一人免费早餐的手续。维也纳的细节服务真是温馨贴心。小孙子高兴得不得了，可以、可以，很好、很好……

同样，把行李撂在房间，大家就涌出了门。问门童，北部湾海鲜广场还是原地方吗？门童用手指着对面的方向，告知我们从中间这条小街进去更近更方便。跨过马路，走到北部湾广场，怎么没有以前那闹热的场景，一条干净宽敞的马路映入眼帘。怎么回事，我走错路了吗？我恍惚着走到一个环卫大妈面前问道，海鲜广场是此地吗？大妈告诉我，现在不允许满街摆摊设点了，经营生意都在门店里面，外面不准做生意了。哦，前年我担忧的事，北海政府果断出手治理，乱糟糟闹腾的环境得到改变。虽然没有以前那道异常的风景线，但北部湾广场整洁靓丽了，给了游客一个文明的环境，这样是对的，旅游城市应该树立榜样的形象，不能为了一点眼前利益，拣了芝麻，丢了西瓜。要着眼于未来，把北海市建设成为一座优秀旅游风光城市。

我很喜欢广西北部湾这三座海边城市，它们相互距离不远，各自有自己的特色，北海有银滩，防城港有金滩，钦州有海豚嬉戏的地方，旅游资源都十分丰富。尤其是北海，历史文化底蕴很厚，一条上百年的老街，多少老字号建筑保留下来，凸现沧桑之感，值得观赏回味。北海老街横卧在海边上，海风吹来，那海洋文化的意境彰显无遗。北海既保留了古风韵味特色，又在新城建设中凸显了现代化和国际化，城市既有民族特色，又有现代进步风格，不失为一座让人流连忘返的城市。我甚是喜欢。这不，北海市，我又来了！

2018年2月4日　写于北海维也纳北部湾大酒店

冬季旅游记（二）

　　清晨打开酒店的窗户，一股海风飘了进来，没有咸湿的味道。阳光洒落在城市的房顶上，远处的大海清晰可见，一排排船只和正在行走的大船映入眼帘。北海的风景真美。昨天服务员对我讲，我的会员升级成功，已经安排住到了海景房。原来住宾馆，来也匆匆，去也匆匆，很少有时间打开窗户或站在阳台观景。今天真是无意识开窗户，却得到了大海风景的回报。忽然想起了海子的一句诗：面朝大海，春暖花开。恰逢立春，这春的气息仿佛嗅到了。

　　阳光明媚的北海市，清晨城市静悄悄。公路上的汽车不多，棕榈树在海风中摇曳，很有一派南国的热带风光。大海边上的城市有它特有的风格，阳光和海风是主旋律，臭腌鱼味偶尔也能闻到。

　　早餐后，我们出门了。今天去十里银滩。银滩是北海市的一张名片，知名度很高。都说北海的银滩漂亮，细细白白的沙粒，远目泛起银色的光。银滩依偎着那碧绿的海，海水平静，没有波涛，像个娴静美少女。海的女儿真有那么婀娜多姿？一会儿就会知道了。天气真好，迎着阳光，到了北海公园。公园有个球形标塑，格外显眼。球形标塑旁，一群群"候鸟"翩翩起舞，他（她）们都是来自全国各地的退休职工，冬季在北海享受阳光，享受大海，享受人生，生活得有滋有味。走进公园，我看见了大海，也看见了那一片银白的沙滩，真是银滩啊！银滩上站了许多人，海风轻轻。一些老年人带着孙子孙女在垒沙嬉戏，也有一些老年夫妇自带小木椅坐着，遥望大海发呆，他们在思考什么呢？

　　看见大海，我总是按捺不住，情不自禁流露出向往。我奔向银滩，脚踏在沙粒中，望着前面的大海，天空很蓝，海天一色，广西北海银滩真能说得过去。银滩很长，它最大的特点是适合游泳，多少人愿意到海水中去体验一下，这里很安全。我的小孙子看见大海很兴奋，看见沙滩更是去垒沙玩沙，高兴得不得了。大海，阳光，沙滩，还是挺迷人的。

一位女士走到我身边，她说她是恒大房地产集团的工作人员，愿意买海景房可以找她。

我说，冬日温暖怎么在北海体现不出来，我穿着羽绒服完全感觉不到热？

售房女士说：今年天气特别反常，往年这个时候都是二十度左右，挺暖和的。

其实，海边的风景固然美丽，像广西的北海，防城港和钦州市的海景房并非是香饽饽。冬天十二月至次年的三月是最好的气候，不冷不热。但其他时段气候并不好。春季，家里反潮流水，湿度太大，人也不舒服，尤其是夏季的时间非常长，炎热闷热伴随，周身黏糊糊的，极不舒服。所以，多少"候鸟"也要算账，花很大一笔钱利用率低并非很划算，这就导致了北海的房子有价无市，甚至在滥市。

每次出来旅游，总是离不开房子的话题。因为，像北海这些城市，也是借旅游产业吸引"候鸟"来推动房地产的开发，"候鸟"经济在这里显得尤其重要。如果把房市铺大了，一窝蜂地修海景房同样面临销售的窘境。应该说，北海市的整体环境不错，又是海边城市，冬季还是暖和的，但比起三亚和厦门的冬季，那还是有差距的。我关注房市与"候鸟"经济有关，我也是一只"候鸟"且在关注着利川谋道苏马荡的发展，通过了解情况掌握一手资料看是否有借鉴的可能性。北海的房市不是很活跃，主要还是与气候有关系，倘若有三亚的冬日暖阳，那房市就应该掀起波澜，向着好的方面发展。

应该与银滩说再见了，因为要去三亚，沿途的海边城市太多，像琼海、万宁和文昌等。离开北海后，赶紧往徐闻海安渡海码头赶，争取晚上抵达海口市。

说起徐闻，有件事让我终生难忘。前年金秋十月，我们一行驱车前往海南。那天的徐闻县，天气阴沉得可怕，接着就是小雨霏霏。车到海安码头，见到长蛇阵的货车停了几里路。是个什么样的情况？大家的心里顿时七上八下，纳闷着有了丝丝担心，会不会有异常情况影响过渡？果不其然，车到海安码头见一张告示：因台风原因关闭出海通道，届时等候海事局通知。哎呀，运气真不好，怎么办呢。进退两难做出选择，无奈在徐闻县待了下来。找了徐闻一家装饰一新的宾馆，住宿房价不便宜，但条件一般。此刻的徐闻开始刮起了大风，整个县城风在怒吼，那巨大的海风把椰树刮得东偏西倒，伴着怪叫把我们惊得胆战巍巍，台风这妖怪是吓人啊！只有在宾馆猫着，大家的心情降到冰点。

中午要在徐闻吃饭，大家迎风出行，找了几条街难觅一家有规模的川菜饭馆，到处可见的是一些快餐店，广东的烧鸭标牌彰显突出。没办法，只好在烧鹅店吃了一顿饭，现在还回忆起那甜瓜瓜的味道，只差没有呕吐出来。晚上继续出去找吃的。徐闻真没有一家好饭馆吗，我就不相信？结果一行人打着伞漫步在县城，东南西北几条街找遍了，结果还是以失望告终。徐闻是广东的一个海边城市，著名的侨乡、菠萝之乡，是到海南岛唯一的渡海码头，到海南去，除了飞机，地上的交通工具都要走徐闻这个通道，连火车也不例外。

让我记忆难忘是海安码头的渡海船。海安码头停靠着多艘大轮船，让海安码头亮色不少。像我们这些平原大坝生活的人，忽见大海，忽见这些巨轮，眼睛就放光了。大海浩瀚无垠，大轮船威风凛凛，足以让我们顿生羡慕之情。可这些美好的东西在渡海过程中消失得干干净净，反倒产生了不好的印象。次日，雨继续在下，风继续在嚎叫，我们再次驱车到码头，如果渡海遥遥无期，就选择放弃海南之行了。还好，海事局通知可以出海了。当时大家好高兴，即办手续付款进入了出海通道，接着开进了巨轮的肚子里。按照人车分离的规定，我们都坐在客舱里，一看时间上午十点钟，估计半小时会开船。结果大轮船纹丝不动停在那里，广播中又传来消息，还需耐心等待，这一等就是听到广播中反反复复的商业广告声音。船上的方便面兜售一空后，中午十二点过后，船启动出发了。我看出了破绽，这家海轮运输商真是太聪明了，时时刻刻不忘挣钱，大钱小钱都要挣。国家和社会在快速发展，都说时间到哪儿去了，徐闻海安码头却让时光慢慢流失，我真是长见识了。

昨天再次到徐闻，天公作美，阳光明媚，这一年多，徐闻应该有变化吧！实话说，是有变化的，公路宽了，房子建了不少，可街边的白色垃圾仍然可见，给人感觉这个地方的环境卫生并未得到根本性的改变，这个文明城市还需要花大力气来改变现状。今天我们可是上了一条新船，下午四点多钟通过微信支付了费用。这新船可会变魔术了，通过升降机把小汽车送上第二层。

我们的车最先上船，结果是最后下船，让我们在寒风中等待，心里涌出了愤怒。四点多钟上了船，六点钟船才开始行走，一年多过去了，这里故伎重演，广播中仍然是不停的广告，结果是让大家把方便面吃了再走。我从下午三点到徐闻过渡，晚上九点才驶离码头，六七个小时才完成渡海，徐闻海安码头，再次认识了你的狰狞。太可怕了！我找到码头的工作人员：这怎么回事？如此发展速度的今天，这轮船倒是在走回头路，这样有意思吗？带着浓浓粤语腔的工作人员说：这确实太落后了，让你们久等了，可这是老板的事，我们也没有办法啊！海安渡海码头啊！真是让我们记住了你。带着一腔愤愤不平的心情，半夜到达了海口宾馆。宾馆条件不错，也让我们找到了一丝安慰。

        2018年2月5日　写于海口新奥斯罗克酒店

冬季旅游记（三）

　　海口市是海南省的省会城市，也是中国最年轻的省会城市。原来的海南区域隶属于广东省，后国家为了大力促进海南省的发展，批准设立了海南省。海南省地理位置独特，就是一座岛屿，故称海南岛。到海南省除了坐飞机，其余的交通就得采取渡海方式，靠海轮到达海口市。海口市是一座著名的海港城市，一艘一艘的巨轮满载大大小小的汽车来回穿梭在海南岛上。海南是热带风光突出的地方，阳光、沙滩、椰林……构成了岛屿特色，这里的冬天是温暖的，尽管海口市冬天还穿厚衣服，可几百公里的三亚市却是春天的节奏，温度通常能升到二十多度。踏上海口市，一条滨海公路宽敞绿色，高大笔挺的椰树被海风轻拂着，大海的风景映衬着海口市，使这座椰城格外风光美丽，透着岛屿浪漫风情。

　　一排排高大帅气的楼宇立在滨海大道上，大海宽阔浩瀚更加突出了它们的个性，这些建筑风格迥异，错落有致，迎着阳光，迎着海风，显得美艳和骄傲。海口市不显拥挤，干净利落，给人以温馨温情。海口市的人口不多，只有两百多万人口。城市不大，现代和古老同步，海滨大道凸显国际化，外国人摩肩接踵，那飘逸的金色被海风卷起，蓝眼睛扑闪扑闪的，甚是迷人。当地人差不多都是黑黝黝的皮肤，阳光日照充足让一些原本肤白的人变成了麦肤色，麦肤色就是欧美人喜欢的健康颜色。海口市的码头是漂亮的，远观一群群一组组高矮相间鳞次栉比的建筑，就像眼中的香港维多利亚港，或许海边城市都是这种风格吧，这种风情韵味很醉人的。

　　徜徉愉悦的地方，格外凸显风情万种。在海口市的任何一条大街上，你会发现一群群和一拨拨穿着色彩艳丽的人，女人戴着遮阳帽，红红的嘴唇，鼻上架着一副蛤蟆镜，脖子上缠着的五颜六色的纱巾被海风吹得漫天飘舞。一些女人大红花灯笼裤被海风灌进，忽然就膨胀起来，像似在跳凤阳花鼓。

男人们不输女人的着装，近看脸皮皱纹密布，但精气神十足，一身运动装健步在大道上，沐浴着阳光和海风，尽情浪漫。这些人一看就是"候鸟"，而且还是来自老四川的"候鸟"。海南这片热土有大量的四川"候鸟"在此暂居栖息，分布在海口市、琼海市、三亚市，比较集中的在万宁、文昌和五指山区域的保亭，这些"候鸟"为海南的经济发展贡献了滴水灌池的作用。海南人说，四川人喜欢大海，喜欢闻那潮潮的咸鱼味。内陆人见到大海和长江，是有一种视觉上的冲动，喜欢大海是情理当中的事。

一大早我漫步在海口市闹热的地方，昨晚海轮上的不快被海口市的漂亮景致一扫而空。看着海口城市晨曦蜜黄的色彩，海风轻拂着我的面颊，顿时有些心旷神怡。街道上那些鲜花红扑扑的，绽放出火热的情怀，高大的棕榈树登高望远，脚下却是繁花似锦，海南的春天早已来到，拥抱春天真好，难怪如此多的人爱上了海南岛。我爱五指山，我爱万泉河……其实，"候鸟"们更爱岛屿的风光，岛屿冬日温暖，岛屿的瓜果飘香。大街上随见新鲜滴翠的热带水果，椰子果码堆成一座座山。一个沉甸甸的椰子果被卖椰子的人削去上盖，一根小管插入椰果，一群姑娘一个个怀抱一个大椰果，嘴巴吮吸着那清甜的椰汁，心里比椰汁甜。目睹着海口的千变景致，对海南有了崇敬的心怀，这椰林遍布、瓜果飘香的地方乃是人间天堂，祖国的宝岛名不虚传。

海口的公交车是黄灿灿的，出租车也是黄色的，阳光洒在海岛上，黄灿灿金闪闪的，阳光灿烂，阳光明媚，展现出海南岛的绚丽多彩。多彩的世界会让人情不自禁，似乎有了流连忘返的感觉。清晨八点，海口一片静悄悄的，没有汽车喇叭声，上班的人流轻声细语地在我眼前晃过。海口市民的主要交通工具是电动自行车，男人戴着口罩，女人脸上蒙上一层布，这可能是避风的需要。不熟悉海口的小街小巷，也不知道海口人早餐吃什么，更不知道海口的特色早餐，估计跟广东人生活有些相似，老百姓早餐可能就是一碗米粉之类的食物。没有寻觅到集中卖早餐的地方，我跨进了肯德基，要了一杯豆浆和一个酥皮夹层培根太阳蛋面包，价格不贵，就十二元钱。看来海口的生活水平跟成都差不多。

上午十点半，我们离开了漂亮舒适的酒店，导航驱车前往三亚。三亚是大家一致选择的目的地。儿子一路在选择酒店，我钟情的维也纳酒店一直都没有订到，价格已经高出平常两倍了，没有五百元很难订到一个房间。好在后来订到了三亚一个离海边很近的温泉酒店。酒店设在小区里，看得出来是投资人出租给酒店公司运作的酒店，条件一般，价格昂贵，有的房间居然要一千多元。这就是火爆旅游城市的三亚市，但凡节假日，它就露出了张牙舞爪般狰狞的面孔。旅游淡季时，她挺温柔的，像个贤惠的女人，到了旺季，这些宾馆酒店全成了下过雨的太阳、嫁过人的婆娘（四川土话，形容厉害），反差极大。

从海口到三亚不到三百公里，开车需要四个小时，倘若路上有特殊情况，多半要大半天时间。今天还好，路上堵了一阵子，其原因是修路。我估计是在加快补修路面，迎接春节大假这轮旅游高峰。春节大假，国人旅游倾巢出动，我们就选择错峰出行，在这段时间旅游玩耍，待大部队到达旅游目的地，我们则选择回家，这样就避免了拥堵。去年春节前到攀西高原后在昆明住了几天，大年初二就离开了昆明返回，一路上清清静静，交通顺畅。下午四点半，我们平安抵达了美丽的三亚市。重游三亚，别来无恙，你还好吗？下榻旅馆，稍作休息，大家出去找饭吃。儿子联系了一家餐馆，去吃海南的特色菜：椰子鸡。到了海边不远一家餐厅，这里已经是满堂宾客，生意好啊！一看就是度假的"候鸟"和游客，一个五人吃的套餐380元。选好套餐就坐了下来，一瓶法国葡萄酒开启了我们的三亚之行。我目睹了椰子鸡的制作过程，就是送上一汤锅，清清的水倒上一个新鲜的椰汁，然后将两盘鸡倒入汤中，一个流沙小瓶放在桌上，工作人员告诉你，只要沙漏空，就可以吃鸡了。这是一个噱头，使人产生好奇感，不过就是三分钟的时间。三分钟可以吃鸡，这鸡熟了吗？我有些迟疑。儿子说，就是三分钟，这是当地特别饲养的嫩鸡，不大，时间煮长了，反倒老了，味道也没有那份鲜美了。鸡入口中，甜甜的味道，加上蘸佐料的味道，混合美味就出来了。其实，这鸡的主要营养是在汤里，多喝汤就对了。餐毕，漫步在海滩，海那边灯火辉煌，海滨城市的美韵一下展现无遗。天色黑尽，银白沙滩伴着起伏的浪潮把我们带到了那梦幻般的遐想，大海美啊，三亚真是多情的地方。

2018年2月6日　写于三亚君然温泉酒店

冬季旅游记（四）

　　三亚是座浪漫多情的城市，也是一座闻名遐迩的旅游城市，它是一个神奇的地方，中国的一张响当当的名片，吸引着中外游客纷至沓来。三亚获得如此殊荣，受到地球村的公民广泛关注和青睐，得益于三亚有漫长的海岸线，而且沙滩绵延宽广，人们可以与之邂逅亲水，感受波浪翻滚、浪击岸边拍打肌肤的美妙。人们尽可在三亚享受阳光、沙滩、椰树、海风的情调，更可以下海搏击，游泳嬉戏。冬日的温暖更会让生活在冰天雪地的人向往追逐，这里是明媚阳光之城，尤其是冬季更凸显她独特的魅力。

　　三亚旅游热持续在升温，一拨一拨的中外游客似潮水般不断涌进三亚，其势头愈演愈烈，似乎不到三亚旅游，这辈子都会留下个遗憾。因此，冬季到三亚旅游观景享受温暖就成了常态，而且是驾车自由行，使得三亚这个城市就成了向往的胜地，显露出麦加朝觐那人流如织的盛况。人多车多使这座城市疯狂起来，节假日不仅仅旅栈和宾馆爆满，更使这里楼市一度疯狂到现在形成了高不可攀的房价。有人炒，有人来疯，这里就会形成一些造富神话。先期踏入三亚的人笑得心花怒放，这些人显然是捡了一个大便宜，发了一堆财。可后来一些人高价买的房，你想及时变现赚一把钱，那只是理想的愿望，市场不会给你机会，只有自己住或租出去。表面上繁华梦幻的三亚，却处处暗藏陷阱，投资人稍有不慎，也会被套牢而损失惨重。精彩的世界，并非一地黄金任人捡，弄不好就是一地鸡毛。撇开投资的事，三亚确实是座风景如画、风光旖旎、充满海域风情，甚是迷人的城市，它确实有诱人手段，让多少人风尘仆仆纷至沓来，把大把人民币撒在天涯海角、三亚湾、亚龙湾……迷人的诱惑是挡不住的，连我都第二次踏进这块热土了。

　　回忆是重逢，再次重归三亚更是直接的重逢，但奇怪的是，这次似乎没有那么强烈的向往了，因为，我来过一次了，新鲜和惊讶自然就弱化了。

早上到酒店用过早餐。酒店的西餐厅规模很大，吃饭的人络绎不绝，可以从一个侧面看到三亚旅游旺盛景气的一面。我入住的这家酒店离海边200米，高层楼海景房住宿每晚一千多元。这块地方的房地产市场较成熟，一些知名的小区在此安营扎寨。从酒店出来几步路就迈进了碧桂园售楼部。碧桂园是全国知名的房产企业，与万达集团同一层次，引领着国内国外房地产市场的发展。

　　太阳出来了，今天的三亚又是阳光普照，微风习习，棕榈树叶一片片在摇曳。空气超好。望着海边那方向，就此搁笔吧，一会儿出发，去沙滩，去那湾……

　　号称东方夏威夷的亚龙湾离市区二十多公里，这里的海水碧绿洁净，银白的沙滩，沙粒细腻，风景独好。今天到了亚龙湾，眼见为实，这里确实是一个好地方。三亚的亚龙湾此刻风和日丽，还未到春节，游客依然不少。一条沙滩线上站满了大人小孩，小孩子都喜欢玩沙粒，买一套工具，刨一大沙坑，脚上手上粘满了沙子。亚龙湾周围的环境一片绿色葱茏，尤其是亚龙湾路两边的大树形成了蓬状，阳光只能从缝隙挤进来，斑点幻影流在了地下。老天爷赋予亚龙湾美丽的景致，得天独厚的自然条件真是诱人，引如此多的游客前来观光。游客中不乏许多外国人，俄罗斯和东欧国家的游客是主流。到泰国看大海，总觉那片海很美，其实中国海南岛的琼海也很美，尤其是三亚的大海似乎有脾气，张扬不拘，海浪不停地迎上退下，退两步进一步，节节攀升，始终前行。有个性的大海更动感，更具魅力，给人视觉上无限的想象力。中国有自己动感的海岸线，三亚湾、亚龙湾、天涯海角……一点不输给泰国的大海景致，自己的国家有如此海天一色的风景，何必跑到国外去看海问海呢？到海南岛来吧，到三亚来看海吧，涛声依旧的情怀撩你生情，定会给你留下难忘的印象。

2018年2月6日　写于三亚景区亚龙湾

冬季旅游记（五）

　　记得三亚解放路附近有一条小吃街，全称建设小吃街。这条老街有几家卖卤菜的，荤素都有。这里卤菜卖法不一样，门口一大筲箕堆满了热气腾腾的卤菜，按一堆一块肉食计价卖，比如一块肉八元钱或一块鸡肉八元钱，又或一块豆腐干和一个土豆三元钱，由卖家挑选搁置在盘子里，饭店老板就在案板将卤菜切好，然后用特制的麻辣佐料，辅以香菜，这盘卤菜就成了，吃起来香喷喷的。小店的卤菜是传统菜，贴近老百姓的生活，受到当地人的喜欢。前年金秋十月，我们入住在维也纳凤凰岛店，此处就在解放路区域。解放路是大东海一处极繁华的商业大街，这里有知名海鲜市场和水果夜市，而且还有几家颇具规模的大型商场超市，构成了闹热的场景。晚上的解放路灯光璀璨，流光溢彩，景色美丽。

　　建设小吃街，上一次到三亚去光顾过。一家达州妇女开的卤菜店不但卤菜质量好，公道的价格和优质的服务均受到了好评。我们是无意识踏进小吃街的，看到一妇女正在小店倒腾卤菜，干练熟悉的动作吸引了我们，就此在小店要了几盘卤菜，大家一品尝，都被这美味佳肴吸引住了，齐呼好吃，特别接近重庆万州的味道。几杯小酒下肚，吃着荤素搭配卤菜，舌尖美美地幸福了一阵子，第二天晚上又去光顾。我对达州妇女开的小店给予了赞扬，而且告诉她，准备在三亚再待几天，天天晚上来吃这里吃饭。孰料，一场台风涌来，让我们落荒而逃，飞快地驶出三亚市。这次重逢三亚，在路上就跟儿子说，一定去建设路小吃去光顾达州妇女的开的小店。儿子也表现出极大的兴趣。

　　昨天下午三点离开了亚龙湾。离开前在亚龙湾回民好吃区吃了两条烤鱼，鱼很便宜，但味道不是太符合我们的口味。忽然发现亚龙湾这块地方有如此多的回民，而且建筑都带回族清真寺的风格，后一打听，三亚的回族很有影响，且在三亚的发展中贡献了力量。有一本《三亚回族》的书，可能看这本书就知道亚龙湾回族人的历史了。

　　径直往三亚解放路赶，总算又订到维也纳凤凰酒店的房间。路上大家都说，到酒店放下行李就先去建设好吃街整一包卤菜，然后到海鲜市场购买海鲜产品，找一家饭店加工，痛痛快快吃一顿海鲜。小孙子好期待，他吃海鲜的水平胜过大人，甭管是量还是兴趣，都表现了极大的热情。下午的太阳好大，温度升高不少，一身冬装让我大汗淋漓，这三亚太暖和了。到了维也纳，甩下东西就直奔好吃街。解放路这片区域的外墙又进行了整治，城市的面貌发生了变化，它似乎更年轻了。看到了建设好吃街的拱形牌匾，忽然来了冲动的情绪，大步流星跨进小吃街，眼睛左扫右扫，没有寻觅到达州妇女开的小店，很扫兴有点沮丧，很不情愿在本地人小店整了一包卤菜，价格贵多了，味道简直无法跟达州妇女的小店比，这好吃街让我重新认识了。

　　拎着一包卤菜，大家齐奔海鲜市场，一蒙面女人一路跟着我们到海鲜市场，不断地介绍我们去她家餐厅去加工海鲜。儿子他们提了几大包海鲜产品，两只大龙虾和一大堆爬爬虾等海鲜产品。和蒙面女人一番讨价还价之后，最终以200元的加工费达成一致。

　　一阵工夫几大盘海鲜产品出炉，两只大龙虾红彤彤的，装满一大盘子。一大堆爬爬虾像座小山。一大盘扇贝几十个，还有其他一些海鲜产品。真是海鲜大餐呀！平常对海鲜这玩意儿，我是不感兴趣的，未觉得它有多好吃。可昨天现加工出来的大龙虾燃起了我的兴趣，一家人美美地豪尝了一顿海鲜大餐。一大瓶白酒也底朝天了。小孙子吃得心花怒放，大家都很尽兴。完毕，我们去了水果夜市，一排排的水果小店都被五彩缤纷的水果装扮得像一幅画，或者像一大水果拼盘，走近一看，价格比成都贵多了，除了椰子，难免让人觉得有些离谱。但有的地方不会一样，像亚龙湾的回民做生意，明码实价，一条大黄鱼就50元钱，一条红斑大鱼就70元钱……我好感叹，这样的海鱼在成都就无法买到，更别说这合适的价格了。出门旅游多留心为好，像三亚这样火爆的旅游城市，物价贵点是正常的，但不能离奇，如今撑起旅游业的大军是老百姓，一些高价格离老百姓生活渐行渐远，最终倒霉和损失的是一些旅游地方。所以，旅游产业也要规范化，按市场诚信公平互惠来吸引游客，这样才能长久。云南旅游业一度被游客投诉不少，声誉极坏，现云南省挥重拳治理，谁要乱来，就治理谁并收到了显著的效果。三亚更是要重视物价的管控，一旦商业化过度泛滥，三亚让游客来重新认识它，这个城市就面临舆论上的压力，给游客和"候鸟"蒙上一层阴云，久了就会影响当地发展的步伐。但愿三亚对旅游业有清醒的认识。

今天我们将离开三亚前往琼海市，到博鳌镇去看看。

2018 年 2 月 7 日　写于三亚维也纳凤凰店

冬季旅游记（六）

你听到了大海的巨吼声吗？你看到了大海汹涌澎湃那庞大的气势吗？今天我可听到了琼海那愤怒的巨吼，而且是吼声连天，一浪高过一浪；今天我还亲眼看到那铺天盖地排浪扑来的汹涌澎湃，那气势简直可以用逆天来形容。

从三亚到琼海博鳌镇开车用了三个小时。

离开三亚时与朋友在餐厅小聚了一下。大东海附近有一家私人餐厅叫鲍鱼堂，朋友说，这家做的菜好吃，价格比三亚市内便宜，运气好还能吃到渔船当日打捞的野味。果真我们吃到了刚从海上打捞的一条野鱼。这鱼叫什么名字我记不住了，可我记住了这鱼鲜美的味道，鱼肉细嫩丝滑，入嘴化渣，无一点海腥味。餐厅老板说，腥味重的鱼那不是野生的海鱼，真正野生的那是没有腥味的。实话说，不到海边，不进渔村，那是品尝不到肉质鲜美的大海鱼的。算我们有口福，品尝到了海南琼海鱼类的鲜美。

到了博鳌镇，直接就将车停到了海边。这地方是博鳌海岸线的一个角落，是一块金色的沙滩，眼前那片礁石和海浪亲热得不得了，海浪不断地缠绵礁石，一次又一次扑上去拥抱它，不断亲吻它，口水流下一大片。浪击礁石，碰撞出巨大的水花，那景观给人以震撼。在三亚湾和亚龙湾，海水平静，偶尔卷起波浪，发出的声音恰似温柔，可博鳌这海边，一群猛兽大发脾气，怒气冲天，那卷起的波浪直飞几丈远。一对母子站在沙滩几米远的地方望着巨浪，儿子正想向前跨一步，巨大的海浪扑来，小孩已经站在海水中，他亲吻了海水，尝到了海盐味，裤子和鞋子全湿透了。这有些危险，如果风大，海浪更会飞出几十米，把人卷入海中是容易的事。琼海博鳌海边，属于外海，相比这里沙滩不多，风大礁石林立，在此听海问海却是另外一番味道。

沿着博鳌环海公路，目睹海的姿色容貌，倾听海的故事缠绵不休，感受椰风阵阵的凉快，这同样是一道风景感受。沿海滨公路行走，见小镇的海景房高矗林立，一堆一堆的。沿海公路上不少老年人在漫步，面庞都被海风吹得黝黑干燥皱纹如刀刻一般。他们发出的声音，一听就是北方口音，据说都是东北人。到海南买房的主力军，来自老四川和黑土地的大东北，这些"候鸟"支撑起了海南房市的一片蓝天。东北和四川都缺海，这似乎成了"候鸟"追求大海风景的一种愿望，但真正在此待着，还是享受海南的阳光，冬天这块地方暖和啊！生活在零下几十度的东北人在海南过个冬天，次年又会卷被而来，这海风送暖相比北方那寒冷世界刀刮的风还是两回事。海南造福于东北人，琼海边成了东北人的福地。

　　在博鳌，我游荡在海边，看见一些房子离海很近，难怪大海不断地愤怒巨吼，人类已经侵犯了人家的领地，大自然环境有它的规律性，一旦填海消灭沼泽地，会让多少动物和生物无法生存，大海是有意见的。海南正在积极采取措施，停建海边房，按照国家要求，所有建筑退后海边三百米，已建的要拆除，违章的坚决拆出，不违章的由政府补偿性拆除，还我大海的领地。其实，我想说，根本没有必要再建再修这些海景房了，成群成片的海景房不知道要住多少人。人多了破坏性大呀！遍地的白色垃圾，连我小孙子都在评说了。我注意到海边一些地方垃圾箱特别多，正值椰子挂果的季节，热带雨林的水果四季不缺，那果皮堆成山，温度高变质快，垃圾的恶臭伴着海风飘来，其味难闻。

　　镇上的售房人员告诉我，三亚成了旅游城市，各方面条件成熟，所以房价极高。但三亚的人多拥挤，交通拥堵等弊端出来了，一些人都转向琼海、保亭和陵水等地买房子。我说，这一买，海南到处房价就起来了。博鳌小镇，喜欢关注新闻的中国公民，兴许不会对这个地方陌生。因一次国际峰会——亚州博鳌论坛在此召开而蜚声世界。菲律宾前总统拉莫斯宣布博鳌成为永久性论坛会址，助博鳌腾空而起，一下就成了一块旅游的热土。中外游客对博鳌感兴趣了，纷纷飞来了。选择博鳌这个小渔村开国际会议不是随便就定的。博鳌是个有文化的地方，妈祖古文化在此地渊源流长。博鳌就是鱼多鱼肥的意思，其实琼海博鳌小镇就是一个丰盛的渔乡。

　　漫步在博鳌小镇，晚上的夜景甚是美丽。高大的椰树果实累累，一大坨一大坨的椰子果高挂顶端，迷人的光彩照着它，海风吹得树叶翩翩起舞，但椰果依偎在树杆上纹丝不动。小孙子望着那些椰果说：看哪、看哪，好多椰子哟！卖椰子的生意人说，这些椰子树属于政府的，果实熟了，政府会出售给卖水果的人。博鳌小镇很有情调，房子建筑带有海边外来世界的风格，与澳门和马六甲海峡小镇的房子建筑很相似，博鳌小镇虽没有教堂，但有妈祖庙。我在想，海洋文化恐怕都是在小渔村小渔港的演变过程中逐渐形成的。眼前博鳌政府正在实施全镇打造，到处都是脚手架，给小镇所有房子穿衣戴帽，青砖青瓦凸显还原小镇旧时光的特色。明年的博鳌小镇更会崭新亮相给游客以惊奇，博鳌的明天会更好！

2018年2月8日　写于博鳌小镇宏源酒店

第四章　观山览水

冬季旅游记（七）

　　清晨的博鳌小镇人少宁静。海风轻拂着小镇，椰子树上的椰果垂吊显眼，一派热带风光。小镇的店铺一半开门，一半关着。几家早餐店门口聚集了不少当地人，他们正在买早餐。海南人早餐吃什么呢？不看不知道，一看让人惊讶！早餐店的品种太丰富，大蒸笼里面的包子馒头花卷品种很多，几乎都有馅。一个大肉包子三元钱，这包子足够大的。一案板的蛋糕和面包，不仅花样品种多，而且价格便宜，一块花式嵌拼蛋糕只卖三元钱，一般的蛋糕和面包就两元钱。这么丰富的早餐看得我眼花缭乱，真没有想到，小镇的早餐美食如此丰富。

　　我不知道吃什么了，早餐店工作人员告诉我还有米粉。那就来一碗米粉，一根油条。一根油条胖胖的，我掰开一节，怎么里面像面包，入嘴尝尝，还真是好吃，香且微甜，软和不油腻，这跟我们四川的油条是两回事。一碗米粉端来了，好大一碗，味道不错。海南人做生意实在，货真价实。一碗以香菜瘦肉丝混合的米粉，吃完了就没法再吃下油条了。我观察在早餐店吃饭的本地人，他们一般要一块蛋糕或一个包子，桌子放了一杯热腾腾的饮料。这是什么饮料啊？我在问。吃早餐的中年人说：是奶茶，椰奶茶，就两元钱。真划算，真不错的早餐，我买了几块蛋糕带回宾馆，大家都说，挺好吃的，挺新鲜的。

　　今天将到海口渡海返回徐闻海安码头。说起海南这渡海过程，大家都心有余悸，似乎有恐慌之感。因为渡海太难了，表现在时间上，要耗费一天的时间，到海南岛旅游，实话实说，需要两天时间耗在渡海上。我是第二次，体会特别深，知道渡海的艰难，这难就难在渡船的时间上，特别要有耐心有等待的思想准备，海船甭管是车装满了，还是人坐满了，反正由他们决定开船时间，多半要等很久，一两个小时是常事。我儿子第一次尝试海渡，这给他留下深刻的印象。前年我们一行去海南岛旅游，坐在海轮上，我问旁边乘船的一位妇女。她说：现在还好多了，过去一大早从海口渡海到徐闻，等这船开呀，等到花儿谢。等人差不多了，汽车没有装满不开，一直要等下午三四点才开船，到了徐闻天就黑了，必须要在徐闻住下，次日才能到广东其他地方，像我们做生意进货，经常会遇到，没办法。海轮大，跑一趟成本高，所以，这里的渡海是没有时间的。

说实话，国家发展很快，现在时间就是发展速度的关键，如此慢吞吞，是跟不上发展的步伐了。在琼海渡海往返，应该提速跟进，否则对海南岛的发展也是不利的。纵观两次渡海，车满人满都具备了开船的条件，可海安码头仍然我行我素，想开船时才开船，渡海时间表上的告示形同虚设。大家在码头等候过海，抱怨情绪大，共同的感受就是数落海安码头的霸道。昨天我们上午十点半到达海口渡海码头，等待中，多少开车的人都对码头在渡海过程中有意拖延时间表示出极大的愤慨，特别不能理解，你装满了，咋不可以走嘛？非要大家在码头或船上等候几个小时，等得心急如焚。昨天在海口码头等待一个多小时后，我们的车在十二点钟上了海轮，车是在尾端时间上的，轮渡已是车满人满，以为会在一点钟开船，结果还是临近两点才开船。还好，这条老船行驶一个多小时就到了海安码头，相比前几天去海南岛渡海时间整整用了三个小时，还是节省了时间。

在海安码头下了船，忽然如释重负，心情好极了，终于离开了这个让人纠结的地方。一路快速行驶，晚上六点多钟到达了广东湛江市。

湛江市，对我来说毫不陌生。前年我到过湛江并入住于市区维也纳酒店。今天再次到达维也纳酒店，这里的住宿环境和服务确实令人再次流连。老客人来了，酒店即刻提供了免费升级服务，住进了商务间。我记得此处的附近有几家海鲜大排档，而且价格便宜。湛江是海鲜出产之地，烧蚝就一元钱一个，其他海鲜产品都不错。湛江人说，到了湛江不吃海鲜是件遗憾的事。为了不留遗憾，所以就再次到此处吃海鲜。一年多的时间，湛江城市建设变化很大，这些海鲜大排档都升级了，吃饭的环境好多了。还有一元一个的烧蚝吗？果然有，于是大家聚在一起，又海吃了一顿海鲜大餐。

第四章 观山览水

湛江是个海边城市，城市打造得很漂亮，宽敞的公路，高大的楼房，凸现大城市味道。尤其正在打造的海滨路更是风情万种，椰林、沙滩、阳光陪衬着湛江，透出迷人的风采，海边万达广场那气派的建筑更是耀眼夺目。我曾经写过《海上生明月，迷人的湛江》文章，故不再赘述。

第二天上午我们离开了湛江，离开了维也纳宾馆。到哪里去？儿子说，干脆到阳江海陵岛去玩玩。阳江是广东的知名城市，它的厨房工业很发达，刀具及厨房用具都调整结构提档升级了，而且转型很成功。像美珑美利品牌的不锈钢厨房系列产品，通过升级换代已经达到欧洲水平，产品遍销全世界。阳江的知名度还因管辖区域的海陵岛而闻名，这个岛依山傍海，日出生辉，海岸线长，既有新城，又保留了原始状态下的闸坡渔港，现从海上打捞的海鲜产品花样多种，吸引了众多游客纷纷下榻，到海陵观海问海耍水吃海鲜。

到了海陵岛，我的眼睛一下明亮起来，我有些惊讶，这哪是一个小岛，分明就是一个海滨小城市。蔚蓝的天空，浩瀚无垠的大海，漫长的海岸线，金色的沙滩，高大的楼群，这些都构成了海陵岛的绚丽多彩。遍布岛屿的宾馆和海鲜大排档是海陵区的两大特色。街道整洁，行人不多，小岛很宁静悠然。正是中午吃饭的时间，所有海鲜大排档门可罗雀，空空荡荡。一路上看见的钱大妈海鲜大排档垄断了整个海陵区域。这个钱大妈遍地的餐饮饭店，那真是一个钱大妈。我们到一家川菜餐馆吃饭，问老板娘：海陵岛人多热闹是哪个季节？她回答我：每年五月至十月这里是旺季，广州人过来玩海嬉戏，耍水问海，海陵岛到处都是人，宾馆住宿都是满满的。现在是淡季，好多宾馆关门了。哦，是这样的情况，看来旅游发达的地方都面临潮涨潮落、旺季和淡季的情况。

吃过中餐，我们到了海陵岛的闸坡。闸坡是带有原始味道的渔港，这里聚集了千船万帆以打鱼为生的渔民，原始的打鱼方式保留至今。闸坡的海鲜市场都是打鱼人送来的海产品。到了海边一看，密密麻麻、破破旧旧的打鱼船铺满了海湾，外面的大海看不清了。看见我们是游客，几个打鱼人走到面前，操着当地口音，问我们出不出海，如果愿意出海逛一圈，就乘坐渔船溜一圈，价格50元。如果愿意到海上的小岛待一阵子，就需要150元钱。这是到海陵岛的一种游玩方式。我们似乎没有这胆量，看到这些破旧的渔民船恐感不安全，于是就谢绝了渔民的好意。海陵的闸坡带有旧时光的影子，游客蜂拥时，闸坡的宾馆生意好得不得了，主要是吃这里的海鲜。我走进闸坡海鲜市场，眼睛都看花了，一些鱼类蟹类贝类产品之丰富，琳琅满目的海产品根本就不认识，询问卖鱼人才知道这些稀奇古怪的名称。一条大鳗鱼好长好长，围着几圈摆在那儿，像巨蟒盘卧着；一些软体大海动物摆在案板上，肉肉的，看得我身上鸡痱子都冒出来了。他们说，这些是好东西啊，价格不便宜，但味道美极了。挡不住的诱惑，亲临此地，不吃点海鲜怎么可以？于是又在闸坡渔港吃了一通海鲜。

在海陵岛游玩，我注意到一些招牌，例如海陵区公安分局等。这个地方就是一个县级区域。刚好看见苏马荡旅游风景区被升格为副县级区域了。这是一个好消息，提档升级，在管理机构上升级，终于尘埃落定，过去那小马拉大车的景况，将成为历史翻过去了。同样的级别，阳江海陵岛 AAAAA 级风景区打造得像滨海小城市，其环境和特色一点不输海南三亚。我到保利地产打造的十里银滩去参观了一下，不看不知道，一看真是感叹和惊奇！打造得好漂亮啊，大海的风光好是迷人！售楼人员带我到楼上看大海，一眼望出，阳光、沙滩、海浪、椰林……尽收眼底，美得我一塌糊涂，这奇妙的景色顿时就陶醉了。其实，海陵岛还是被一些"候鸟"熟悉了。昨天在海滨广场就碰到一个成都人，他牵着一只小狗，听我们的口音搭讪，结果都住在成都，而且他的母亲居然是老万县市人。他告诉我，他已经在此住了一个月了，待天气暖和就回成都。他说，海陵岛四面环海，游玩的人很多，岛上遍地是人。今年特奇怪，人少许多，可能是天气的原因，不过到春节，这里又会热闹起来。

谋道苏马荡已上升为副县级区域，今后的发展任务更重了。升级不仅仅是随便提高一个行政级别，而更是要大发展，带头示范，引领一个地方区域性的发展，起到榜样的作用。看到成熟的海陵岛，同为副中心区域的谋道苏马荡，更应看到自己的差距，要进一步解放思想，干出自己的特色来。人家有大海资源和岛屿资源，苏马荡有古镇和山寨资源，要围绕古镇和山寨来做文章，尽快实施旅游产业的升级，要想把旅游产业推动起来，就是要大力实施旅游项目，要鼓励房地商转型，有长远眼光，多修宾馆，而且要修档次高的宾馆，一个副县级区域的旅游地方，这些硬件设施是必不可少的，要有匹配的功能。否则，你这个副中心就不能起到作用。看到海陵岛，就看到了广东发展的缩影。内地与沿海的差距大啊！这个差距实质上就在人脑，有人脑智慧加肯干，再不好的地方也能干出事来，人的思想不解放，小打小闹，拘泥于地方的小圈子，那肯定干不出来事。一旦转变了观念形成了动力，这个地方的发展就会腾飞！

2018年2月10日　写于阳江维也纳酒店

冬季旅游记（八）

连续十天的旅游似马不停蹄，还是挺累人的。儿子他们换着开车也颇感倦怠。回到广州的家，大家的心情一下就放松了。望着装饰一新的家，觉得挺温馨的。这个南国羊城的家，儿子费了不少的精力，也耗费不小的财力，给了大家一个居住的好环境。对于广州这个冬天挺温暖的地方，其实老年人在此越冬是舒服的。可我一直很犹豫这件事，在成都待惯了，习惯了成都的生活方式——那些熟悉的大街小巷和那些林林总总的图书馆，还有熟悉的亲朋好友——难以割舍……实质上就是那些情感的东西。所以，再好的地方和环境，也很难下决心栖息居住。儿子说：你在谋道苏马荡就能住上几个月，一线城市的广州什么都有，方便至极，你却难下决心领略南粤风光，其实熟悉了都是一样的。他说的话有道理，但我告诉他，这与谋道苏马荡是两回事，因为我喜欢了那个地方，那个地方亲朋好友多，有人脉，而且那个地方在发展中，需要人做点事，所以我就愿意和乐意在那儿待下去。过后儿子明白了我的想法，他看到我为谋道苏马荡写了几本书，也就理解了父亲的情思和愿望。

回到了广州的家，休息了两天，洗去了旅途的尘埃，还是很惬意的。早餐后一会儿，我下小区花园徒步行走一圈约一千步，走上几千步需要一个小时，这算是锻炼一下。不停在旅途的征程中奔跑，大部分时间是在小汽车上度过的，坐得太多，肚子似乎又凸出来了，原来每天走两万步忽然止步了，看见微信运动圈的人每天徒步上几万步，感觉自己掉队了，仿佛脱离了主力阵容，要恢复的话，恐怕只有回成都才行了。

羊城的天蓝蓝的，海洋气候的原因，不时刮起阵阵海风，早晚还是很凉，但空气质量不错。一阵阵风吹过南粤大地，污浊的空气被一扫而过，流动频繁的风力，天空自然就会被净化。一线城市的广州发展速度很快，每次到广州眼目中都会发现它有巨大的变化，让人惊奇且找不到北。近几年我到广州数次，每次看广州，都有翻天覆地的变化。昨天与儿子出门步行两个小时，还去乘坐了小区家门口新开通的九号地铁线。好漂亮和现代的广州地铁，让人喜不自禁。这下更方便了，家门口乘地铁到广州任何一块地方去都是举手之劳。到白云机场几站路，到天河区拥抱小蛮腰就需半小时，到南沙区去不过就个把小时，实在是太方便快捷了。我登上新开通的九号线地铁，宽敞透明的车厢，如此现代科学的引路标识在闪烁，耳畔不时传来广播中姑娘那甜甜温柔的提示声，感觉真的好奇妙——祖国的发展快呀，人们多享受啊！

尝试了一站地铁，走出亮堂的通道，返回到公路上徒步回家。前年到广州时这里的情景大为改变，一座名校亮相出来，双向八车道两边修了一群一群的高楼大厦。这条路叫镜湖路，政府已将镜湖河沿线打造成一条绿道，供市民和游客徒步或自行车溜达，小汽车不得入内。微风习习，一些老年人健步在湖道上，树叶和阳光都笑眯眯的。唉，我都认不出来这个地方了。行走在镜湖大道上，忽然看见一排排的胡子树，这些大胡子巨树叫榕树，热带风光城市特别多，它属于常青树，一年四季满头青丝却留着长胡子。广州市在城建中尽可能保留这些古榕树，一般不会挪移它，宁可让路也要把它们留在原地，这方面我特感叹和赞赏。不像成都在城建中老喜欢折腾，把一些古老梧桐树搬过去搬过来，整得病恹恹的。成都什么都做得好，唯一不好的就是将树挪来挪去。从镜湖路走到与迎宾大道的交会处，这里视野开阔，宽敞的大道绿树成荫，鲜花盛开。前面几座五星级酒店大楼在阳光下熠熠生辉，光彩耀眼。广州啊，不愧为一线城市，一些大手笔的建设彰显这个历史名城的经济实力。一些人说广州这个古城近些年发展被多少城市追上，其实，仅仅说的是一些经济指标。广州这个城市文化底蕴和综合经济水平，多少城市很难比的，这个城市的底子厚，一旦调整结构转型成功，焕发出勃勃生机，前景那是不可估量的。

回到小区，一派绿色盎然的环境吸引着不少老年人在此散步休息。这些老年人身材高大，一听口音都是东北人。这个小区的东北人尤其多，他们通常在此住上半年以上，有的东北人甚至住得更长。这次旅游，东北人在我脑子里扎了根。海南岛之行，知道了东北人占据了海南半边天，长白山的"候鸟"在每年的十一月份成群结队飞往海南岛，他们拒绝家乡的寒冷，到暖和的海南越冬，犹如西伯利亚的红嘴鸥浩浩荡荡飞到昆明滇池越冬一样，过完冬天就返回到大东北的家。如今，中国人好幸福，有了条件，变成了一只只"候鸟"，在全国各地飞来飞去，这"候鸟"式的生活越来越常态化。再过多少年，中国成了发达国家，人们想到哪儿住就在哪儿住，这"候鸟"概念恐怕要更换了，还不知道蹦出个什么词来形容和替代它。

如此多的东北人成了"候鸟"群体的主流，形成了"候鸟"大部队。另一支"候鸟"大部队为老四川人。东北的冬天是寒冷的，零下几十度为东北人迁移提供了理由。极寒的气候寻求一片温暖的地方是说得过去的。东北是国家的重工业基地，这片黑土地的企业一直面临困难的局面，尽管国家几度振兴东北工业，但仍面临好多企业被市场无情抛弃的局面，一些国企转型不成功，日子挺难熬的，职工收入应该是不高的，哪有如此多的东北人到南方买房安居呢？当然，东北人到南方购房的也只是一部分而已。我在关注东北人这只"候鸟"群体时，看到小区近两天有不少的空姐来去匆匆。我们小区离白云机场不远，地铁和大巴车都会在小区门口下车，东北姑娘身材高挑当空姐的不少且收入高，前几年在此是可以贷款买房子的，这样的话，就会引来不少的东北人，空姐把父母接到南方居住也顺理成章。如今广州房价高，购房难度显然又增大了。东北人靠子女拼搏买房到广州居住的不少，也会有一批东北成功人士选择到南方购房栖息的。这些因素就构成了东北人"候鸟"大部队的出现。

中国的人口逐渐在分化中流进流出，温暖的地方和凉快的地方是"候鸟群"向往的聚集地。像海南三亚和福建的厦门，多少"候鸟"望尘莫及，但海南的文昌、万宁和保亭等地，就吸引了大批东北和四川"候鸟"。"候鸟"经济在房价便宜的地方异常活跃，但居住时间为几个月。几个月后尽显冷落，如果没有旅游产业来支撑当地的收入，时间久了，这块地方的经济发展将会出现问题。所以，"候鸟"经济值得反思。如果一味地靠"候鸟"经济来支撑一个地方的发展，最终会出现得不偿失的效果。所以，"候鸟"经济还不是个理想化的东西，既然是"候鸟"，他终会飞走的。我说的是一个地方完全靠"候鸟"经济来发展运作的情况，像"候鸟"在某个城市里面生活短住，那影响不了什么。尤其是特大城市的广州，"候鸟"在此居住时间的长短，不管是东北人还是四川人，都对此地没有任何方面的影响。

2018 年 2 月 12 日　写于广州

冬季旅游记（九）

广州市花都区历史悠久，几百年前叫花县，花县名的由来因一段神话。传说当年菊花仙子下凡，到了人间，爱上了一个叫洪福的俊美小生，后结为夫妻，两人恩恩爱爱，开荒种田，遍养菊花，小日子过得比蜜甜。孰料风云突变，天兵把菊花仙子缉拿回去打入地狱。菊花仙子终日以泪洗面，思念夫君，泪水洒满曾经和洪福恩爱的地方，这些泪水飘飘洒洒落在装满一朵朵菊花的筐里。洪福悲痛欲绝，思念妻子菊仙子，忽然，他看见菊花筐变成了石头，石头就是菊花呀！为了纪念菊花仙子，这个有菊花石头的地方，老百姓叫它花县，花县名由此而来。中华人民共和国成立后，花县改为花都市，隶属广东省，是广州的后花园。后划归广州市，更名为花都区。花都区地理位置处在北边方向，与白云区接壤，离白云机场很近，又称广州的北大门。花都历史上出了一个著名人物，就是洪秀全。太平天国的天王洪秀全虽在中国历史上有记载，但口碑不好。洪秀全就是广东花都县土生土长的秀才。广东这块地方不得了，出了洪秀全，出了孙中山，还出了一位新中国的正国级元帅叶剑英。

花都是广州的皮革城，这里土地肥沃但耕地少，农产品还丰富，主要表现在水果种植业上，盛产荔枝、桂圆、香蕉等水果。花都的文化底蕴厚，民间狮灯、狮舞、粤剧广为流行。工业方面一度活跃，涉及汽车、机械、电子和皮革加工业等多种领域，尤其是皮鞋、箱包产量大，远销世界各国。花都河流不少，但里程不长。涉及的动物品种主要是蛇类、龟类等，穿山甲不少。花都撤市设区后，广州北大门进一步开放，近些年城市建设突飞猛进，城市变得漂亮。市中心硕大的绿化广场彰显气派，可媲美成都的天府广场。花都的公园不少，而且面积大，植物品种多，凸显热带岭南风光。

昨天的广州，上午气温不到 10℃，午后阳光灿烂，气温瞬间上升到了

18℃，春天的气息扑面而来。风和日丽，我们去了花都湖公园。花都湖就在市区里。走进花都湖，湖水碧绿不见浑黄，小鱼儿一群群游到水边晒太阳，它们不惧人类，畅玩在自己的湖水中。花都湖不小，不是一个大堰塘，蜿蜒绵长，沿途植物茂盛，风景如画。沿花都湖修了一条木质亲水栈道，每走一段设有亭廊，亭廊颇有岭南文化风格，可供游客休息小憩。与栈道并行是一条绿色通道，专供骑自行车用的。阳光下的花都湖微风轻拂，波光粼粼。我行走在栈道上，旁边的绿道自行车往返穿梭，单人的、双人的、三人的比比皆是，情侣成双成对徜徉在蓝天下，脚踏自行车，配合默契，脸上露出了灿烂的笑容。公园的人真多啊！天气好呗，大家都出来晒太阳啦。披着太阳，背上暖烘烘的，不知不觉渗出了微汗。走到花都湖公园的中心，眼目中闪现一片花的世界，这里是一片花海，鲜花怒放，红色似火焰，黄色闪金光，姹紫嫣红……都可以形容她的美丽和娇艳。我拍了不少照片，沉浸在花海灿烂的甜蜜中，心情愉悦，发到朋友圈与之分享。并配了几句词：北方冰天雪地，南粤春光无限；蓉城阴气沉沉，岭南鲜花娇艳。南北犹如两个世界，寒冬腊月，花都温暖如春，北国雪花纷飞。南国的广州，羊城鲜花烂漫，四季花城，名副其实。徜徉在绿色鲜花的浪漫中，感受春天温暖的气息，南粤的风情迷人心醉。

岭南客家文化体现在独特的建筑上。我跨进小院，一个个独立的灰瓦白墙翘角的小房子，高矮相间，院内石山小径水塘盆栽植物，动静相宜，书香弥漫，给人以亲切感。岭南文化在中国是有知名度的，要熟悉它那还是要费一番工夫才行。

灿烂千阳，我继续踏步前行，归到原点，刚好五千步。花都湖人行栈道环湖而建，在栈道行走，低头望湖如镜，境中有我，还有鱼儿；抬头望天，蓝天白云，阳光耀眼。

花都湖公园春色烂漫，拉开了春天的序幕。到此一游，观湖观景，心情荡漾。公园最适合健步行走，沿着栈道奔走两圈足上万步，以达到强身健体的功效。家住花都湖周边的人，无疑是最大的受益者。轻松踏步，眼目风景，在风景中漫步，自己也成了一道风景。这样的公园真好，湖水微波，树叶摇曳，小鸟嘀咕，鲜花绽放，陶醉其中……还有什么可说的，尽情享受运动带来的愉悦吧！

广州可游玩的地方太多，明天我们到越秀区的商业步行街北京路走走，逛逛那里的风景，看有否感兴趣的东西带给我们意外的惊喜。

越秀区是广州的老城区，既然老就有古老的东西。恰恰这些古老有文化的东西是最吸引人的。一个地方形成不了自己的文化，尽管修了不少高楼大厦，它是乏味的。我到过越秀区五羊公园，也到过越秀区的一些老街小巷，这些地方的古树和地方小吃特别迷人。小街虽然狭窄，但店面林总，人流熙攘，热闹非凡，凸显人气；小街的参天梧桐树把整条街遮掩，为市民乘凉遮阴。漫步在小街上，头顶青枝绿叶，几束阳光洒落地上，脚踩光影，脚板和树叶相融，格外惬意。漫步在老街小巷中，聆听当地人啦啦语，置身在南国世界里，南粤文化和岭南文化扑面而来，你会感觉中国好大，并感受到中国民族文化多元神秘而彰显的魅力所在。粤语对我们来说犹如听天书，真的听不懂。广州人擅长喝早茶摆龙门阵，太婆大爷互相的啦啦语交流，我坐在旁边一句都没有听懂。中国是多民族国家，文化灿烂辉煌，各个地方的语言风情，博大精深，充满着神奇。

次日上午，我们迎着艳阳赶乘地铁前往越秀区北京路商业街。今天的天气真好，蓝天白云，轻风吹拂，街道两旁的绿树油光光、脆生生的。空气新鲜，沁人肺腑。春节临近，乘地铁的人还是不少，但已经没有平常那么拥挤了。地铁速度真快，半个小时到达了目的地。出了地铁站，北京街近在咫尺。广州越秀区北京街，是条老商业街，千年商业街遗址就在步行街上，犹如成都的春熙路一样，历史文化底蕴厚重。

跨进北京街，满街的红灯笼挂在树上，喜气洋洋的气氛萦绕在步行街上，年味十足，气氛浓厚啊！北京街好干净好漂亮，虽没有成都春熙路和南京夫子庙规模场地大，但有自己的特色，这特色是多少城市步行街不具备的。它特在哪里啊？就是特在一条街保留下来的若干棵参天古树。巨大古树恐怕都有百年历史了。这些植物百岁老人饱经风霜岁月，枯藤凸显，头顶上那片绿色依旧，仿佛没有白头发。看见百年古树一下就知道北京街的过往了，它确实是条老字号的商业街且名不虚传。说实话，我到过上海的南京路，南京的夫子庙等众多城市的商业步行街，像越秀区北京步行街如此多的百年古树在其他地方很难看到。就凭一棵又一棵的古树，北京街足可骄傲自豪。我望着高悬红灯笼那粗藤缠绕似老年人手上凸蹦出青筋的古树，崇敬心情油然而生，非常感谢广州当地政府对古树的大力保护,广州真是做了一件伟大的事情,非常了不起,值得赞扬。

羊城广州的越秀区到处张灯结彩,庆祝春节的气氛热烈而浓重。迎春花市的喜庆场景犹如成都的大庙会,前来逛花市的市民络绎不绝;迎春花市现场人山人海,人气鼎沸,他们前来买金橘、桃花和水仙,祈福春节吉祥,这是广东当地的风俗。繁花似锦又热闹非凡的花市恰似一年一度的嘉年华,受到广州人民的支持和青睐。这项民间民俗文化传统盛会空前,沿袭至今,影响面广,市民参与度高,热情高涨,进而把传统春节活动推向了高潮。本想去逛逛花市,亲自参与体验这项广东民俗活动,一看人流如潮的场景,估计走进去再挤出来会耽搁不少时间,姑且就暂时放弃了。但我看到了广州民俗的这道风景线。去年我到昆明过除夕,感觉到云南昆明过春节民族味浓郁且有特色,今年到广州又见广东春节民俗文化的特色,这仿佛比成都过春节热闹许多,味道完全不一样,所到之处都呈现出热腾腾的场景。

中午时间,我们到了广州越秀区的文明路。文明路是条历史悠久的老街,蜚声海内外。这条路保留下来许多民国的老房子和老建筑,特别是旧时中共广东区委办公地在文明路,让文明路有了更高的知名度。文明路而今有三大特色,一是百年老树都健在;二是广东的名小吃百年老店多如牛毛;三是拖着两条辫子的公交电车来往穿梭,带有怀旧色彩。亲临此地,可以看到旧时光的大世界的幻影。文明路现在是一条旅游街道,慕名而来的游客大都会在这条老街逛逛,看看老房子,吃广东名小吃,追寻过去生活的影子。我是喜欢这些老街小巷的,尤其喜欢那一棵一棵硕大的古树,看见老公交电车似乎很亲切,当然尝鲜美食是必须要做的功课。一家百年老店椰子炖鸡汤20元一个,天天排队,那生意真是空前火爆,据说老板早就去国外了,但仍然遥控百年老店的业务,继续赚钱没有商量。我们都尝了一个椰子炖鸡汤:一个小小的椰子掏空后,装满汤,并放上几块乌鸡肉,这汤味道微甜,有点中药味,乌骨鸡炖得烂烂的,还行,是滋补汤。文明路古街确有味道,到广州旅游的朋友,一定不要错过这条老街的粤味名特小吃,机会不要错过哟。不过再好吃,我还是喜欢老四川的名小吃,吃惯了家乡的菜,难改口味啊!

2018年2月13日 写于广州

冬季旅游记（十）

在广州玩耍，不知不觉就是好几天了。冬季的广州，春节这段时间天气是最舒服的。这次在广州我亲自体验到了。南粤阳光之城，南粤鲜花之城，名不虚传。广州的天空虽不是湛蓝，但也蓝得清爽，早晨的太阳从东边升起，似乎没有云罩住，总是很轻松地腾空而起，顿时光芒四射，阳光普照大地。太阳出来好温暖，我散步在小区的公园里，追着那片阳光，在阳光中沐浴，身体暖洋洋的。海洋气候城市，早晚温差很大，阳光露脸，即刻就送来温暖，在广州晒太阳补钙，清晨那段时间是暖心的。

清晨小区花园绿色葱茏，休息一晚的花卉植物苏醒过来，焕发青春，呈现勃勃生机。树叶绿油油的，鲜花吐露芬芳，漫步在小区的小道上，与绿色植物近距离邂逅，那树叶儿香，那鲜花儿艳，令人心旷神怡。棕榈树顶上那几片树叶似风向标，轻风微吹，它轻歌曼舞，风力加大，它劲歌劲舞，望着它看一会儿，觉得真有意思。南粤风情，一片片的热带植物代表着广州的南国风情。小区的风景很美，美在热带植物那特有的风姿风韵，棕榈树和椰子树最具代表性。到广州一些地方，老看见一棵棵大树上绽放出一朵朵玫瑰红的小花，很像攀西高原的木棉花。问小区环卫人员：这是什么树，开的什么花？得到的回答是她也不知道。冬季腊月，到处冷风劲吹，广州已经入春，春天的气息扑面而来，昨天下午，室外温度上了24度。春节时段，广州被春天拥抱，春姑娘款款走来，闹春迎春，张灯结彩，好不热闹。

那天到越秀区北京街，下午准备去迎春花市，春节临近，广东的民俗活动吸引了大批大批的当地人。花市拥挤不通，当地市民纷纷涌进花市买金橘，买桃花，买水仙，还买乳茄那金灿灿的果子。买好心仪的鲜花果实放在家里，讨个大吉大利，狗年吉祥，来个好兆头。民间风俗一旦形成，这势头谁也挡不住。由于人太多，我们放弃了当地人逛花市这一活动。但昨天弥补了逛花市的缺憾。上午就驱车赶到了花都区最大的迎春花市分享广东人这一民间风俗传统活动。到达目的地，迎春花市正开门迎客，一条长马路上三步一岗，五步一哨，身着制服的安保人员全在不停指挥进进出出的车辆。探头一瞧，小汽车排成了长龙阵。前来买花赏花的人熙熙攘攘叽里呱啦遍布整个花市。阳光普照花市，一片片各色鲜花五彩斑斓七彩艳丽，像一块块拼图油画，美极了。

  我们下了车，跟随人流挤进花市，一条几公里的马路临时搭棚形成了鲜花一条街。天哪，花都的迎春花市场地好大呀！临时搭棚几里路卖花，还不算常态的花卉市场区域，这如此规模庞大的花市，我从来没有见过。这一刻，我认识了花都区这个名字，真是花的世界、花的海洋、花的都府，花都由名而来，货真价实。全国各地见过一些花市，昆明的花市算是有名的，但场地规模无法与广州花都的花市比。这个花市恐怕是世界级的水平，不光是场地场景，就鲜花的品种和档次，恐怕也是超一流的。挤进花市长廊，五彩缤纷的鲜花吐露绽放，像一群群美少女笑迎宾客前来挑选。这么多漂亮的鲜花，争奇斗艳，相互媲美，惊得我目瞪口呆，平生第一次看见这么多鲜花，置身在花海中，花仙子似彩蝶在身边飞来飞去，我仿佛进了女儿国，被千姿百态的美姑娘迷醉了，而且醉得不轻，忽然间晕乎了，全然不知道哪朵花美，哪朵鲜花更美。说酒醉人，其实，鲜花更醉人。南国的花儿，南粤的情思，岭南的风情，全是这娇艳的鲜花惹的祸。美丽的鲜花，香飘四季，香飘千里，不仅醉迷了广东人，也醉迷了我这个四川人。

  如此美艳的各色鲜花，品种繁多，似星星点灯，数也数不清，更不说认识她了。光是名贵花草蝴蝶兰，颜色品种就有十几个。花卉知识，我孤陋寡闻，一个门外汉。人家内行看门道，我只是看热闹。我知道蝴蝶兰花，缘于我十几年前在日本人开的商场买了一盆人工仿制的蝴蝶兰花，很漂亮，现在还搁置在家里的花架上。过后在成都大商城，看见过蝴蝶兰鲜花盆景，成都人稀罕她啊，纷纷与之拍照。昨天在花都迎春花市，算是开了眼界，长了见识。面对颜色如此繁多的蝴蝶兰花，我停下了脚步，亲闻她的芬香，拍下了不少的照片。一大盆一大盆的蝴蝶兰好诱惑人啊！问卖花老板价格，一大盆蝴蝶兰花多为三百至五百元。这价格说得过去，蝴蝶兰多美呀！如果我常住在这里，也会买上一盆，让家里充满喜气，溢满芬香；新的一年大吉大利，讨个好彩头。美丽的鲜花，可以带给人们美好的愿景，春节来了，俗话说，有钱无钱娶个媳妇回家过年，在广州，有钱无钱怎么也要买盆心仪的鲜花抱回家过年。或许，这心仪的鲜花就是你要找的那个心仪的女人。

广州人成群结队到花市买花充满着激情。男女老少抱着盆鲜花笑盈盈的，那喜气的模样像中了大彩，高兴得喜不自禁。当地人在春节前喜欢买金橘，家家户户囤一盆金橘盆栽树，果实累累的金橘挂满树梢，就像四川人春节吃团年饭要鱼上桌，寓意是生活年年有余，幸福安康。我想，果实累累就是寓意生活丰盈似果实累累，吉祥发财。金橘亮闪闪，果实累累，恭喜发财！广州人有些喜欢买水仙，这淡雅幽静的水仙花，我想多为书香世家青睐的，这要有雅兴脱俗的浪漫，否则是读不懂水仙花延伸出那一丝幽幽情怀的。一些广州人还喜欢买乳茄，这黄黄的果实呈梨形，头上长了一个似喂奶妇女的乳头，故称为乳茄。它属于茄类植物果实吗？披一身金黄怎么与紫色配搭在一起，成为茄子的同类项？这我没有搞懂，得查资料科普一下。据说这乳茄寓意是黄金果。一盆乳茄买回家权当买了一盆黄金，恭喜发财哟！民间民俗活动还是有意思的，祈福风调雨顺，五谷丰登，家人平安，家庭幸福……都是善良人性的表现愿望。有良好的愿望，就有一个目标，这个目标就是每人心里的一座佛堂，去企盼，去追寻……那美好……诗与远方的未来……

2018 年 2 月 15 日（除夕）　　写于广州

冬季旅游记（十一）

在成都，每年大年三十除夕，一家人中午吃了团年饭，儿子一家人就回自己的住处。闲着无事，我会在大马路上溜溜，难得享受大都市这一刻突如其来的宁静。大街小巷空荡少人，公交车疾驰飞跑，往日车厢闹嚷的场景已不存在，稀少的几个乘客座在车上，大多数座位空闲着，显得冷清寂静。我漫步在府南河边，不见往日那么多人散步，偶见一人匆匆而过。公路上的小汽车和电瓶车来往穿梭少得可怜，城市一点不热闹了，仿佛成都也是一座空城了。每年三十除夕日，只要我在成都就会仔细观察这一现象，除夕这一天，尤其是下午，城市一片静悄悄。而且这静静的现象似乎还在升级。大城市忽然静下来，显得毫无生机，幢幢大楼都垂头丧气的。一个城市缺了动感似乎少了活力，这一刻的城市孤单单的。是什么情况让城市人少车少，失去了昨日的喧哗？因为城市打工的几百万流动人员回老家过年了；与日俱增的小汽车大都飞驰出去旅游了。旅游热让拥有小汽车的人群在大假第一天匆匆出行，几十万小汽车驶出成都，成都市的大街小巷真的好清静且失去了昔日的闹热。

城市闹腾熙攘变宁静悠然，是短时间出现的围城现象，城市人疯狂出城，人和车都在高速路上。尽管也有游客涌来成都，但集中在旅游景点，大街小巷上看不出来人流如织。我似乎犯了经验主义的错误，成都除夕人少车少，乘坐公交车和地铁不见拥挤，又看见表妹发出成都地铁空空如也的场景照片，几个人坐在地铁车厢里犹如坐专列。于是在中餐后，与儿子商量干脆去乘坐地铁，享受难得的空旷，到广州塔和天河城去看看。殊不知广州的除夕并不是这样的，完全颠覆了我的判断，成都除夕现象在广州根本不存在。

去年除夕在昆明度过的，晚上应表弟邀请一起吃团年饭。除夕下午昆明城也是静悄悄的，人少车少，马路上视野宽阔，跟成都的情况差不多。今天在广州过春节，一家人中午吃团年饭选择在家里，这似乎很温馨。儿子他们整了几个菜，按照老家山东人的吃法——饺子一大盆，油炸黄鱼，凉拌海蜇头、炒鱿鱼圈，花生米等。这些山东菜过去是我父亲的最爱，他一山东人，老家离海边不远，他最喜欢吃的东西就是小黄鱼、海蜇头和花生米；一杯小酒，一支烟，一杯茶香气弥漫，让我记忆犹新。家里的这些传统习惯不仅影响了我，而且儿子和孙子都偏爱这些山东老家的食物，这是遗传吗？可能是吧！小孙子对海鲜和饺子喜欢得不得了，把小肚皮撑得鼓鼓的，直呼好吃过瘾。午餐完毕，我们一家人就前往地铁站，买票登上了去广州塔的三号地铁线。一到车厢，感觉人还是不少，后陆续上下人，车厢一下就塞得满满的。大年三十的下午，广州人不回家团年啊？我纳闷着，这跟成都是两回事嘛！唉，这还算不了什么，到了广州塔，那闹热的人流就出现了。儿子说，那还是比平常的人少些。我知道呀！是比平常的人少得多，但这是除夕下午四点钟啊，多少人会待在家里享受团圆聚会，可广州这些人似乎没有把团年过节当回事。此刻，在广州塔逗留玩耍的本地人不少，并不都是外地游客。

  再次邂逅广州塔，近距离重逢在广州塔，有些激动。站在塔底下，忽然发觉小蛮腰长高了。广州塔是广州的标志性建筑，身材婀娜多姿，尤其是晚上，她一袭长裙拖地散发出五彩斑斓的光影，身材前凸后翘，美得像一傣族大姑娘。人们就给广州塔取了个名字——小蛮腰。小蛮腰可媲美上海的东方明珠塔，彰显一线城市的魅力。原来到广州的珠江边是远距离观看小蛮腰，拍照尽收囊中，今天拜倒在她的石榴裙下，与她合影就费劲了，好在还是拥抱了多日未见的小蛮腰。广州塔成了旅游景点，登上小蛮腰可以俯瞰广州全城，顶上吃喝玩乐一应俱全，只要兜里有人民币，尽可潇洒走一回。小蛮腰会高兴的。除夕日的小蛮腰并不孤单，这么多人陪着她，因为她太美了，多少人不吃年夜饭也要与她共度良宵，依偎着她，拥抱着她……小蛮腰，你多幸福和骄傲啊！

  广州塔依然热闹，别来无恙。哪天河城会像小蛮腰这样受人青睐吗？带着疑问我们到了天河城。又一次到了广州著名的国际化新城，眼目座座高楼矗立云端，鳞次栉比和高矮相间的楼宇错落有致，广州天河就像上海的浦东，它们都是新城，引领着一线城市的新潮流。跨进天河城商业大厦，这里人流如潮，熙熙攘攘，接踵擦肩，商场一派喜庆的场面。走进超市，这超市够大的呀！商品丰富，琳琅满目，那排排柜台，那一片片堆积的物品，真是让人眼花缭乱。超市购物的人流塞满了巷道缝隙，喜字帖和对联专柜，红彤彤的彰显出喜气，年味十足在这里显现。成都的大商城除夕下午五点钟关门歇业，就是让员工回家吃年夜饭，广州的天河城不是这么回事，他们坚守岗位，为市民游客服务，让市民能买到过年需要的商品，没有提前关门歇业这一说。广州是一线城市，又是历史文化名城，冬日温暖如春，20 多度的气温，充满了暖暖的温情，多少中外游客纷至沓来，在羊城过春节，享受鲜花之城的浪漫情怀，广州塔和天河新城就成了游客必来的地方。一个魅力超群、活力四射、阳光灿烂、鲜花绽放的狮城广州，谁又不想来看看，来体验一下南国风情那独特的味道呢？

         2018 年 2 月 16 日（大年初一）　写于广州

冬季旅游记（十二）

离开阳光之城、鲜花之城的广州，我们到达了贵阳市。没有想到初二的交通如此通畅，儿子和儿媳妇互换开车，一鼓作气在晚上八点到了目的地。一千公里啊，十二个小时，我坐在车上似乎都疲倦了，觉都睡了两次。昨天的太阳好大，阳光一道陪伴车行，我们坐在车里都穿着一件衣服，身上还不时渗出汗珠儿。

初二晚上到达贵阳新城花果园，担心餐馆都关门歇业了，没想到很多餐馆春节期间都营业。风尘仆仆，没有及时到宾馆，而是找到一家烧烤店，要了许多菜烧烤着，还要了本地特色的贵州炒饭。贵阳较广州的温度低许多，让我们从温暖一下转到寒冷，颇感转换节奏太快了。在车上待了一天，大家都想喝点酒吃点有味的，所以就选择了吃烧烤。烧烤是年轻人的最爱，我们却是很少光顾这玩意儿。儿子说，贵阳本地的烧烤味道不错，尤其是当地的辣椒很香。饥肠辘辘，寒气逼来，穿上羽绒服，胃口大开，兴趣忽然而来。一大盘冒着香气的烤肉端上桌，拧开习水大曲，酒香和肉香混合一起，直冲鼻孔，大家就开始喝酒吃肉了。烧烤的肉香啊，我似乎找到了感觉，难怪年轻人都热衷这道香喷喷的菜。贵州的烧烤确实好吃，那鸡蛋炒饭勾点辣椒格外香气溢人。是不是肚子饿了，饥不择食产生的感觉？我在问自己，旁边的桌子都坐满了年轻的情侣，他们吃得津津有味，这仿佛给出了答案。烧烤应该是道美食，上了点年纪的人不应该拒绝它。感觉好，就多喝点酒吧，一瓶习水大曲（500克）一扫而光。一路旅行，尽尝美食，大家的体重都增加了，结束旅游回到家后就想办法把体重减下来。

近几年，贵阳这地方我来过几次了，一次比一次熟悉了。记得第一次到贵阳市，走进老城，我的心就紧了。眼目中逼仄的街道，蝗虫般爬行的小汽车，拥挤不堪的人流，破旧的城市面孔……这就是贵州省会城市吗？第二次我到贵阳，知道了离老城区几公里路开发了一新区叫花果园新城。走进花果园，我惊呆了，这里是新的城市中心，高楼林立，犹如一片茂密的森林。花果园中心矗立着两幢巨楼，足有八十层楼高，双星闪耀，鹤立鸡群，引领着城市的高度。花果园的普通高楼多如牛毛，普遍在45层楼左右，乍一看，像山城重庆，又有香港城市的味道。晚上的花果园广场流光溢彩，灯红酒绿，俨然一个多彩的世界，一座不夜城。我漫步在花果园广场，看见这里的人流如潮涌，热闹程度堪比重庆的解放碑。花果园的宾馆旅栈招牌高悬幢幢大楼上，简直就是旅店客栈大排档。各类名吃餐饮店铺铺满了花果园，食客在此穿梭，一些生意超好的餐饮店门口排起了长龙。这就是花果园新城，贵阳市的曼哈顿，今后的财富高地。到了此地，不得不对发展中的贵阳市刮目相看了。

贵阳花果园，它开发时间就在这短短五六年时间中。贵阳是山城，可以说是山水城市。它海拔在1200米左右，冬天寒冷，夏季凉快。它森林密布，空气质量好，是一个生态城市。贵阳受地理条件的局限，可开发新城的土地资源是有限的，可以说是寸土如金。开发花果园就是采取建高密度的住宅和商业房。房子普遍高度在摩天大楼控制的高度以下，但接近不突破这个界限。这叫醉翁之意不在酒，把有限资源活用到附加值增值的极限上。建摩天大楼是需要条件的，国家建设的要求是高的，区别于一般建筑的标准。一窝蜂地开发花果园新城，片片高楼拔地而起，房源充足导致滥市。低房价倾销，成就一座新城的辉煌——如今的花果园莺歌燕舞，焕然一新，呈现出勃勃生机。高密度组团房群引来了大批人居住，使这座城人气鼎盛，人流如潮。有了旺盛的超人气，这里什么生意仿佛都好做，而且新城繁华闹热，一派繁荣昌盛的景象。

贵阳花果园新城以在建的双子星塔楼为中心，主要依托两个商业区引领新城的快速发展。一个是由若干幢高楼组成的中央商务区，一幢幢高楼似多胞胎，兄弟们样子都差不多，不注意看标识，可能会抱错孩子。二是由若干幢高楼组成的财富中心，同样是多胞胎姐妹，不注意观察她们的细微之处，弄不好也会搞错，把二小姐认成三小姐。硕大的商业区，幢幢高楼互通，站在地坝上望天有坐井观天的感觉,天空似乎不大,巴掌大个天。房子密密麻麻,呈现出高密度,仿佛不透风,这里的人只会有增无减,逐年增加。一些高楼正在建设中,落成后有人来住,入住率如达到60%的话,天哪,这花果园新城就会人气爆满,小汽车爆棚,不知道今后会是个什么样的拥挤场面。清晨,我游荡在花果园新城左看右瞧,忽然脑子里产生了一丝担忧,人太多也麻烦呀!花果园今后是什么样,我们拭目以待。

到了贵阳,趁春节人少,就出去看看吧。儿子开车到阿哈湖国家湿地公园。阿哈湖湿地公园原来叫小车河湿地公园,这公园依偎在花果园新城,可以说是花果园新城的肺,一片生态绿洲。阿哈湖水库的水很大程度是供应贵阳市民用水的主要来源。这阿哈湖实质上就是贵阳的母亲河。阿哈湖开发至今也是五六年时间,可以说与花果园同步。贵阳市投巨资打造这个国家级湿地公园免费给市民游客提供一个休闲地方,其主要还是配套花果园城市的建设。一个高密度拥挤的城市新中心,总要有一个透气吸氧的地方吧,阿哈湖就充当了这个角色。阿哈湖占地12平方公里,完全原生态开放,这个公园不小啊!到底阿哈湖怎么样,它美吗?我走进了阿哈湖湿地公园。阿哈湖是免费的,可以大踏步挺进。湿地公园很大,我只能游它的冰山一角,抚摸着它的一只袖子。进公园拐左,沿着小车河的栈道栈桥行走,平视远视绿色和枯枝败叶相融,低头见小车河,湖水如镜,微风轻吹,阳光洒落,河水泛起涟漪,树木倒映水中,水中图画,风景别致。小车河水流缓慢且平静不张扬。眼前正是冬季,公园的树木大都是掉了叶子的,春天即将来临,到了万物复苏的时候,湿地公园一身绿装,到处生机勃勃,绿色葱茏,想必,这个时候的景色很美,风光如画。公园的人不少,多为老年人在散步、跳舞。一些人徒步行走在栈道上,也有几个老年人光着上身下河冬泳。我走到河边问大爷:"冷不冷,大爷?"大爷回答我:"冷哟,冷哟!""经常来冬泳吗?""没有,每个月来一次。"我看见大爷身上顿起了鸡皮疙瘩,他有些战战兢兢。我蹲下身,摸摸水,真还有点凉,闻气味,有点泥腥味。其实,老年人选择冬泳是要注意的,冬季强迫身体刺激,造成血管收缩,是不利于老年人身体健康的。

阿哈湖湿地公园的自然条件不错,在公园栈道走一圈对身体健康是有好处的。

　　沿着栈道走到了一个小卖部。两夫妇在公园的小坝子经营一些小食品，也卖一些地方特色小吃。她听到我们说话是四川口音即搭讪："你们是哪儿来的？"我说是成都来的。"那我们是老乡嘛，我是仁寿的。""哦，仁寿很多地方现已归划在成都天府新区，那真还是老乡耶。"我问仁寿老乡："好久来这里的，生意好做吗，租金贵不贵？"仁寿老乡说："来五六年了，建花果园就来了。租金每月三千多，生意最好是在夏季，冬季生意差些。"看来，来贵阳的游客和"候鸟"还是夏季居多，因为，贵阳夏天很凉快。我知道花果园的房子有很多重庆人购买，由于贵广高铁贯通，广东和湖南在花果园买房子的人也不少；广东人买房是乘凉度假和投资，而湖南人在花果园买房主要是置业做生意。花果园新城的确具有投资的机会，它在强力发展中，而且贵阳是贵州的省会城市。近几年贵州经济全面发展，成效显著，有目共睹。

　　我说了如此多贵阳花果园新城的一些事，愿意关注贵阳的发展变化，兴许看了会帮助你了解一个真实的花果园新城。

　　下午我们到贵阳黔灵山公园去玩了一下。小孙子想看猴子，据说黔灵山公园的猴子有几百只，一些爱护动物的人献爱心，隔三岔五挑一担猴粮去犒劳猴子。因此，猴子每天都会下山等候。今天是大年初三，一到公园门口，那人山人海的阵仗实在有些吓人。这样的闹腾场面有几十年未参与过了。随着人流挤了进去。黔灵山公园需收五元门票。对于年满六十岁的人是免费的，但需要晃晃身份证。第一次享受了免费的待遇，举着身份证，让我进入了老年人的队伍。说老实话，这有些心不甘情不愿，下次再进公园我宁可掏五元钱也不出示身份证了。

　　黔灵山公园今天可热闹了，至少有几万人涌入。水泄不通的人流让公园沸腾起来了。跨进公园大门，跳舞的、弹琴的、歌唱的人把公园的热闹气氛推向了高潮。这哪儿还是一个安静的环境，幽幽静静的公园？如今的老年人会生活，娱乐自己，认真负责，风雨无阻，天天在公园上班，把公园整得热火朝天，弄得鸟儿都飞走了。

　　我和小孙子并步朝前，走到平常猴子等候喂食的地方，可不见猴子的踪影。猴子聪明，知道今天是过节，献爱心的人多了，猴子都不下山了，坐在山上等待有人来进贡。人实在太多，我们选择了席地而坐，小孙子跟着父母往山上走去，最终他们看到了猴子。

　　贵阳的美食是有名的，这里的地方特色小吃以酸汤鱼最著名。其实，酸汤鱼也好，酸汤牛肉也好，它的发源地是贵州的凯里和都匀一带。但真正好吃而具特色的酸汤系列产品全在贵阳市了。原来觉得这酸溜溜的汤并没有什么好喝的，没想到去年在花果园侗族苗岭酸汤鱼餐馆找到了感觉，这酸汤有点意思，是发酵形成的酸，喝到嘴里蛮滋润的，从此就喜欢上了酸汤。中午在花果园广场，由于大年初三，没有看到哪一家酸汤餐厅营业，于是就去吃了一顿豆米火锅。豆米火锅亦是贵州地方的特色菜，很受当地人和外地人追捧，但凡卖豆米火锅的生意都好。这豆米火锅好吃吗？广告说：豆米火锅，泡饭更好吃……中午一体验，还真好吃，一泡饭就超出平常的量了，因为有豆子，吃到肚子里还发胀。晚上这顿饭，儿子到处去寻找息峰的麻辣鸡，说这鸡有特色，又杷又香又有味。到了老城市中心好吃街还真找到了息峰麻辣鸡。一只六斤左右的鸡，被厨师肢解成若干小块，放进高压锅压软烂，然后加作料用油爆炒出来，一锅色彩红彤彤的麻辣鸡就出炉了。一家人将这只鸡消灭了，都说这鸡整得香。贵州人喜辣，麻辣相宜的菜不少且有本地特色。黄昏时分，贵阳老城的好吃街顿时沸腾起来，一条街甚至几条街全是摆摊卖吃的。煮的、烧的、蒸的、卤的、煎的……氤氲缭绕，各种系列菜品琳琅满目，让人眼花缭乱，香气四溢的味道弥漫空中，好食客经不起舌尖上的诱惑，纷纷参与其中，大饱口福，我们是其中的一员。

　　美食是一个地方彰显特色的重要部分，很多名小吃带有深厚的地方文化，一道菜或一个名小吃都有历史故事，由当地人娓娓道来是蛮有意思的。贵州是我国一个多民族省份，很多地方特色菜来自于少数民族，像侗族和苗族就有许多知名菜品。如果要玩遍贵州的村村寨寨，吃遍贵州的名特小吃，那应该收获不少，贵州的天下趣事尽知一半，同样知道贵阳美食文化耳熟能详的那些事。每次到贵阳，都会看到贵阳有巨大的变化，这变化的速度堪称贵阳速度。如此快的发展，花果园新城是立下了汗马功劳的。贵阳城市一新一旧，携手共进，同步发展，让我对它产生了崇拜之情。贵州是个美丽的地方，旅游资源丰富，但贵州省还是个经济欠发达的地方，攻坚扶贫的任务还很重，相信贵州人，通过努力，贵州的山山水水会发生变化的，贵阳引领着全省的发展，花果园新城一马当先，未来的五彩贵州、森林贵州，魅力尽显，成为大西南一颗璀璨明珠是可能的，是指日可待的。

  2018 年 2 月 19 日 写于贵阳花果园面面观酒店

太古里和博舍

太古里的博舍我几乎天天路过。博舍是间仿古中式小院子，以前不知道这院子是何物，还以为是一古名胜保留下来的沾有历史痕迹的旧军阀大院。前几天看见一台湾学者写了篇博舍游记，里面藏书两千多册，就以为是一图书馆，或者说里面会经营酒水，为读者提供一方静谧的环境。今天路过就钻进去看看。院子是四合院，很安静，几个拉着拉杆箱的青年男女站在柜台办理什么手续，但没有看到书房。我问服务生：这里是图书馆吗？服务生曰：博舍是旅馆，有一间房子是图书馆，但不对外，只提供给博舍宾客观阅。哦，我忽然想起是太古里开的宾馆，去年还专门去问过这旅馆的价格，结果一听，吓我一大跳！似乎不起眼的博舍旅馆价格堪比五星级宾馆，每晚上至少一千多元。黑不溜秋的房子造型，原来我还觉得是仓库，过后他们搞个古香古色的四合院作旅馆的前台，把环境烘托成书香气，幽静雅致的小院子里面有休息室，有图书馆，院子内弥漫着浓郁的民俗风情，让宾客在繁华的大都市找到一方休闲安静的场所，这里没有喧嚣，只有静悄悄。

太古里商业城面积很大，整个大慈寺片区拆迁完毕归属太古里。这里是市中区顶级的地块，地价昂贵。香港远洋集团拿地打造出太古里，其风格中西合璧，定位是奢侈品商业卖场。如此超大的奢侈品卖场在中国没有几个城市拥有。当时在修建的时候，我就在想，这昂贵的奢侈品生意在内地成都能做下去吗？成都的社会经济状况远不及一线城市北上广深，到时会不会成一片萧条荒芜之地。这样的担心确实多余了。太古里开张以来，奢侈品卖场占据一半，高档餐饮和酒吧水吧亦占据一半。奢侈品的生意怎么样？表面上我无法判定。豪华装修门面没见改换门庭，门庭若市的现象好像也少见。但餐饮生意尤其火爆，有好几家餐馆天天排队等候，像绿茶餐厅就是一例。有一次好奇去绿茶餐厅观望，打探它们卖的什么菜。通过了解是个混搭菜，倒是川菜为主，其他辅助的菜肴真不知道是哪个地方的菜系，反正来自五湖四海，连拿破仑（一道甜品）都来了。餐厅昏黄柔和的灯光，一看就是为那些谈情说爱的小青年营造的氛围。难怪那些俊男靓女坐在那里耐心地排队。如果天气好，太古里的酒吧水吧生意超好，满满的食客逍遥自在享受着那份惬意。太古里三层楼的星巴克几乎座无虚席，多远就闻到了浓浓的咖啡香味。

　　中秋时节，太古里毗邻的大慈寺，一排排桂花树散发出桂花香，微风轻拂，桂花香飘得很远，站在酒吧处就嗅到了桂花香，浓郁咖啡味伴着桂花香，沁人心脾，别有一番情趣。太古里打造时就考虑到大慈寺的佛文化，这里颇有人气，过马路就是春熙路。但不同的是春熙路熙来攘往，热闹非凡，一片嘈杂。马路对面的太古里就显得文化气息浓郁，即便逛的人多，似乎也不怎么闹腾，人们总会找到自己的去处，或品咖啡，或吃西餐，或看电影……一切都那么自然随意，雅致宁静。这跟营造的氛围有关系，注重文化底蕴，烘托文化气氛，两者的环境就会呈现不一样的效果。如今的太古里，可以说成了一张名片，几乎跟环球中心一样，已经是成都的一张响当当的新名片！不得不佩服打造太古里的运营商，他们的视野和眼界以及独到经营理念，将太古里这样大的商业体运作成功，为成都的发展做出了卓越的贡献！真是了不起呀！

2018 年 9 月 8 日　写于成都

第四章　观山览水

腾龙洞和水莲洞

利川市是座凉爽的城市，海拔上千米，阳光灿烂时，有点像丽江和大理的天象，蓝天如镜，彩云飘逸，空气怡人。站在阳光处，冬天温暖如春，夏天不太热，庇荫处颇感凉快。利川山清水秀，一条清江衬托着凉爽之城。由于利川工业不发达，这座土家族小城自然生态而闻名遐迩。利川旅游资源丰富，被国家旅游局授牌为旅游城市，一进城市大门就看见一座骏马雕塑，骏马奋蹄腾空，标志凸显旅游胜地的含义。走进利川城市，可以看到腾龙洞和龙船水乡的指示标志，这两个旅游景点就是利川市的符号，可以说是两张大名片。

腾龙洞是亚洲最大的溶洞，在世界也名列前茅。国家地质公园的精华，腾龙洞占有一席。腾龙洞口高达近80米，洞内宽大宽敞，最高处可达200多米。腾龙洞穴可以让飞机开进去，这不是玩笑话，直升飞机是可以进去溜一圈的。腾龙洞有水洞，水面如镜，但多为旱洞；洞中之洞，乱石峭壁，鬼斧神工，光怪陆离；冬暖夏凉，地下干湿相间，说话没有回声……这些都体现着腾龙洞的特点。

龙船水乡又叫水莲洞，地处利川市外的凉雾乡。水莲洞又是一座奇特的溶洞，它虽没有腾龙洞大气磅礴，却有阴河溶洞的独特。一河清水与溶洞相伴，几百年乃至上千年它们在一起，唇齿相依，可以说谁也离不开谁。龙船水乡保护着水莲洞，让水莲洞神奇着始终的神秘。要想探寻水莲洞的秘密，须轻舟一游，并由土家姑娘引路探秘。土家姑娘一曲龙船调才能敲开水洞的那扇大门，水莲洞便会灵动俏皮开来。

山居谋道苏马荡多年，每每听到"候鸟"们游逛腾龙洞和水莲洞发出的感受，似乎对这两个景观地方熟悉不少。耳听为虚，眼见为实，琢磨着抽时间找机会去看看。不知道怎么回事,几十公里,一个多小时,近在咫尺的地方,居然没有目睹到身边的风景,去亲临腾龙洞和龙船水乡的风采。这有些匪夷所思,原因之一是懒动,另一原因是到过一些溶洞参观游玩过,包括国内国外。大自然地壳变化形成的地质溶洞,多少国家就冠以地质公园的名称。溶洞自然分化留下的险和怪、魔和奇,千姿百态的形状令游客叹为观止,竞相目睹。二十多年前到德国商务活动,德国人就带我们去参观了溶洞奇观。后在几年前又到昆明九乡国家地质公园参观过。昆明九乡的溶洞很美,通过人工美化,洞内幻影多变,光影融合,让溶洞的奇石怪形变得魔幻炫彩,非常具有效觉效果。溶洞千峰林立,洞中有巷,巷中有洞,洞中有坑有孔,那景色景观,斑斓多彩。九乡溶洞最出彩的是崖壁底部的一条阴河,它水清明澈,小卵石纹路都清晰可见。一线天的阴河,游船穿梭来往,充满着欢声笑语。

可能是见过溶洞景观景致,新鲜感不强烈,所以,对利川的腾龙洞迟迟没有去拜访。

昨天,姗姗来迟的行动让我们走进了腾龙洞。雨过天晴,利川的天空洁静明透,阳光洒下一片。山青青,如黛一处,如绿一处,山雾缠绕着山峰,如薄衫披肩,一幅山水画就在眼前。小汽车在山间公路飞奔,眼目的美色一掠而过,欣赏着风景,大家都迷醉其间,不知不觉到了腾龙洞景区。

一下车就感觉身上有些凉,看见旁边租衣服的摊上挂着牌,上面写着腾龙洞内温度12度至16度,怕冷的可租衣服。还没有进洞就感觉到冷啦,难怪有人在此租一件厚衣服进腾龙洞。我径直朝景区大门走去,掏出手机,打开二维码,一扫一刷就完成了入景区的手续。靠刷脸进腾龙洞免费旅游,犹如捡了一个大红包。什么,游玩腾龙洞不要钱,有这样天上掉馅饼的事?确实有,利川市为了推动旅游业发展,欢迎武汉、重庆和成都的市民到凉爽之城体验生活,大方免费赠送了三万张旅游年卡,可到指定的景区免费观光游览,此项举措受到了欢迎和赞扬。我就是享受免费的一员,这不,就捡了一个大便宜,还是要感谢利川这块风水宝地无私做出的奉献。

腾龙洞有味道啊,进大门顺梯而下就见到磅礴恢宏的卧龙吞江瀑布,落差数尺,如雷贯耳。清江水流湍急,水触岩石,发出怒吼,彰显一派气贯长虹的气势。游客们鱼贯而行，先下后上，钻洞触壁，聆听涛声，其乐无穷。每个人的手机不停闪屏，留下了美丽的风景。

　　腾龙洞口绿草如茵，高大的洞门令人敬畏。多少游客流连于此，拍照留影。实话说，腾龙洞硕大的门洞给人威武霸气的感觉。到过许多地质公园溶洞景观处，它似乎与众不同，气质独特，今天不此虚行啊！我随人流涌入洞内，一泓湖水迎面拥来，无风平静的湖水像一块平板玻璃晶莹剔透，透过玻璃看水底，小石粒颗颗清晰。湖在洞里，有些稀奇，这无疑是洞穴的第一道景观。继续前走，抬头瞧洞顶，像艺术壁画，两侧壁似雕塑群，个别嶙峋壁石像动物的形态。洞内行走到终点，据说有好几公里路，大都选择坐摆渡观光车，我跟随潮流，乘车到达了激光秀演出现场。耐心等待的一场激光演出开始了，光束射线色彩斑斓，震耳的音响回荡在洞穴。天崩地裂的架势演绎了一个神话故事：龙王子与一土家姑娘相爱了，天神勃然大怒，使出浑身解数，阻止发难。为了爱情，龙王子历经艰险，终于与亲爱的姑娘相聚了，并产生了一枚龙蛋。凄美的爱情故事引伸出一段美丽的传说。

　　都说腾龙洞里冬暖夏凉，进去两小时确实感受到了凉意，手脚似乎都有了微僵的反应，尤其是膝盖，没办法再坚守时间看一场土家人歌舞表演，赶紧原路返回到了洞穴口。外面的世界阳光灿烂，青山遮不住，腾龙洞风光独特。大美利川，如诗如画，土家风情，无处不在，透着浪漫迷人的风韵；鄂西的山秀，鄂西的水清，让我们如痴如醉，这一醉又醉到了龙船水乡。

　　湖北民歌龙船调谁都会唱几句：妹娃要过河，哪个来推我嘛？还不是我来推你嘛！今天我们亲临龙船水乡，青山脚下，河水平静，一艘艘彩船在河中慢悠悠地行驶，土家妹儿立在船头，甜美的声音，回荡在水乡。龙船水乡的水莲洞有些神秘，今天我们乘船去探寻一下，究竟它有多神奇？一条小船驶入了阴河，水莲洞深不可测，我坐在船上望着前方，洞穴内阴暗，偶有几处彩灯点缀，导游小姐手拿强射电筒，不断在壁崖上射来射去，伴着她的解说，知道了水帘洞里峡谷岩崖不少，名字我是记不住了。水莲洞幽幽深远，单边船驶十五分钟，往返会用半个小时。水莲洞河道狭窄，船会碰石壁，导游小姐一再告知游客为了安全，手不要搁置在船舷，避免手被崖石擦破。水莲洞奇石嶙峋，怪相丛生，一坨石头垂下，像鳄鱼的嘴巴怪吓人的，船过此地，人都得低下高贵的头，否则，鳄鱼的嘴巴是要吃人的。小船轻轻划行，水莲洞令人生畏，阴森森的洞穴，光线极暗，时间长了，真有些恐怖和忐忑，终于结束了水莲洞的探寻，这里的故事照导游说的话，真是一串一串。

　　出了水莲洞，迎来了光明一片。顺着石梯一路攀上，到了野花谷。野花谷大门的鲜花兴衰相间，谢了的花儿耷拉着脑袋，盛开的花儿依然鲜艳，红的、黄的、白的交织在一起，黑蝴蝶翩翩起舞，忙碌着采蜜。这么多品种的花和大大的面包花是野花？我问保安这些花是否是野花，回答是野花。路边的野花不能采，野花谷的花儿更不能采，甭管什么花，进了野花谷都成了野花。一路从野花丛中蹚过，两边的花儿微笑致意，黑蝴蝶是主角，没有看见多彩的蝴蝶，我纳闷着，这里怎么全是黑蝴蝶？野山谷就是黑蝴蝶的天下吗？不知不觉又到了水乡，一艘龙船在此等候，我们上了船，艄公还在打瞌睡，秋天的太阳当空照，亦让人懒洋洋的。艄公睡醒了，脱了缆绳，一阵噼噼啪啪，船颤动返程了。告别了龙船水乡，告别了水莲洞，结束一天的旅游之行，大美利川，留在了我的心中。

2018 年 9 月 9 日　写于谋道古镇

大水井之感

没想到大水井古建筑群如此恢宏气派，集汉族、土家族、西方文化元素于一体，实乃中西合璧、珠联璧合的艺术群落建筑，非常具有历史文化艺术价值。土司王朝的堡垒——李氏庄园、李氏宗祠和李氏宅院，曾辉煌一时，名声大噪，集兵权、政权和族权为一体，在中国地方乡绅文化历史上写下了浓彩的一笔，作为历史演变过程的史料是极其珍贵的。

查阅资料，李氏门庭的发迹渊源追溯到明末清初，李氏家族几辈人奋斗靠小生意赚钱逐渐扩大原始财富积累，然后不断购置田产，面积不断扩张到云阳、奉节和利川三地，登峰造极时拥有几百公里的田产财富，这地主做得够大的，令人信服。值得一提的是，李氏庄园创业时并不容易，几经失败，几经沉浮，后在清朝末年铸就了辉煌。李氏家族最后一个族人李盖五终结了李氏庄园的辉煌，成了一个悲剧式的人物。

参观游览大水井古建筑群，导游说：看大水井不是说大水井有多大，主要是看李氏家族的兴衰沉浮，感受中国儒家灿烂文化，看中国古建筑群鬼斧神工、飞檐翘角、工艺精湛、技艺高超，中国能工巧匠，炉火纯青的技艺和卓越的智慧。我想还要加上一句，参观李氏庄园古建筑群，听历史故事的缘由到终结，更要从历史性客观性看问题，一些问题值得中国人深刻反思和思考。

昨天一路风尘仆仆到达了著名的大水井风景区。沿途经过柏扬坝，柏扬镇上好干净，镇上一条街整洁有序，有新城市街道的风格。柏扬镇有风景区大水井闻名遐迩，更有柏扬豆干遍及四方，柏扬豆干确实品质好，中午吃饭还要了一盘腊肉炒柏扬豆干。昨天是星期天，到大水井参观的游客寥寥无几，是我们来的时间太早，还是游客对古建筑群不感兴趣？这一现象我在观察，上午十点我们离开时仍没有游客。这有些冷落，与腾龙洞旅游景区形成了悬殊的反差。

　　走进大水井，拾级而上，途经一个荷花池。荷花池不小，花开衰落，粗壮的根径支撑着荷叶，池塘绿色一片，细看夹杂着枯枝败叶。没有听到青蛙叫，可能青蛙还在睡觉。跟在导游的后面，边走边听她的讲解。一大坡梯子爬得我腿软。上了高处看见了李氏宅院，实乃规模很大，令人叹为观止。参观过大邑刘氏庄园，今天一看李氏庄园，似乎刘氏庄园还不是中国第一庄园了。李氏家族修建的庄园和祠堂坐落在群山怀抱中，正面遥望齐岳山脉，背面远望寒池山峦，海拔由低往高，李氏家族事业发达亦由低到高，永不止步。李氏古建筑群是考究的，注入了风水理论，又凸显文化氛围。从挂匾到楹联，所题词句无不透着儒家文化精髓。斗大的"忍"字和"耐"字凸显在墙壁上，所有族人天天看着这两个字，左右规范自己的行动。一道圆门透着寓意，跨进圆门几步路到一棵桂树旁，这棵桂树至今三百年了，百岁老人背弯了，用一水泥柱支撑着。主人家修圆门就是园门显桂（贵）的意思。古建筑匠心独运，飞檐翘角，窗花细雕，门柱雕琢，无处不在。会客厅，厢房，小姐楼，少爷楼，奶妈房，面壁思过厅，过失桥……无处不在。数不胜数的房子和曲折逼仄的小径小道，庭院深深，深不可测，不胜枚举。一个字：大！

　　李氏庄园又是城堡，防御城墙的枪洞口像一个个小窗户，青石板路和青石垒坎等历尽风雨不风化，可见当时选料对质量的重视。一个大水井在院坝的低处，要见大水井真面目，只有辛苦自己的腿，先下看水井，后登梯而上，爬到原处，气喘吁吁。大水井不大，有水还有青苔。到此一游，大水井是主题，怎么也得看看它。参观完大水井，此次游览算是结束了。一个小时的参观只能说是走马观花，表皮了解大水井历史概貌和直观古建筑群落的雄姿，真正要挖掘大水井李氏家族的渊源和古建筑文化，那不是一时一刻的功夫。作为研究历史的史学家是需要的，像我们这些游客算是一次浅度学习参观体会罢了。李氏庄园古建筑群闪耀着中国人民的智慧，古人高超的建筑技艺，彰显中华灿烂文明辉煌无比，真为古人前辈骄傲自豪啊！

2018 年 9 月 10 日　写于谋道古镇